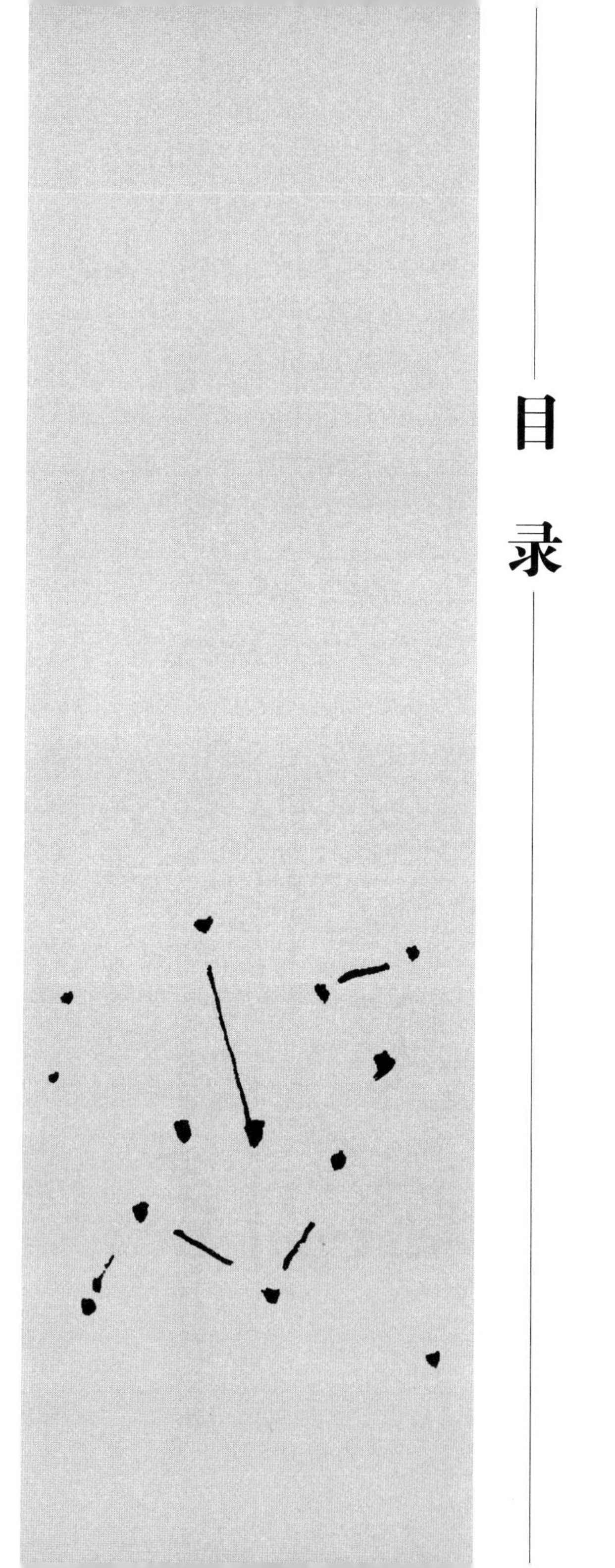

目录

目录

下册

议论文十三篇

说明文十三篇

抒情文十一篇

写景文十篇

哀祭文十一篇

记事文十三篇

题画文七篇

记人物十三篇

记社会十三篇

记言语十一篇

苏轼文十篇

张岱文十篇

陆游文十篇

郑燮文十篇

王闿运日记九篇

苏轼的短信九篇

问候的短信十一篇

邀约的短信十一篇

赠答的短信十一篇

文友的短信十一篇

倾诉的短信十一篇

劝勉的短信十一篇

说事的短信十一篇

家人的短信十一篇

临终的短信八篇

议论文十三篇

桃李不言

【念楼读】 古书中说得好——

> 自己行得正，不用下命令，群众也会照样行动；
> 自己行不正，再怎么发号施令，群众也不会听。

这前一句，说的不就是李广李将军带兵的情形么？

我所见的李广，谦虚谨慎，像个乡下人，嘴里有时连话都说不出，更不会交际应酬。可是他自杀的消息传开，听到的人，无论是否熟悉，无不为之悲悼。因为他的忠勇和诚信，早已为人所知，成为共识了。俗谚道：

> 桃树和李树，对自己的美好不会宣传；
> 它们的花果，却将人们都吸引到跟前。

此话用古文讲就是“桃李不言，下自成蹊”，用来形容这位伟大的人物，倒还适当。的确，真的伟大是无须宣传的。

【念楼曰】 本书中，我有意将“学”的范围扩大，使之不限于所谓纯文学，特别想要从传统的各类文体中选读些名文。所谓名文，大都是历来传诵公认的名篇，但也有原来并不普及，而是我十分欣赏，认为可以和公认的名篇并列的。

姚鼐“为《古文辞类纂》，其类十三”，首为“论辨类”；曾国藩编《经史百家杂钞》与之“微有异同”，分十一类，“论著”类仍列为第一。这些现在通称为议论文，自本篇起共选读十三篇。

司马迁为李将军的孙子说话，付出了惨重的代价，故其议论隐含着对汉家的不平。“桃李不言”，公道却自在人心。

李将军列传赞

司马迁

太史公曰.传曰.其身正.不令而行.其身不正.虽令不从.其李将军之谓也.余睹李将军悛悛如鄙人.口不能道辞.及死之日.天下知与不知.皆为尽哀.彼其忠实心诚信于士大夫也.谚曰.桃李不言.下自成蹊.此言虽小.可以谕大也.

【八十八字】

○本文录自司马迁《史记》卷一百九。

○李将军，即李广，为西汉名将，善战有功，而不得封侯，后被迫自杀。

○司马迁，字子长，西汉夏阳（今陕西韩城南）人。他和李广的孙子李陵是朋友，因帮李陵说话受宫刑，发愤著《史记》。

○『其身正』四句，见《论语·子路》。

○悛悛，通『悛悛』。

○蹊，人踏成的小路。

○谕，通『喻』。

怕不怕民众

【念楼读】 从古到今，帝王的统治，都是有盛必有衰，有兴必有亡，就像白天之后必然会是黑夜一样，永远都不会有不落的太阳。

做皇帝的人，如果闭目塞听，不注意民间的疾苦，不倾听民众的呼声，他的统治就会结束得更快。

《书经》中有两句："可爱的难道不是君王吗？可怕的难道不是民众吗？"意思就是说：在民众心目中，君王是他们生活的保障，自然应该为民众所爱戴；但君王若不顾及民众的生活，要当无道昏君，民众便会抛弃他，打倒他，这时在君王心目中，民众就会成为可怕的人了。

【念楼曰】 唐太宗李世民这篇文章，收在《全唐文》卷十"太宗七"中。原文仅五十五字，却尖锐地提出了统治者生死存亡的大问题，并且直截了当地做了回答，这就是：民众有能力也有权利决定统治者的兴亡，关键是统治者是否代表民众的利益。

历代总集，总把帝王之作冠冕全编，害得读者只能从若干卷以后看起，只有魏武帝、魏文帝等少数例外。李世民没有文学遗传基因，他出身军人家庭，十九岁便带兵打仗，而能写出这样的文章，尤其是敢于承认统治者无论多么英明伟大，其统治都只能是暂时的，实在难得，此其所以为明君乎。

民可畏论

唐太宗

古之帝王．有兴有衰．犹朝之有暮．皆为蔽其耳目．至于灭亡．书云．可爱非君．可畏非民．天子有道．则人推而为主．无道．则人弃而不用．诚可畏也．

【五十五字】

〇本文录自《全唐文》卷十「太宗七」。

〇唐太宗，姓李，名世民，年号贞观。

〇「可爱非君，可畏非民」二句，见《尚书·皋陶谟》。孔颖达疏曰：「言民所爱者岂非人君乎？民以君为命，故爱君也。言君所畏者岂非民乎？君失道则民叛之，故畏民也。」

不能不学

【念楼读】 玉石不经过切削打磨，不能制成精美的玉器；人不学习，不接受教育，不会懂得知识、明白道理。但人和玉石毕竟有所不同，玉石即使不经过加工，也还是玉石；人却有活的生命，本性自然要发展，要变化，要适应环境。也就是说，人是生来就需要学习的。

人如果不学习，不自觉接受教育，便无法使自己变好，无法成为一个高尚的人、有用的人，甚至还会变坏、堕落，迷失自己的本性。

这一点，总要时时记住才好。

【念楼曰】 “玉不琢”几句本是《礼记》中的话，后来的《三字经》又写进去（只改了一个字），差不多尽人皆知了。接下来的“苟不教，性乃迁”，也是欧公“人之性因物则迁”的三字化。

这里所说的“性”，即人的本性，也就是现在通称的人性。动物行为学认为，学习是动物的天性，小老虎自然会在丛林中学会捕猎，终至百兽之王。但如果是在铁笼子里“培养教育”出来的老虎，即使斑毛白额依然，却见了牛犊、家鹅甚至公鸡也害怕，只会在鞭子的指挥下站起来打躬作揖，然后伸起颈根等冰冻牛肉吃。此则已灭尽应有的虎性，成为枉披一张老虎皮的畜生了。虎固如此，人亦如之。故一切教育，都必须尊重人性，而不能戕贼人性。

诲学说

欧阳修

玉不琢．不成器．人不学．不知道．然玉之为物．有不变之常德．虽不琢以为器．而犹不害为玉也．人之性因物则迁．不学．则舍君子而为小人．可不念哉．

【五十七字】

〇本文录自《欧阳文忠公全集》卷一百二十九，是欧阳修写给其次子欧阳奕看的，文末原有『付奕』二字。

〇欧阳修，字永叔，谥文忠，北宋庐陵（今江西吉安）人，古文唐宋八大家之一。

儿子取名

【念楼读】 苏洵《名二子说》，说的是他给两个儿子（苏轼和苏辙）取名的用意，全文如下：

车辆的各部分——轮、顶、底盘，等等，都有作用，都不可缺。只有轼——车厢前那根横木，似乎没什么大用处；但若去掉它，看起来便不像一辆完整的车了。轼啊，我愿你在人们眼中，不要成为可有可无的东西。

车都得在辙——车道上才能走，讲起车辆做的工作，却不会提到车道；可是，车即使翻了，马即使受伤死了，车道也不会受连累。无大福者无大祸，辙啊，愿你一生平安。

【念楼曰】 眉山三苏祠有一副署名"道州何绍基"的对联：

一门父子三词客，千古文章四大家。

韩柳欧苏，这一家子占了三个。咱们中国除了"三曹"，很难再数出第三家；外国我只知有大小仲马，父子俩也还差一个。

这则短文，说的是这个"文学之家"的家事，却表现出了生活的智慧和父子间的亲情。苏辙儿时一定聪明绝顶，父亲怕他锋芒太露，长大了到社会上会吃亏，所以宁愿他放低姿态。苏轼则根器更大，更深厚含蓄，父亲怕他太"不外饰"（不爱表现），所以希望他要进取。

贤父有知子之明，佳儿则双双用事实证明，父亲的操心没有白费，担心却是多馀。

名二子说

苏洵

轮．辐．盖．轸．皆有职乎车．而轼独若无所为者．虽然．去轼．则吾未见其为完车也．轼乎．吾惧汝之不外饰也．天下之车．莫不由辙．而言车之功者．辙不与焉．虽然．车仆马毙．而患亦不及辙．是辙者．善处乎祸福之间也．辙乎．吾知免矣．

【八十七字】

〇 本文录自苏洵《嘉祐集》。

〇 苏洵，字明允，号老泉，北宋眉州眉山（今属四川）人，古文唐宋八大家之一。

谈人才

【念楼读】 都说孟尝君能尊重知识、尊重人才，人才都被延揽到他门下。因此，当他被秦国扣留时，才会有门客施展才能，使之脱险。

可是，这是什么人才啊？他们的本事只是在半夜里装成狗子进秦宫取回白狐裘，只是在拂晓前靠口技装鸡叫诓开关门逃出去。孟尝君门下的这班门客，不过是些装鸡扮狗之流，哪能算人才呢？

当时齐国的国力并不比秦弱，若真能得到像管仲、乐毅那样的人才，何愁不能对付强秦，怎会要靠装鸡扮狗才能逃命？

装鸡扮狗之流都招揽来，真正的人才就不会来了。

【念楼曰】 “士”这个名词，如今在人们嘴上，大约只有下象棋时用一用，古时却是知识分子的总称，社会地位相当高。神偷和名艺人，有时确实能派上大用场，但也确实没有资格被称为士。

士之为士，得有两条：一是凭知识智能吃饭；二是心里有天下民生，头脑里有思想。后一点尤为重要。长沮桀溺耦而耕，苦力的干活，“滔滔者天下皆是也”这番话一说，其为“避世之士”即已无疑。而玉臂匠金大坚，图章刻得呱呱叫，篆隶俱精，技艺肯定一流，却难入士流，更不必说“歌舞吹弹，普天下伏侍看官”的白秀英了。

读孟尝君传

王安石

世皆称孟尝君能得士．士以故归之．而卒赖其力以脱于虎豹之秦．嗟乎．孟尝君特鸡鸣狗盗之雄耳．岂足以言得士．不然．擅齐之强．得一士焉．宜可以南面而制秦．尚何取鸡鸣狗盗之力哉．夫鸡鸣狗盗之出其门．此士之所以不至也．

【九十字】

○ 本文录自王安石《临川先生文集》卷七十一。

○ 孟尝君，战国时齐公子。

○ 王安石，字介甫，号半山，北宋临川（今江西抚州）人，古文唐宋八大家之一。

○ 鸡鸣狗盗，《史记》说，孟尝君被秦国拘留，靠门客装狗入秦宫盗回白狐裘行贿，又靠门客装鸡鸣诓骗秦人开关，才得以逃归齐国。

宽与严

【念楼读】 吴世英曾经对我说："老子讲的'管理大地方，就像煎小鱼'，这可以做两种解释：主张'从宽'呢，就是不要多翻动，免得将鱼皮鱼肉弄碎；主张'从严'呢，就是为了出味道，得多放姜醋加辣椒。"

我知道，他是在用玩笑话讲道理，便对他说："难怪司马迁写《史记》，要将老子、韩非合传，原来法家强化专政的理论，还可以从《道德经》中找根据啊！"

【念楼曰】 中世纪佛罗伦萨的马基雅弗利（Machiavelli）著《君王论》，建议君王"不应顾虑被谴责为残暴"，"要懂得善于利用兽法（暴力），又善于利用人法（法律）"进行统治，"与其为人所爱，还不如为人所惧更为安全"。韩非便是早一千七百多年生于中国的马基雅弗利。

中国传统思想的神位，正中间供着的当然是儒家，可法家和道家却一左一右占了两边。人们称颂贤明的君主，总恭维他"外圣内王"，说穿了就是虽尊孔孟，讲爱民，讲仁政，行的则是韩非传授的法、术、势，是靠严刑峻法施行虐民的暴政。从秦皇汉武到雍正王朝，莫不如此。至于老子《道德经》，因为有"治大国若烹小鲜"、"将欲夺之，必固与之"这样的政治智慧，对于聪明的统治者也的确很有用。

治大国若烹小鲜

陈善

吴世英尝语予.治大国若烹小鲜.是有二义.盖自宽厚者言之.则曰宜勿烦扰.自刻薄者言之.则曰当加咸酸.予知其戏.因语之曰.太史公所谓.申韩刑名惨刻.皆原道德之意.无乃是乎.

【七十一字】

〇本文录自陈善《扪虱新话》卷之四。『治大国若烹小鲜』,语见《老子》六十章。

〇陈善,南宋高宗、孝宗两朝时人,字子兼,一字敬甫,号秋塘,南宋罗源(今属福建)人。

〇太史公所谓,指《史记·老庄申韩列传》赞语:『韩子引绳墨,切事情,明是非,其极惨礉少恩,皆原于道德之意,而老子深远矣。』礉,刻薄。

官与贼

【念楼读】 县太爷问怎么样办好县政，龙门子说：

“百姓被伤害得太久、太厉害了，应该像对待伤病员那样，让他们安静地休息。”

“是这样吗？请问还要注意什么？”

“不要去抢，不要去偷。”

“这话怎么说？”

“从老百姓身上刮一块钱放进自己腰包，便是偷和抢。当官的都偷都抢，百姓们就更活不下去了。”

“有这么严重吗？”

“还有更严重的哩！当官不给民做主，白吃俸禄，还要浪费、贪污，不等于盗窃人民和国家的钱，不等于做贼吗？”

【念楼曰】 宋濂的七十多年生命，在元朝度过了五十八年。他在元朝已经取得翰林院编修的职位，却辞官不做，隐居在龙门山中著书，当然是不满意当时政治的黑暗和吏治的腐败。本文即是隐居时所作，看得出他眼中的官就是盗贼和“准盗贼”。我想，这应该是他后来成为新朝文臣的原因。

朱元璋严惩过贪官，甚至将其剥皮处死。但剥下的人皮还在衙门口挂着，新官又乐滋滋地来上任了，照样贪。严刑峻法杀不完贪官，因为专制政治是贪污的温床和催化剂。正是这种专制政治，最后也要了宋濂的老命。

龙门子论政

宋濂

县大夫问政．龙门子曰．民病久矣．其视之如伤乎．曰．是闻命矣．愿言其他．龙门子曰．勿为盗乎．曰．何谓也．曰．私民一钱．盗也．官盗．则民愈病矣．曰．若是其甚乎．曰．殆有甚焉．不称其任．而虚冒既廪者．亦盗也．

【七十八字】

○ 本文录自宋濂《龙门子凝道记》，见《宋文宪公全集》卷五十一。

○ 宋濂，字景濂，号潜溪，元末明初浦江（今属浙江）人，曾入龙门山著书，自号龙门子。

一团熟猪油

【念楼读】 不正派的人，就像一团熟猪油，看上去又白又润泽，一点也不难看，若是沾上手，便腻腻糊糊，洗都洗不掉了。

这种人在没有得志的时候，总是低声下气，对人显得十分顺从；一旦得了志，便立刻由低姿态变为高姿态，头也抬高了，嗓门也变大了，生怕别人不知道他成了角色。

正派的人，是不会愿意跟不正派的人为伍的，其实亦无须看到他们的后来，在他们唯唯诺诺、打躬作揖的时候，早就会深恶而痛绝之，绝不会沾上手，等着他们"一阔脸就变"。

【念楼曰】 说刘伯温作《烧饼歌》，和姜子牙、诸葛孔明一样，能未卜先知，是小说家的"戏说"。但此人生于乱世，跟上英明领袖朱元璋以后，又几经大起大落，对世态人情有比较深切的了解，倒是真的。

小人的特征是前恭后倨，《一捧雪》中的裱褙汤勤，《大卫·科波菲尔》中极力表示谦卑的尤里，莫不如此。此种小人时时处处皆有，为人处世，不沾他也就是了。但如治国用人也只求其"听话"，偏爱"驯服工具"，则无异于公开宣布将小人作为优先选拔的对象，祸国殃民的根源实在于此，后果要多严重有多严重。在这一点上，刘伯温真有先知。

小人犹膏

刘基

郁离子曰．小人其犹膏乎．观其皎而泽．莹而媚．若可亲也．忽然染之．则腻不可濯矣．故小人之未得志也．尾尾焉．一朝而得志也．岸岸焉．尾尾以求之．岸岸以居之．见乎声．形于色．欲人之知也如弗及．是故君子疾夫尾尾者．

【八十五字】

○本文录自刘基《郁离子》，见《诚意伯文集》卷四。

○刘基，字伯温，元末明初青田（今属浙江）人，封诚意伯。

舆论一律

【念楼读】 八哥鸟生长在南方，捉来经过调教，就会模仿人的声音，翻来覆去叫几句现话。

有一次，知了在庭前高歌，八哥笑它发不出人的声音。知了说：“你能学人话当然好，但这是你自己的话么？我唱的可是我自己的歌呀！”

八哥听后觉得惭愧，低下了头，从此不再一开口就照本宣科了。

高唱一个旋律、一种调子的人，唱的全是别人教给的几句，活像一群八哥鸟，却完全不知道惭愧。

【念楼曰】 有个时期很提倡“舆论一律”，不仅仅提倡，实际是强迫。我说“梁漱溟反动透顶”，舆论一律得说“梁漱溟反动透顶”；我说“胡风、贾植芳是反革命”，舆论一律得说“胡风、贾植芳是反革命”；我说“《文汇报》的资产阶级方向必须批判”，舆论一律得说“《文汇报》的资产阶级方向必须批判”……如敢不从，劳改劳教，至少也得去北大荒、夹皮沟。在这样的高压态势之下，舆论自会一律，所有人都成了鸲鹆鸟，“但能效声而止”，都不能“自鸣其意”。

世界和人本来是多样的，舆论自然也是多样的，硬要它成为“一律”，硬要万马齐喑，一花独放，统治者能力再强，亦只能行其意于一时，断断不能长久的。怕只怕被调教成的“八哥”很多，却又不知惭愧，仍要不断聒噪：“一律，一律！”“一致，一致！”

鸲鹆鸟

庄元臣

鸲鹆之鸟．出于南方．南人罗而调其舌．久之．能效人言．但能效声而止．终日所唱．惟数声也．蝉鸣于庭．鸟闻而笑之．蝉谓之曰．子能人言．甚善．然子所言者未尝言也．曷若我自鸣其意哉．鸟俯首而惭．终身不复效人言．今文章家窃摹成风．皆鸲鹆之未惭者耳．

【九十九字】

○本文录自明人庄元臣著《叔苴子》。

做不做官

【念楼读】 荷蓧丈人是避乱隐于农民中的贤者，子路说他不出来做官是不负责任，只顾自己一身干净，不替君王出力，是破坏了伦常。如果子路批评得对，那么《论语》所记孔子的话，“国家政治清明，便该出来效力；政局混乱，便该隐身匿迹”，岂不反而错了？《论语》此处的矛盾，真使人不大好理解。

【念楼曰】 荷蓧丈人“植其杖而芸”，撑着一根薅禾棍薅田，这是相当劳累的农活，所以他对“四体不勤，五谷不分”，带着一帮弟子周游列国到处求仕（跑官）的孔子，表示不很赞同。于是，孔子的好学生子路就要批评他“不仕无义”（不肯出来做官，不尽君臣之义），是“欲洁其身而乱大伦”，话说得相当重。

其实，孔子自己也说过，“天下有道则见（现），无道则隐”（《论语・泰伯》），意思是政治开明时才能出来做官，政治黑暗时便只能当隐士。你孔子认为如今是清平世界朗朗乾坤，想跑官，自家跑就是；荷蓧丈人认为世界不清平，要“农隐”，不愿让别人说自己“邦无道，富且贵焉，耻也”，也该有他的自由。

四百多年前天天读《论语》，赵南星能质疑书中的矛盾，实在难得。不过孔子还是尊重荷蓧丈人的隐者身份的，才“使子路反见之”。子路在讲过一通大道理之后，仍不能不承认“道之不行，已知之矣”，这便是先儒比如今阅评组审读员高明得多的地方。

论语难解

赵南星

荷蓧丈人遭乱世而农隐．而子路以为无义．以为乱伦．然则孔子所谓无道则隐非耶．论语之文．此为难解．

【四十一字】

○ 本文录自赵南星《闲居择言》。

○ 赵南星，别号清都散客，明万历、天启时人，因反对魏忠贤被贬逐而死。

○ 荷蓧丈人，见《论语·微子》，他不赞成孔子出仕，受到子路批评。

谈读书

【念楼读】 世间休闲适意之事，如游山水、赏胜迹、饮酒、下棋……都要有同伴，有对手。只有读书，才是纯粹属于个人的事，个人完全可以自由支配。

读书，你可以读一整天，也可以读上一年。坐在小屋子里，你能够纵览天下；隔了千百年，你也能晤对古人。这是任何其他赏心乐事都比不上的，只可惜世人不一定体会得到。

【念楼曰】 有岛武郎说："我因为寂寞，所以读书。"读书确实是"止须一人"来做的事，除非是大庙里和尚念经，和"文化大革命"中"天天读"，但那又怎能算是读书呢？

周作人在《文法之趣味》一文中说，拿一两本有趣味的书，在山坳水边去与爱人同读，是消夏的妙法。这只能是他的想象之辞，因为同读是不可能的，即使是同爱人。每个人的心智、学识和情绪不会完全相同，一本书，两个人读的感觉也不会完全相同，所谓"奇文共欣赏，疑义相与析"，亦须各具慧眼、各有会心才能做到。故图画可以同赏，音乐可以同听，戏剧可以同观，书则"止须一人"来读。《红楼梦》中宝哥哥"展开《会真记》从头细看"，林妹妹问是看什么书，他搪塞道"不过是《中庸》《大学》"，她不信，硬要瞧瞧，宝哥哥便只能"递过去"给她。一人读后再给另一人读，各读各的，也就不是什么同读了。

读书本是纯粹属于个人的事，是寂寞的事啊！

天下最乐事

张岱

陶石梁曰．世间极闲适事．如临泛游览．饮酒弈棋．皆须觅伴寻对．惟读书一事．止须一人．可以竟日．可以穷年．环堵之中而观览四海．千载之下而觌面古人．天下之乐．无过于此．而世人不知．殊可惜也．

【七十七字】

○本文录自张岱《快园道古》卷四。

○张岱，字宗子，号陶庵，明末清初山阴（今绍兴）人。

○陶石梁，明会稽（今绍兴）人，以文有名于时。

说现在

【念楼读】 人们在生活中，对于过去，总是最为怀念，最多留恋的；对于未来，总是最为憧憬，最抱希望的；唯独对于现在，却往往最为忽视，最不要紧。

其实，过去的已经过去了，正如流逝的江水，纵使依依难舍，也不可能回头。未来谁也无法预测，就像明年今日的天气，想象着多么晴和，却难免不来风雨。只有此时、现在，才是属于你的。不管现在是顺利还是坎坷，是丰富还是困乏，你都可以去适应、去改变、去创造……

人如果不抓住现在，一味感怀昨日、等待明天，或者依赖别人、姑息自己，任凭大好光阴虚度，那就太可惜了。

【念楼曰】 孙奇逢在《清史稿·儒林一》中名列第一，第二、第三则分别是黄宗羲和王夫之。孔子评述弟子之所长，分为德行、言语、政事、文学四科，孙氏于后三项似均不及黄、王，但他“自力于庸行”，“以慎独为宗，以体认天理为要，以日用伦常为实际”，更近于古希腊的智者哲人。

宋明理学，也谈心性，但专门绍述圣贤，反不免迷失自我。孙奇逢于康熙三年（一六四四）因甲辰“大难录”受牵连时，对门人说：“古来忠臣孝子，义士悌弟，只是能自作主张，学者正在此处着力。”

能抓住现在，还要能“自作主张”，才是有意义的生活。

题壁

孙奇逢

人生最系恋者过去．最冀望者未来．最悠忽者见在．夫过去已成逝水．勿容系也．未来茫如捕风．勿容冀也．独此见在之顷．或穷或通．时行时止．自有当然之道．应尽之心．乃悠悠忽忽．姑俟异日．诿责他人．岁月虚掷．良可浩叹．

【八十六字】

○本文转录自王士禛《池北偶谈》卷七《苏门孙先生言行》。

○孙奇逢，字启泰，一字钟元，学者称『夏峰先生』，明清之际容城（今属河北）人。

明不明

【念楼读】 明朝初年，在皇帝心目中，臣民的性命，连一根草都不如。并未触犯刑法，只为政治原因（其实是皇帝个人的喜怒），被冤枉杀掉的人，数也数不清。苏州知府魏观之死，尤其使我为之不平。

在苏州这地方，百姓都知道魏观是个好官。不必说疏浚河道，就是修理府城建筑，也是地方官该做的事。只因一纸诬告，“兴灭国，继绝世”触犯了政治忌讳，皇上想“从严治政”，借此立威，立刻便人头落地。这种不经司法程序，无惩罚条例可依，由最高“指示”断人生死的搞法，只在最黑暗的专制统治下才会有。

最黑暗的统治，偏要自称“明”朝。大家想想看，它到底明不明？

【念楼曰】 魏观既未贪污受贿，更未残民以逞，旧府治即使不该修，可修也绝非为张士诚“复国”。专制帝王，一怒即可杀人，一喜又可平反。臣民之生死，全系于一人之手。此种“清明时世”，纵能饱食暖衣，恐亦无多生趣。

此文抓住魏观一事，直斥“明”之不明。所谓厉行“法”治，其实法即君王意志；在下者无法可对其制约，只有“接受”的份。作者生当雍乾文字狱极盛之时，说起“前明”来鞭辟入里，心中想着的恐怕还是“圣清”清不清。

明初冤狱

龚　炜

明初芥视臣僚，以非罪冤杀者无算。予于魏苏州观之狱，尤痛恨焉。魏公治郡有声，即其浚河道，修府治，亦政中所应有事。一经诬奏，致贤守才士，株连蔓抄，虽极暗之世不至此。明朝之谓何。

【七十三字】

○本文录自龚炜《巢林笔谈》卷五。

○龚炜，字巢林，昆山（今属江苏）人。

○魏苏州观，即明苏州知府魏观。魏观在苏有惠政，考绩为天下第一，已升任四川行省参政，因民众挽留复任，后却因修复旧府衙（张士诚据吴时王宫），被诬『兴既灭之基』，为明太祖所杀。

郎似桐花妾似桐花凤
郎似桐花妾似桐花凤

宫门的标志

【念楼读】 古时候造宫门，都要在两边建筑很高的望台，作为宫门的标志。台上要能住人，在上面能观望很远，所以称之为“观”。

宫门之内，便是帝王的居处。臣子去见帝王得诚惶诚恐，走到这里，必须多想自己的阙（缺）失，所以又将“观”称为“阙”。

阙上面的楼台，涂饰得庄严明亮。下面的墙壁上则画出诸方神像、异兽珍禽，显示皇室的威严和气派。

【念楼曰】 阙这种建筑形式，后世慢慢变样，终于消失了。北京故宫午门两侧的“阙左门”和“阙右门”，只在门楣上留了个字，游人过此，大约不会再眼观鼻、鼻观心地“思其所阙”了。

“存在决定意识”这句话，从学“猴子变人”起即已背熟。奇怪的是，阙这种东西自从西晋以后即不复存在，泥马渡江只求“临安”的南宋朝廷更无力恢复古建筑，可是岳飞精忠报国，却说是为了“待从头，收拾旧山河，朝天阙”。再八百年后的王国维，也因“不忍宫阙蒙尘”，觉得“义无再辱”，捐了“五十之年”的生命。

作为宫门的标志，阙的象征意义，真是够大的。盖君王崇拜深入旧国民意识，阙虽已荡为丘墟，作为皇权代表的意义却依然存在。君不见，“文革”中万人高呼“万岁”，现在“圣地”也还有人三跪九叩首吗。

阙

崔豹

阙．观也．古每门树两观于其前．所以标表宫门也．其上可居．登之则可远观．故谓之观．人臣将至此．则思其所阙．故谓之阙．其上皆丹垩．其下皆画云气仙灵奇禽怪兽．以昭示四方焉．

【七十字】

〇 本文录自崔豹《古今注·都邑》。

〇 崔豹，西晋惠帝时燕国（在今河北）人，字正熊，官至太傅。

煎鱼饼

【念楼读】 做煎鱼饼的方法是这样的：

先选用好的白鱼，整治干净，去骨刺，将肉斩碎备用。熟肥猪肉斩碎备用。

取碎鱼肉三升与碎肥猪肉一升混合，再用刀剁成细茸状。加入醋五合，切细的葱和酱瓜各二合，姜末和碎橘皮各半合，鱼露三合。按食者口味适当加盐。和匀后做成大如杯口、厚约半寸的饼，入熟油锅，以小火煎成暗红色，便可以食用了。

【念楼曰】 《四库全书》将《齐民要术》列为子部农家第一，“提要”引《文献通考》称其“专主民事”，贾氏序文自谓“起自耕农，终于醯醢”。“民事”即“民生之事”，食事当然居首。“醯醢”即调味品。可见中国早就讲究烹调，美食大国的称号可以居之不疑。

贾思勰在文学上似乎没什么地位，但此篇作说明文看实在写得不坏。一千二百年后袁子才撰《随园食单》，记鱼圆做法，也是取白鱼肉“斩化”，加熟猪油拌和，入微盐、葱姜汁做团，反嫌不详，文字亦不如此篇质朴可喜。

过“苦日子”时，好不容易弄点鱼肉，我也郑重其事亲自下过厨。手翻菜谱，最感为难的就是“料酒五钱、胡椒粉一分”（如今的零点五克、一点五克更不易掌握）……心想还不如以容量计数好，如今不用升、合，就用一汤匙、一茶匙计量也更易操作，在这方面还真该学学《齐民要术》。

饼炙

贾思勰

作饼炙法.取好白鱼.净治.除骨取肉.琢得三升.熟猪肉肥者一升.细琢.酢五合.葱瓜菹各二合.姜橘皮各半合.鱼酱汁三合.看咸淡多少盐之.适口取足.作饼如升盏大.厚五分.熟油微火煎之.色赤便熟.可食.

【七十九字】

○本文录自贾思勰《齐民要术》卷第九『炙法』第八十。

○贾思勰，北魏齐郡益都（今属山东）人。

虎皮鹦鹉

【念楼读】 川中彭州、蜀州地方，常见一种美丽的小鸟，躯体才如人的拇指，羽毛五颜六色，头上有冠羽，就像微型的小凤凰。它爱吃桐花，每年桐树开花时，群集在桐树上，桐花谢了，即难见其踪迹，因此人们叫它桐花鸟。

桐花鸟野生的似乎不易捕得，人工饲养的却很温驯，容易调教。常见它站立在陪酒女郎钗头上，直到酒阑席散，也不飞离。

【念楼曰】 郎似桐花，妾似桐花凤。

王渔洋的这两句词，不知曾勾起多少情思。

四川的这种小鸟，在唐时即已大大闻名。除了张鷟以外，地位和文名比张鷟高得多的李德裕在《画桐花凤扇赋》的序文中，也曾这样描写过这种美丽的小鸟：

> 成都夹岷江矶岸，多植紫桐，每至暮春，有灵禽五色，小于玄鸟，来集桐花，以饮朝露。及花落则烟飞雨散，不知所往……

而它站在美人钗头的形象，尤易引人怜爱。《钗头凤》这个词牌，可能便是由此而来。

桐花凤现在没人提起了，我以为便是如今的虎皮鹦鹉。《琅嬛记》说桐花凤又称“收香倒挂”。高青丘咏“倒挂”诗“绿衣小凤”云云，描写的形态与虎皮鹦鹉正合，但不知在四川还有没有自由活动在桐花树上的虎皮鹦鹉？

桐花鸟

李 昉

剑南彭蜀间，有鸟大如指，五色毕具。有冠似凤，食桐花。每桐结花即来，桐花落即去，不知何之。俗谓之桐花鸟。极驯善，止于妇人钗上，客终席不飞。人爱之，无所害也。

【六十三字】

○ 本篇录自《太平广记》卷四六三『禽鸟四』。《太平广记》共五百卷，李昉等撰。

○ 李昉，字明远，宋初深州饶阳（今属河北）人。

○ 剑南彭蜀，今四川彭州、崇州等地。

地理模型

【念楼读】 沈括出使北国，行经边境时，开始在板上标记山川形势和道路旅程。为了求得准确，标记的地方都经过踏勘。随即觉得这样做显示不出地形起伏，便用糨糊调和细木屑，在板面上堆塑山脉河流，做成地形模型。但天气一冷，糨糊冻结了，便不能堆塑，于是又改用熔融的蜡来做。蜡质较轻，旅行携带也较方便。

后来到了边防任所，安置下来，又改用雕刻的方法，全用木制成地形模型，呈送朝廷。皇上召集宰辅大臣看了，下令边疆各州都要做了送上去，将模型收藏在中央机关，以备讨论边防边政时参照。

【念楼曰】 沈括所制“木图”，是有记载的世界最早的地理模型。欧洲瑞士人开始做同样的事，已经到了十八世纪，迟于沈括七百馀年。

《梦溪笔谈》记点石成银、佛牙神异、彭蠡小龙诸事，亦与其他志异小说无殊；但不少观察和实验的记录，尤其是制“木图”这类实践活动，确实闪耀着科学的光芒。沈括的头脑中，蕴藏着不逊于后来培根、笛卡儿、伽利略诸人的智慧。因而又想到，我们的墨子也生在亚里士多德之前，其分析物理的思辨水平并不逊于亚氏。何以现代科学思想和方法只能产生于泰西，赛先生要到二十世纪初，才说要请到中国来呢？

木图

沈括

予奉使按边.始为木图.写其山川道路.其初遍履山川.旋以面糊木屑.写其形势于木案上.未几寒冻.木屑不可为.又熔蜡为之.皆欲其轻.易赍故也.至官所.则以木刻上之.上召辅臣同观.乃诏边州皆为木图.藏于内府.

【八十四字】

〇本文录自沈括《梦溪笔谈》卷二十五，原无题。
〇沈括，字存中，晚号梦溪丈人，北宋钱塘（今杭州）人。

以虫治虫

【念楼读】 五岭以南耕地不足，许多农民靠种柑橘为生，很怕害虫影响收成。有一种蚂蚁能克治害虫，橘树上蚂蚁一多，害虫便绝迹了。种橘的人家都需要蚂蚁，愿意出钱买，于是便出现了“养柑蚁”的专业户。

“养柑蚁”的方法，是先准备好猪或羊的膀胱，在里面涂抹油脂，敞开口放在蚂蚁洞旁边。等膀胱里面爬满了蚂蚁，便扎起口子，拿去卖给需要的橘农。

【念楼曰】 生物防治，在现代农艺学上号称新技术，其实古已有之。《鸡肋编》成书于南宋绍兴三年即一一三三年，距今近九百年。当时岭南“以虫治虫”如此普及，甚至出现了专业户，可见这早已是一项成功的技术。值得研究的是，为什么后来它又失传了呢？

古人各类著作中，有关自然史和工艺技术史的材料本来就不多，尤其是其中往往夹杂些荒诞的东西，或勉强加上意识形态的说教，更加影响了科学性。像这样翔实明白的记载，要算最珍贵的了。

这些材料，似乎应该引起各科专家的注意。但是如今自然科学、技术科学的学者中，大约已少有如胡先骕、张其昀、黄万里那样兼通文史的，看过《鸡肋编》的也不知有没有。

养柑蚁

庄绰

广南可耕之地少．民多种柑橘以图利．常患小虫．损失其实．惟树多蚁．则虫不能生．故园户之家．买蚁于人．遂有收蚁而贩者．用猪羊脬盛脂其中．张口置蚁穴旁．俟蚁入中．则持之而去．谓之养柑蚁．

【七十六字】

○ 本文录自庄绰《鸡肋编》卷下，原无题。

○ 庄绰，字季裕，宋惠安（今属福建）人。

凤凰不如我

【念楼读】 寒号虫即经书中的曷旦，是夜里叫着等天亮的鸟，五台山中很多，体如小鸡，却有四足，还有皮膜如翅。夏天它有一身很好看的毛，叫起来好像在自鸣得意：

凤凰不如我！凤凰不如我！

到冬天毛都脱落了，光着身子挨冻，又叫道：

得过且过！得过且过！

它的粪便（入药叫五灵脂）常堆积在一处，气味很难闻，外观像豆粒，有时黏结如糊如糖。采集出售的人往往掺入砂石，但应选用无掺杂、润泽糖心的。

【念楼曰】 《本草纲目》收药用动植矿物一千八百九十二种，是药物学和分类学巨著。但将状如蝙蝠的寒号虫附会为经书中的曷旦，归入“禽部”，却是盲从。正如“文革”中写什么都要冠以“最高指示”，难免文不对题，亦名著之小疵。

此文所记录的“禽言”，却比“姑恶”“不如归去”等更为精彩。当胡风、艾青、冰心诸位老诗人都成了“反革命”“右派”“资产阶级”，×××却因一纸“上谕”称同志，一首《五七干校颂》，当上了“左派诗人”，此时的他自有“凤凰不如我”之感。如今则其“左德”既不足以服人，其“左才”更不堪闻问，只能靠荣誉头衔和特殊津贴维持门面，终于沦为“得过且过”的角色了。

寒号虫

李时珍

盍旦，乃候时之鸟也，五台诸山甚多。其状如小鸡，四足，有肉翅。夏月毛采五色，自鸣若曰："凤凰不如我。"至冬毛落如鸡雏，忍寒而号曰："得过且过。"其屎恒集一处，气甚臊恶，粒大如豆。采之有如糊者，有粘块如糖者。人亦以砂石杂而货之。凡用，以糖心润泽者为真。

【一百字】

○本文录自李时珍《本草纲目》卷四十八。

○李时珍，字东璧，明湖广蕲州（今湖北蕲春）人。

○曷旦，即盍旦。《礼记·坊记》引《诗经》云："相彼盍旦，尚犹患之。"注疏云："盍旦，夜鸣求旦之鸟也。"李时珍曰："《杨氏〈丹铅录〉》谓寒号虫即鹖鴠，今从之。"

锄头的快口

【念楼读】 凡种植作物、挖土除草，都要用锄头。无论哪种锄头，窄口也好，宽口也好，都是熟铁锻打成的，但必须以生铁淋口，锄口才有刚性，才能挖掘泥土。这是制锄的诀窍。

淋口，是先将生铁熔成铁水，趁锻件赤热时，拿铁水淋在锄口上。淋口以后，锄口还要淬火。红热的锄口淬入水中骤然冷却，表面硬度增加，经过修锉，用起来才会快。

根据经验，锄头重一斤(合五百克)，淋三钱(合十五克)生铁水正好。少了，硬度不够；过多，太硬而没有韧性，使用时锄口容易崩折。

【念楼曰】 欧洲学者说《天工开物》是“中国十七世纪的工艺百科全书”，大体不错。作者记述多凭实际观察而来，很少因袭陈言，掺杂迷信或加上道德的说教。因袭或说教这些都是古时读书人“格物”的通病，即李时珍亦未能免。

中国用铁的历史并不是世界上最长的，但在冶炼和铸锻工艺上确有独特的创造，“生铁淋口”便是其一。现在乡下铁匠打锄头，仍然有用此法的。这实际上便是用“淋”的办法，在质软的锻铁表面加上极薄的一层硬而脆的白口铁，再通过淬火使其“金相”发生变化，更加符合使用的要求，现代金属工艺学将这称为“表面处理”。

锄镈

宋应星

凡治地生物．用锄镈之属．熟铁锻成．熔化生铁淋口．入水淬健．即成刚劲．每锹锄重一斤者．淋生铁三钱为率．少则不坚．多则过刚而折．

【五十二字】

○本文录自宋应星《天工开物》第十『锤锻』。

○宋应星，字长庚，明江西奉新人。

灶王爷

【念楼读】 有的书中说，灶王爷每月三十日上天报告凡人的过错。段成式笔记也说，灶王爷有六个女儿，每月底上天去检举人家的罪行，罪重者罚短命十二年，罪轻者也总要折阳寿。

所以人们都怕灶王爷，有人每月二十四五起便吃斋念佛。其实，真心做好事，何必在这五六天。若只是为了应付月底那一天的检查，从二十四五起不又太早了么？

【念楼曰】 《五杂组》是明朝谢肇淛的著作，多记民间风俗和自然现象，周作人对它评价很高。这一则写灶王爷监督各家各户，定期检举揭发的情形，若和现实相对照，更有意思。

元朝时候，若干户人家得供养一位阿合马或呼图鲁，让他管着。后来办保甲，联保联坐，更为周密，随时检举揭发，并不限于月底。但统治者还不放心，若能跟玉皇大帝那样，家家派一个灶王爷，手下还有六名女将，每个老百姓日夜都有几双眼睛盯住，那才好呢。

但老百姓也有老百姓的办法，到二十四五吃几天斋，初一初二再开始打牙祭就是了。更为简便而有效的，则是送几块扯麻糖，让灶王爷甜一甜嘴（有人说是粘住嘴皮，但我想米熬的糖不会有这么大黏性），自然不会乱打小报告。人间一派祥和，上天也会高兴。

灶　神

谢肇淛

万毕术云.灶神晦日归天.白人罪过.酉阳杂俎云.灶神有六女.常以月晦上天.白人罪状.大者夺纪.小者夺筭.然则今以廿四五持斋者.不太蚤计耶.

【五十七字】

○本文录自谢肇淛《五杂组》卷之二,原无题。

○谢肇淛,字在杭,福建长乐人,明万历进士。

珍奇的书桌

【念楼读】 巴相国出事，被抄家没收财产，抄出来的奇珍异宝，多得简直无法计数。有一张书桌，桌身全部用琥珀制成。桌面上嵌一整块水晶，长、宽各二尺。下面的抽屉也用水晶制成，深约三寸。屉中蓄着水，养了几条金鱼。朱红色的鱼，碧绿的水草，都像游弋在透明的空中。见到的人，无不啧啧称奇。

【念楼曰】 旧籍中所载"奇器"，有些颇有工艺美术史资料的价值。琥珀是古代松脂的化石，拼接黏合虽然可能，要做成严丝合缝的书桌，仍然需要精巧的手艺。水晶则是二氧化硅的纯净结晶体，如何加工成"方广二尺"的板材，又如何做成能蓄水的抽屉，真不可思议。

《觚賸》成书于康熙四十年（一七〇一）前后，这时荷兰人已将玻璃制镜带来中国，称"红毛光"，也许钮琇所见者是荷兰人带来的玻璃板。但此亦是宝货，非王公贵族，断不会有。

有趣的是，诸如此类的珍奇宝物，收藏在豪门巨邸中，要不是他们窝里斗，"反腐败"，揭露一部分出来，小民和文士们又怎能见到？观《天水冰山录》（记籍没严嵩家产事）、和珅抄家单、康生"文革"所取文物图书一览表，均不禁咋舌。好在这些东西总还保存于世，若由张献忠、杨秀清们来处理，则阿房一炬，影子也没有了。

琥珀案

钮琇

元辅巴公籍没时．宝货不可胜纪．有一书案．纯以琥珀琢成．面嵌水晶．方广二尺．下承以替．高可三寸．亦以水晶为之．贮水蓄金鱼数头．朱鳞碧藻．恍若丽空．见者叹为奇器．

【六十六字】

○本文录自钮琇《觚賸》卷四《燕觚》。

○钮琇，字玉樵，清江苏吴江人。

○元辅巴公，可能指巴泰。巴泰于康熙初年授大学士，康熙二十三年（一六八四）去职。

○替，同『屉』。

相爷的名片

【念楼读】 听说严嵩当权时，谁要是能够拿一张严嵩的名片，到某家大当铺去“拜会”一次，便可以从那家当铺里得到三千两银子的酬劳。因为有了这张名片，便没有任何人敢去那里找麻烦了。

现在南京三山街上的“松茂典”，就还收藏着一张这样的名片。“嵩拜”二字写的是颜体，有五寸大，把整张纸都写满了。乾隆五十四年（一七八九）间，我曾经在那里亲眼见过。

【念楼曰】 严嵩的字写得好，大概没有问题，北京有名的“六必居”，那三个大字至今还保存着。但名片上的两个字，无论如何也值不得三千两，如果写的人不是“当国”的首辅。

得了当朝首辅的一张名片，这位老板就保足了险，合法经营也好，非法经营也好，都不怕谁会来找麻烦，“献程仪三千两”，值哪！

大款靠大官当保护伞，大官则靠大款来“献程仪”，看来自古即是如此，也是“传统”。

不同的是，严嵩的字确实写得好，所以他垮了台、罢了官，别人“犹藏此帖，以为古玩”，如今的大官写的，只怕差得远。

需要说明一点，民国以前的名片（帖），通常都是手写的，随写随用。我所见者，也有字大两三寸的。

严嵩拜帖　姚元之

额岳斋司农云．旧闻严嵩当国时．凡质库能得严府持一帖往候者．则献程仪三千两．盖得此一帖．即可免外侮之患．金陵三山街松茂典犹藏此帖．以为古玩．帖写嵩拜二字．字体学鲁公．大可五寸．纸四边不留馀地．乾隆四十五年曾亲见之．

【九十三字】

○本文录自姚元之《竹叶亭杂记》卷七。

○姚元之，清嘉、道时安徽桐城人。

○严嵩，明江西分宜人，嘉靖时为相，揽权二十年，后革职为民。

乞巧

【念楼读】 七月初七人称“乞巧节”，在头天的晚上，苏州的女孩子各自将阴阳水（开水和生冷水各一半掺和）一杯搅匀，在露天底下敞放一夜，日出后晒上一阵子。然后每人各拿一根绣花针，轻轻地放在水面上，注意不使下沉；再看针映在杯底的影子像什么事物，以此来判断心灵手巧的程度。苏州人把这叫“砉巧”，大概也就是“乞巧”吧。

【念楼曰】 “金风玉露一相逢，便胜却人间无数”。七月初七牛郎织女鹊桥相会，这是中国少有的美的神话，很能激起女孩子们的想象和憧憬，是她们使这一天成为“女儿节”。许多风俗活动，破例全是由女孩们来办的。现存较古老的风俗志《荆楚岁时记》便有如下记载：

> 七月七日为牵牛织女聚会之夜。是夕，人家妇女结彩缕，穿七孔针，或以金银鍮石为针；陈瓜果于庭中以乞巧，有喜子网于瓜上，则以为符应。

这里写到了穿针、乞巧，却没有写到水面放针的事。

《荆楚岁时记》成书于南朝梁时（六世纪初），《清嘉录》成书于十九世纪初，苏州女孩们砉针“以验智鲁”，大概是“乞巧”风俗在这十三个世纪中的延伸和变相。

男耕女织时期，针线活代表了女子的技能才艺。月下穿针和水面放针，正是她们表现心灵手巧的机会。

磬巧

顾禄

七日前夕．以杯盛鸳鸯水．掬和露中庭．天明日出．晒之．徐俟水膜生面．各拈小针．投之使浮．因视水底针影之所似．以验智鲁．谓之磬巧．

【五十二字】

〇本文录自顾禄《清嘉录》卷七。

〇顾禄，清嘉、道时苏州人。

〇磬，音笃，落石也，吴人谓弃掷曰『磬』。

缩微玩物

【念楼读】 苏州人喜欢供奉财神，有一种不到一尺高的小财神，精雕细刻，颇堪欣赏。手工艺人制作出来供人赏玩的，还有小型的楼台、桌椅、杯盘、衣帽、仪仗、乐器、赌具、戏具和其他日用杂物，都缩小到只有寸许大，称为“小摆设”。出售这种工艺品的地方，总有许多男女围观，热闹得很。

【念楼曰】 二十世纪八十年代初游苏州，在拙政园、沧浪亭、刘庄等处，还有人兜售这种“小摆设”，它们多是红木做成的小太师椅、小贵妃榻之类，高或长一般只有五六厘米，也就是一寸多到两寸，而接榫精密，镶嵌入微，完全是明式古董家具的缩影，十分可爱。据说制作者多已年迈，歇业多年，改革开放后才重操旧业，不久即将辞世，故欲购必须从速云。

将社会生活中的各种事物，“缩微”成为玩物，的确是很有意思的，外国的车船飞机模型，还有“芭比娃娃”，亦属此类，而苏州自明清以来即有此传统。《桐桥倚棹录》“市廛”“工作”部中所记绢人“多为仕女之形”，“又有童子拜观音、嫦娥游月宫……诸戏名，外饰方匣，中游沙斗，能使龙女击钵，善才折腰，玉兔捣药，工巧绝伦”，“竹木之玩，则有腰篮、响鱼、花筒、马桶、脚盆，缩至径寸”，“宝塔、木鱼、琵琶、胡琴、洋琴、弦子、笙笛、皮鼓、诸般兵器，皆具体而微”。这些和《清嘉录》中的记载，都是玩具史的好材料。

小摆设

顾禄

好事者供小财神．大不逾尺．而台阁．几案．盘匜．衣冠．卤簿．乐器．博弈．戏具．什物．亦缩至径寸．无不称之．俗呼小摆设．士女纵观．门阑如市．

【五十二字】

○本文录自顾禄《清嘉录》卷八。

○顾禄，见页五一注。

巧合

【念楼读】 明朝崇祯年间，皇帝一度将北京西边一座城门改称“顺治门”，南边一座城门改称“永昌门”。没多久“闯王”进京，年号便叫“永昌”。随后清兵入关，多尔衮保福临登上了金銮殿，年号又叫“顺治”。崇祯改的两个名字，正好都用上了。

紫禁城的东边有座东华门，西边有座西华门，中间的午门，民国后改称“中华门”，好像预先留在那儿准备换名号似的，也可算是巧合。

【念楼曰】 《旧京琐记》的作者枝巢子（夏仁虎）久居北京，熟悉掌故，他知道北京的城墙和城门都是明朝修建的。永乐十九年（一四二一）建成内城，设九座城门，有所谓“九门提督”；嘉靖二十三年（一五四四）又建成南边的外城，设七座城门。城门的名称，在明朝有过改动，入清后倒是没有再改，一直沿用下来。

崇祯改称“永昌门”，李自成便建号“永昌”；改称“顺治门”，爱新觉罗家便建号“顺治”，似乎是巧合。但如果说，“永昌”“顺治”都是好字眼，题在城门上更加深入人心，因此便成新朝建元的首选，倒是一种合情合理的推测。

在读《旧京琐记》的同时，我又看了《日下旧闻考》，卷十九补辑《春明梦馀录》云：

> 辽之正殿曰“洪武”，元之正殿曰“大明”。是后之国号、年号，已见于此，谁谓非定数也。

古人说是定数，如今就只能说是巧合了。

北京城门

夏仁虎

明崇祯之际．题北京西向之门曰顺治．南向之门曰永昌．不谓遂为改代之谶．流寇入京．永昌乃为自成年号．清兵继至．顺治亦为清代入主之纪元．事殆有先定欤．禁城东华西华二门对峙．然至民国．则中门易为中华．亦若预为之地者．谓之巧合可矣．

【九十七字】

○本文录自夏仁虎《旧京琐记》卷八。

○夏仁虎，南京人，清光绪举人，二十世纪五十年代为中央文史馆馆员。

秋声

月下

【念楼读】 半夜醒来，只见皓月当空，自己原来睡在户外。月亮的光洒遍了地面，也洒遍了我全身。花和树的影子，在衣服上纵横交错；月光如水，它们便像是水草。我的心魂浮游在月光的海洋中，上下四方，全都是清冷的月光和月色。

【念楼曰】 王琦注《李太白文集》卷三十，《诗文拾遗》有《杂题》四则，云原见《龙江梦馀录》，又云："类书中多摘引太白诗句，然不能无错缪。"那么，这四则《杂题》到底是不是李白的作品，恐怕也和"平林漠漠烟如织"和"秦娥梦断秦楼月"一样，千载而后还会有争论。

语云，君子恶居下流，天下之恶皆归焉。故希魔作画，江青演戏，未尝无一毫可取，而人皆厌恶之。而另一方面，也可以说才人幸居上流，天下之美皆归焉。铁杵磨针，骑鲸捉月，"百代词曲之祖"都归了他，这几则《杂题》亦犹是耳。

时间过去了一千三百来年，我们这些后辈，智商比李白增了多少，恐不好说。如果太白从月下醒来想写诗，给他一台电脑，他肯定不会用，这能否证明我们就比他"进化"了呢？

听说台湾有位太白后人，说他自己的文章超过了所有前人，诺贝尔奖本要归于他，后来才被姓高的小子抢了去，这也许才是"进化"的实例。

杂题一则

李白

夜来月下卧醒．花影零乱．满人衿袖．疑如濯魄于冰壶也．

【二十二字】

〇本文录自《李太白文集》卷三十《杂题》，共四则，此为其二。篇末注引《方舆胜览》云：『象耳山在眉州彭山县，有太白书台，有石刻留题云云。』

〇李白，字太白，幼时迁居绵州昌隆(今四川江油)。

江上的笛声

【念楼读】 一个秋天的晚上，李牟在瓜洲江边的一艘小船上，吹起了他的笛子。

船只很小，却坐满了人，停泊在渡口上的船又多，所以船内船外都充满着嘈杂的声音。可是嘹亮的笛音一起，发声的人们立刻便静了下来。

笛音不仅使人觉得悦耳，好像还带来了丝丝凉意，有如从江上轻轻吹过的清风，驱散了烦嚣和郁闷。

吹奏的曲调，渐渐由婉转变为凄凉。这时所有的听众，包括邻船上的客商和水手，都沉浸在哀伤之中，有的低头垂泪，有的忍不住哽咽抽泣……

【念楼曰】 在我的印象里，古人听音乐，写的诗不少，写得好的也多。白居易听琵琶，韩愈听琴，李颀听琴、听胡笳、听筚篥，精彩的句子我至今还能背诵得出。可是用散文写音乐，尤其是像这样着重写音乐在听众心里引起的感受的，我却极少读到。一直到后来白话文登场，才有《红楼梦》第八十七回和《老残游记》第二回那样的描写。这情形和看图画不同，题画的诗虽多，却难得比过韩愈《画记》和郑板桥题画的文字。这是什么缘故呢？真希望学美学的朋友们能讲出点道理来。

李牟吹笛

李肇

李牟秋夜吹笛于瓜洲．舟楫甚隘．初发调．群动皆息．及数奏．微风飒然而至．又俄顷．舟人贾客．皆有怨叹悲泣之声．

【四十四字】

○ 本文录自李肇《唐国史补》，原无题。

○ 李肇，唐长庆、大(太)和时人。

○ 瓜洲，向为长江南北水运交通要冲。

习字

【念楼读】 苏子美谈起习字的乐趣，窗户要通明透亮，桌子要干干净净，纸笔墨砚都得选用最精良最好的，这时写起字来便会有一种特别的感觉，觉得这真是生活中很快乐的事情。

他说得不错，但那样的条件恐怕不是人人都能办到的。如果不具备条件，或虽有条件却受到外界干扰，仍能从习字中得到真正的乐趣，那就更加难得了。

我进入晚年后，才慢慢尝到这种乐趣。只恨字总是写不好，难以达到古人的境界。但我本就没有这样的奢望，只求自得其乐，所以感觉也还不错。

【念楼曰】 这是欧阳修习字留下的“试笔”，是苏辙收集保存下来的，连它在内共有几十件。苏轼跋云：

> 此数十纸，皆文忠公冲口而出，纵手而成，初不加意者也。其文采字画，皆有自然绝人之姿，信天下之奇迹也。

此“初不加意”“纵手而成”的试笔，其实并不比这位唐宋八大家之一的正经文章差。

文中对于明窗净几并无贬斥之意，审美也是需要条件的嘛，要紧的是应将个人内心修养看得比外部条件更重要。若能做到“不为外物移其好”，那就即使“初不加意”，也能写出字、写出文章来。能不能“到古人佳处”不必管，能够自得其乐便好。

学书为乐

欧阳修

苏子美尝言.明窗净几.笔砚纸墨皆极精良.亦自是人生一乐事.能得此乐者甚稀.其不为外物移其好者.又特稀也.余晚知此趣.恨字体不工.不能到古人佳处.若以为乐.则自给有馀.

【七十一字】

〇本文录自《欧阳文忠公全集》卷一百三十《试笔》。

〇欧阳修，字永叔，北宋庐陵（今江西吉安）人。古文唐宋八大家之一。

〇苏子美，名舜钦，北宋绵州盐泉（今四川绵阳市东南）人。

怨华年

【念楼读】 我作词喜欢自己配曲，不喜欢照着现成的词谱来“填”；总是先写词句，句式长短不受拘束，然后再谱曲。既然上下片的句式未必全同，谱成的曲调也就不一定简单地重复了。

起意作这首词，则全是因为在《枯树赋》中读了桓温老来重见昔年所栽柳树时说的话：

> 当年我栽小柳树，嫩叶柔条依依在身旁。
> 今日重来看柳树，枯枝败叶摇落向秋江。
> 柳树啊你都老了，我又怎能禁得这风霜。

这些话流露出人生无常的感伤，深深地打动了我，使我的心情久久不能平静，想要写。

于是便写了这首《长亭怨慢》。

【念楼曰】 王国维说：“古今词人格调之高，无如白石。”白石的词，一是格调高，如“数峰清苦，商略黄昏雨”，“二十四桥仍在，波心荡，冷月无声”，真如张炎所评，似“孤云野鹤，去留无迹”。二是情思深，就像这首《长亭怨慢》中的警策，也是全篇的主题：

> 阅人多矣，谁得似，长亭树？
> 树若有情时，不会得青青如此。

这不只是共鸣，不只是因桓温说“树犹如此”生发的感慨，更是从自己身世飘零，联想到阅人多矣的长亭树，树未必有情，故得青青如此，而人不能无情，就只能哀怨华年易逝了。

长亭怨慢小序　　姜夔

予颇喜自制曲．初率意为长短句．然后协以律．故前后阕多不同．桓大司马云．昔年种柳．依依汉南．今看摇落．凄怆江潭．树犹如此．人何以堪．此语余深爱之．

【六十字】

○本文录自姜夔《白石道人歌曲》卷四。

○姜夔，字尧章，号白石道人，南宋饶州鄱阳（今属江西）人。

○桓大司马，即桓温。

○『昔年种柳』六句，引自庾信《枯树赋》。

我爱独行

【念楼读】 每次进京会试，我总是独往独来。因为旅行也是个人的生活，如果随行结伴，总不免要迁就别人，委屈自己，这是我很不乐意的。杜甫诗云：

眼前无俗物，多病也身轻。

宁愿生病，也不愿跟气味不相投的人行走在一起。老杜若是还在，和我倒也许会有共同的语言。

此次从瓜州渡大江，船上未载旁人，四顾茫茫，江天尽归眼底，畅快至极。接着走运河，过浒墅关，尽管有风有雨，秋气已深，却凭栏饱看了太湖山色，山峰远近高低，相映成趣。不劳腿脚，便可游山，也算不虚此行了。

【念楼曰】 归有光嘉靖十九年（庚子，一五四〇）中举后，一连八次进京会试均不利，直到六十岁才成进士。本文为其《己未会试杂记》中的一则，己未即嘉靖三十八年（一五五九），这次又是铩羽而归，而他心情潇洒，夷然不屑的神态自然流露，正可喜也。

此时归氏文名已重江南，应试的文章却仍然难得合格。可是眼前的“俗物”，却一个个都先他跳进龙门，春风得意了。考试衡文的标准，从来便是靠不住的。

我喜欢归氏的文章，觉得《先妣事略》《项脊轩志》《寒花葬志》都可读。他虽被称为“唐宋派”，其实已经走出“八大家”的范围，个人色彩渐浓，已开晚明风气。

归程小记

归有光

予每北上．常翛然独往来．一与人同．未免屈意以徇之．殊非其性．杜子美诗．眼前无俗物．多病也身轻．子美真可语也．昨自瓜州渡江．四顾无人．独览江山之胜．殊为快适．过浒墅．风雨萧飒如高秋．西山屏列．远近掩映．凭阑眺望．亦是奇游．山不必陟乃佳也．

【九十八字】

○本文录自归有光《震川先生集》别集卷六。

○归有光，字震川，明江苏昆山人。

○眼前无俗物，该句见杜子美（甫）诗《漫成二首》，通行本作『眼边无俗物』。

日长如小年

【念楼读】 天上没有起半点风。屋前屋后那些长得高高的竹子，枝叶动也不动。不知从哪里飞来一只斑鸠，在外边叫起来。几声啼呼，使四周显得更加寂静。

我在屋子里静静地坐着，默默面对着送上来的茶点，闻着窗外野花的淡淡香味。

过了些时，从竹林外又传来了鸟儿的对唱，这比斑鸠那紧迫的啼声听起来舒服得多，简直可以说是天然的音乐。我听它听得入了神，守坐在茶炉旁的童儿，却将头靠在屏风上睡着了，偶尔发出细小的鼾声。

此时的我，觉得从自己心中，到屋子内外，到能够感知的周围的世界，全都消除了纷扰和烦忧，连时间都仿佛变慢了。宋人云“山静似太古，日长如小年”，可不是么？

【念楼曰】 晚明小品写闲适，曾被骂为反动。此文是写闲适的一个例子，我却看不出多少反动来。

人生当然须尽责任，但片刻安闲、偶求舒适恐怕也是正常的需要。纯粹的文人往往更看重精神上的宁静，追求闲适实在无可厚非，因为他们在闲适过后也还要用心写文章。

当时大骂闲适的人，住着洋房，养着二太太，吸着茄立克（烟的品牌名），其闲适的程度，较之静坐听鸟叫的，其实不知高出了多少倍。

此坐

张大复

一鸠呼雨，修篁静立，茗碗时供，野芳暗度，又有两鸟咿嘤林外，均节天成，童子倚炉触屏，忽鼾忽止，念既虚闲，室复幽旷，无事此坐，长如小年。

【五十四字】

○本文录自张大复《梅花草堂笔谈》卷二。

○张大复，字元长，晚明昆山（今属江苏）人。

○宋人唐庚《醉眠》诗：『山静似太古，日长如小年。』

夜之美

【念楼读】 夜里偶然起床,估计已是三更时分。河水悄悄地涨近了岸边,从岸上下垂的藤萝,几乎接触到了流水。皎洁的月亮高挂在空中,又大又明。轻风在树梢间滑行,几乎没发出一点声响。四周再不见有人活动,点缀着一片寂静的,只有偶尔从远处村落中传来的几声狗叫,再就是在附近停泊的渔船旁,间或有鱼儿在水中跳跃。曳着碧光的萤火虫,在近水处乱飞……

我完全沉浸在这无垠的寂静之美中。

【念楼曰】 《甲行日注》始作于甲申明亡之后的乙酉年(一六四五),是遗民的作品,极富《黍离》《麦秀》之感,如"故乡风景半似辽阳以东矣,但村人未吹芦管耳"之类描写,多不胜举,但也并非除此便不写别的了。知堂在介绍此篇时说:

> 清言俪语,陆续而出,良由文人积习,无可如何,正如张宗子所说,虽劫火猛烈烧之不失也。

作者叶天寥在国破之前,即已家亡。他的女儿小鸾是有名的才女,不幸早死,夫人沈宛君也因哭女去世。叶氏曾在工部当官,主管修治京师城墙、河道,在别人这是发财的好机会,他却在任期内反而卖掉了家产十分之八,弄得夫人死了,棺材钱都付不出,店主诟厉不止,他"惟有号泣旁皇而已"。会写文章的人不会有钱,从叶氏看确实如此。

夜中偶起

叶绍袁

夜中偶起．似可三更时分也．洑流薄岸．颓萝压波．白月挂天．蘋风隐树．四顾无声．遥村吠犬．渔棹泼刺．萤火乱飞．极夜景之幽趣矣．

【五十字】

○本文录自叶绍袁《甲行日注》卷六，此为丁亥七月十七日所记，原无题。

○叶绍袁，字仲韶，别号天寥，明末吴江（今属江苏）人。

○洑流，吴江近太湖，湖西有一条洑河，『洑流』应指洑河之流，不像是说回流之水，更不会是地下河。

老年

【念楼读】 老年人干甚都没劲，想干的也干不动。动笔想写写字吧，还没写得两三行，眼皮就开始发黏，渐渐用力睁也难得睁开了。

倒是哪里有打花鼓唱“三倒腔”的，去跟村里的老汉们一同挤坐在板凳上，听听《飞龙闹勾栏》什么的，还多少有些兴趣，可以打发时光。

姚大哥说十九日请听戏，想他一定会割两斤肉，烙几张饼，时新瓜菜更不会少，又有吃的又可听唱，岂不甚妙。但不知他是不是真的会来请，若到十七、十八还没动静，就上红土沟去，弄碗大锅粥喝喝也好。

【念楼曰】 傅青主的学问、文章、医道，都极有名。康熙时对明遗民搞“统战”，开“博学宏词科”，指名要他去赴试，他装病拒绝，又哪里会是同村老汉坐板凳看社戏的角色。盖正如他在另一篇文章中所云，“处乱世无一事可做”，故而如此，悲哉悲哉！

但他这样写这样做，亦非做作，而是达人至性的流露。其向往姚大哥的烧饼煮茄，正好像日本俳句诗人小林一茶在等邻人送来的年糕，他有一首著名的俳句：

来了罢来了罢的等了好久，饭同冰一样的冷掉了，年糕终于不来。

是皆能不失其赤子之心，远不是一心等通知开会的老同志所能企及的。

失题

傅山

老人家是甚不待动．书两三行．眵如胶矣．倒是那里有唱三倒腔的．和村老汉都坐在板凳上．听甚么飞龙闹勾栏．消遣时光．倒还使的．姚大哥说．十九日请看唱．割肉二斤．烧饼煮茄．尽足受用．不知真个请不请．若到眼前无动静．便过红土沟．吃碗大锅粥也好．

【一百字】

〇 本文录自傅山《霜红龛集》卷二十三。

〇 傅山，字青主，明清之际山西阳曲人。

〇 三倒腔，当时当地的一种民间戏曲，《飞龙闹勾栏》应是其演出的节目之一。旧小说有《飞龙全传》。

在秋风里

【念楼读】 在洞庭湖上看君山，每个人都有不同的感受。

在孟浩然心目中，昔时云梦泽，今日洞庭湖，八百里浩荡波涛，是在拍打着千年历史的节奏，居然能“撼”动岳阳城。

杜甫的眼界更宽，吴楚东南，乾坤日夜，大地和湖海充分体现了空间的广大、时间的久远，人只是“浮”在其中的一小点，欲求无限又是多么不易。

我最羡慕的还是李白。“白银盘里一青螺”明明为万顷平湖生了色，却偏要“划”去它，竟要让长流天地之间的全都是水，全都是酒，让“巴陵无限酒，醉杀洞庭秋”。这才是真正的酒人、真正的诗人。

我来看湖山，正值秋时，西风吹起了一湖浊浪。从烟雾迷茫中望去，君山只见几点隐隐约约的影子，出没在湖水之中。满目萧然引起了满怀惆怅，我不禁低声唱起了《湘夫人》的歌：

> 帝子降兮北渚，目眇眇兮愁予……

终于自己也作了几句：

> 秋风吹起这一湖的水，遮住了半个蓝天，
>
> 望不见湘娥黛髻青鬟，只有这斑斑几点。

【念楼曰】 浮山愚者本是风流倜傥的明末四公子之一，如今成了亡国遗民。是啊，哪里还有他的湖山、他的天地呢？

洞庭君山

方以智

浩然之撼．杜陵之浮．何如太白之刬耶．愚者尝作词曰．竟把青天．埋在秋风浪里．眇眇愁予．斑斑点点而已．

【四十一字】

○本文录自方以智《浮山文集》。
○方以智，字密之，别号浮山愚者，明清之际桐城人。
○浩然之撼，孟浩然诗『气蒸云梦泽，波撼岳阳城』。
○杜陵之浮，杜甫诗『吴楚东南坼，乾坤日夜浮』。
○太白之刬，李白诗『刬却君山好，平铺湘水流』。
○眇眇愁予，《九歌・湘夫人》句，『帝子降兮北渚，目眇眇兮愁予』。

燕子来时

【念楼读】 去年燕子来时，园内的桃花已经开老，残红遍地了。也许因为迟到的关系，它们的巢造得比较匆忙，附着在梁间，不够牢固，有天夜里忽然倾侧，幼雏掉到了地上。妻怕小狗来伤害，连忙将其捧起，小心呵护，又将倾侧的泥巢扶正，在下面钉些竹片加固，然后使小燕子回巢。

今年燕子来时，桃花正在盛开，它们的旧巢仍在，妻却不在了。再也没有人和我并肩携手，看双燕在花里轻飞，听它们在梁间私语了。

归来的燕子啊，你们不断地绕屋飞鸣，不断地穿帘入户，恐怕也是在苦苦寻觅，寻觅那曾给你们温存照拂的贤惠的女主人吧！

【念楼曰】 去年燕子来，绣户深深处。花径得泥归，都把琴书污。
今年燕子来，谁共呢喃语。不见卷帘人，一阵黄昏雨。

燕子从来寄托着人们的感情。它们岁岁还巢，和人同住，却不是贪图豢养或迫于羁锁，而是自由地选择，所以特别受到人的珍重。

其实还巢不过是候鸟的本能，但在见惯世事沧桑、人情冷暖的人们心目中，却成了念旧和守信的象征。尤其在哀悼亲人或遭际乱离，感到无常之痛时，见到比翼双飞的归燕，当然更会“记得去年门巷”，产生“谁共呢喃语”的深深的惆怅。

人是多么软弱，多么需要安慰。

念亡妻

蒋坦

去年燕来较迟．帘外桃花．已零落殆半．夜深巢泥忽倾．堕雏于地．秋芙惧猧儿所攫．急收取之．且为钉竹片于梁．以承其巢．今年燕子复来．故巢犹在．绕屋呢喃．殆犹忆去年护雏人耶．

【七十字】

○本文录自蒋坦《秋灯琐忆》，原无题。
○蒋坦，字蔼卿，清钱塘（今杭州）人。
○秋芙，作者的亡妻，姓关名锳，能诗词。

一年容易

【念楼读】 七月秋风起，枣树上挂的果渐渐变红，架上的葡萄也越来越紫了。到月底这两样便开始上市，在水果摊子上总挨在一起，红红紫紫，十分好看。

小贩们叫卖吆喝，本是市声中热闹的分子，可是在秋风中听起来，不知怎的却似乎带着一种凄凉。尤其在自己心情不好的时候，它会使你想起，一年容易，又是秋天了。

【念楼曰】 《燕京岁时记》一卷，刻于光绪丙午（一九〇六）即清亡前五年。一九三五年有了 Derk Bedde（卜德）的英译本，名 *Annual Customs and Festivals in Peking*。一九四一年又出了小野胜年的日译本，名《北京年中行事记》。用知堂的话来说，"即此也可见（其）为有目者所共赏了"。

二十世纪六十年代初我在长沙市上拖板车的时候，曾经花三角九分钱，买过北京出版社将它和另一种书合印的一册。这次选录，即用此本。

文中说到小贩的吆喝"音韵凄凉"，这在同年闲园鞠（菊）农所编的《一岁货声》中也有记录。叫卖葡萄的还较单纯：

约（哟），干葡萄来！

叫卖枣的便差不多是一首儿歌了：

枣儿来，糖的咯哒（疙瘩）喽！

尝一个再来买哎！一个光板喽！

枣儿葡萄

富察敦崇

七月下旬，则枣实垂红，葡萄缀紫，担负者往往同卖。秋声入耳，音韵凄凉，抑郁多愁者不禁有岁时之感矣。

【四十一字】

〇 本文录自富察敦崇《燕京岁时记》。

〇 富察敦崇，字礼臣，满族人，自清入民国都居住在北京。

哀祭文十一篇

一死一生乃見交情

简短的悼词

【念楼读】 某年某月某日，韩愈请老同事某某专备酒菜，祭奠从四川老远来到本州当一名小官的房君。

房君啊，你竟在此时此地和我们永别了吗？我又有什么话好说，还能用什么话来安慰你呢？

天地鬼神，如若有灵，请来做证：只要我还活在这世上，就请不要担心你的遗属，安心地远行吧！

房君啊，你听到我的话了吗？

【念楼曰】 古之祭文，即今之悼词。古今都有依例不能不写的祭文或悼词，如韩愈之对这位“五官蜀客”，只因为他是新死去的属吏，便不能不派人“以酒肉之馈”去一祭。但文章高手写出来的东西，总能够表达出一份人情，读来也低回有致，虽然只有短短的六十馀字。

“村上的人死了，开个追悼会”，自从这一条“最高指示”发布以后，开追悼会便成了“常规”，致悼词也成了死者的一项“待遇”。讲老实话，除了老朋友，我是很少去参加公家组织的追悼会的，原因之一便是悼词总是又长又不精彩，听得厌烦，反而怕对亡人不敬。

如果机关单位人事处、老干办管去世者后事的同志，能多读几篇像这样的祭文，至少可以学得将文辞写得短一些，让大家少站些时候。

祭房君文

韩愈

维某年月日．韩愈谨遣旧吏皇甫悦．以

酒肉之馈．展祭于五官蜀客之柩前．呜

呼．君乃至于此．吾复何言．若有鬼神．吾

未死．无以妻子为念．呜呼．君其能闻吾

此言否．尚飨．

【六十五字】

○本文录自《全唐文》卷五百六十八。

悼横死者

【念楼读】 某年某月某日，湖州刺史杜牧，派本州军事部门官员徐某，致祭于遇难辞世的龚秀才之灵前。

死是人生的痛苦之极，肢体遭残，不幸短命，更是死亡的痛苦之极。何以至此，竟是不明不白，或说是前世冤孽，或说是出于偶然。唉，你是多么不幸啊！

你思念的家乡在哪里？你眷恋的亲人在何方？都不必多想了吧。下山的朝阳之处，也可以长眠，你就在此处安息了吧！

【念楼曰】 这也是一篇“因公”而作的祭文，却写得文情并茂，“三生杜牧之”真是不凡。

死者“乡里何在，骨肉何人”都不清楚，无非是一位行旅中的秀才。“折胫而夭”，看得出是横死，死于事故。死者的年龄也不大，青年人之死，本来更易引起同情和无常之痛，而作为一州之长的杜牧，亲自为之营葬致祭，除了履行公务职责之外，诗人的爱心肯定也起了作用。

古代地方政府虽然是专制统治的机关，但也有抚恤流亡、收葬路死的传统，社会救助也能够得到政府的支持。刺史即使不是杜牧，龚秀才的尸体还是不会暴露于郊野的，至于祭文写不写得这样好，那就难说。

祭龚秀才文

杜牧

维大中五年岁次辛未五月朔二日。湖州刺史杜牧。谨遣军事十将徐良。敬致祭于故龚秀才之灵。死者生之极。折胫而夭。复死之极。言于前定。莫得而推。出于偶然。魂其冤哉。乡里何在。骨肉何人。下山之南。可以栖魂。呜呼哀哉。伏惟尚飨。

【九十一字】

○本文录自《全唐文》卷七百五十六。

○杜牧，字牧之，晚唐京兆万年（今西安）人。

求止雨

【念楼读】 久雨成灾，危害极多，这修城墙的工程，您却不能不管啊！

修城已经投入六万九千工，一千三百石米也已吃空。这雨若不止，工就只得停，修好了的城墙也得返工。

我只能管人，不能管雨。天上的事，还得天上的神祇做主。

求城隍神快快显灵，让天公停雨放晴。工程能早日完成，您和我就是造福于民。

【念楼曰】 祭文是要当众宣读的，尤其是祭神祇，为民祈福或者求免于灾祸，与祭者多，旁观更盛，更宜读得铿锵婉转，效果才会更好，所以这种祭文押韵的多。通常的地方官，大都只照老套子炮制了事，祭城隍有祭城隍的，祭龙王有祭龙王的，求降雨有求降雨的，求止雨有求止雨的，不会为难。

欧阳修当然不是通常的地方官，一篇祭城隍神文，别人不知念过多少遍了，都是照葫芦画瓢，到了他手里，却成了非常个性化的创作，这便是高手与凡夫的差别。

欧阳修求神止雨，完全从此时此地的实际情况出发，因为久雨严重影响了城墙工程。他又不像别人，只知千篇一律地向神讲奉承话，而是“敢问雨者，于神谁尸”，提醒神有神的责任。神而有灵，对他这位有水平的“吏”，恐怕也不能不买账。

祭城隍神文

欧阳修

雨之害物多矣．惟城者神之所职．不敢及他．请言城役．用民之力．六万九千工．食民之米．一千三百石．众力方作．雨则止之．城功既成．雨又坏之．敢问雨者．于神谁尸．吏能知人．不能知雨．惟神有灵．可与雨语．吏竭其力．神佑以灵．各供厥职．无愧斯民．

【九十五字】

〇本文录自《欧阳文忠公全集》卷四十九。

〇欧阳修，见页七注。

悲愤的两问

【念楼读】 您就像文彦博，因为“诋毁先烈”，不能不退居二线；又像司马光，因为“诬谤先帝”，不能不被取消荣誉头衔；又像与秦太师政见不合的赵鼎，不能不降职降级，谪贬岭南；最后则像遭疑忌的寇准，不能不死在遥远偏僻的他乡。

怨只怨老百姓没有福气，怨只怨老天爷没有主张。世上如果没有了像您这样的人，又有谁能将您的志业继续下去？世上如果还能出像您这样的人，又有谁能够等到那一天呢？

【念楼曰】 这篇祭文的写法独特，前四句提到四位本朝前辈大臣，都是道德文章都好，却在政治上遭到打击，受过不公正待遇的。用他们来和祭吊的吴潜相比，不作结语，为抱不平的意气却跃然纸上。“尔民无禄，岂天厌之，呜呼”之后，连发两问：“后世而无先生者乎？”“后世而有先生者乎？”痛失了先生，也就是痛失后世，痛失国家的希望了。

和前几篇“因公”而作的祭文不一样，这一篇祭吊的是作者的朋友，不仅仅是朋友，而且是思想上的知己、政治上的同道。最后的两问，充分表达了作者对失去朋友、知己、同道的悲痛和愤激。

祭吴先生履斋　　季芯

潞公不能不疏，温公不能不毁，赵忠简不能不迁，寇莱公不能不死，尔民无禄，岂天厌之，呜呼，后世而无先生者乎，孰能志之，后世而有先生者乎，孰能待之。

【六十字】

○本文录自叶楚伧编《历代名人短笺》。

○吴履斋，名潜，南宋理宗时谪贬死于岭南。

○季芯，南宋时人。

○潞公，文彦博封潞国公。

○温公，司马光封温国公。

○赵忠简，赵鼎谥忠简。

○寇莱公，寇准封莱国公。

无言之痛

【念楼读】 西山君的灵柩，终于从流放地——遥远的道州回乡了。得知消息以后，我特地在家里办了这点酒肴，来灵前致祭，请接受我这个老朋友的吊唁。

【念楼曰】 蔡元定比朱熹小五岁，据《宋史》记载：

> (元定)闻朱熹之名，往师之。熹扣其学，大惊曰："此吾老友也，不当在弟子列。"遂与对榻讲论诸经奥义，每至夜分。四方来学者，熹必俾先从元定质正焉。

从此蔡便成了朱熹最推重的人、最好的朋友。

南宋时，士大夫论政之风正盛，门户派别之争激烈。朱、蔡等人，居官讲学比较方正，不肯苟同于邪僻的韩侂胄之流，于是韩侂胄当权以后，便指责朱熹等人"文诈沽名"，要治他们"伪学之罪"。庆元中朱熹被劾落职，蔡受牵连，也被流放到道州(古春陵)，就死在那里了。

蔡的灵柩从道州运回建阳，朱熹侨居于此，前往吊唁，心中有话不敢说，只写了这寥寥四十字的哀辞。

韩侂胄当权十三年，封平原郡王，位居左右丞相之上。他说反"伪学"，却未进行任何学术讨论批评，搞的全是政治上的排斥异己，这一套倒是为后世整知识分子创造了经验。

朱熹这几句平淡无奇的话，包含着对政治压迫的深深的悲愤，包含着强烈的无言之痛，足以引起后世的深思。

祭蔡季通文

朱熹

窃闻亡友西山先生蔡君季通羁旅之榇，远自舂陵言归故里。谨以家馔只鸡斗酒，酹于灵前。呜呼哀哉！

【四十字】

○本文录自《朱子大全》卷第八十七。

○蔡季通，即蔡元定，建阳（今属福建）人，人称西山先生。

○朱熹，字元晦，南宋婺源（今属江西）人。

不敢出声

【念楼读】 我宁愿死一百次，只要能将你从冥国唤回。眼泪如泉水涌流，因你竟匆匆先我而逝。相隔既远，我又衰老，不能执手相送，只有魂梦相寻。愿你死而有知，接受我心香一瓣。

【念楼曰】 前一篇文章，是朱元晦（熹）祭悼蔡季通（元定）；这一篇文章，是陆放翁（游）祭悼朱元晦。前后相隔，不到三年，祭悼者便成了被祭悼者。

蔡元定和朱熹，都是被韩侂胄一党戴上“伪学”帽子，遭打击受委屈的人。他们奏劾朱熹有不孝母、不敬君、不忠国、侮朝廷、结私党、坏圣像六大罪，和“诱引尼姑二人以为宠妾”等劣行，使被褫职，并将蔡元定“追送别州编管”，两人至死都没能“平反改正”。因为如此，故叶绍翁《四朝闻见录》云：

> 陆公之祭（朱）文公，文公之祭蔡君，俱不敢以一字诵其屈，盖当时（韩党）权势熏灼，诸贤至不敢出声吐气，以目相视而已。

“不敢出声吐气”，我们在反胡风、反右派、“文化大革命”中，不也正是这样的吗？当然，那些大反大革的人，在当时倒可以出声吐气；但后来反胡风的又成了右派，反右派的又成了“文革”对象，最后统统都不敢出声吐气了。

祭朱元晦侍讲

陆游

某有捐百身起九原之心．有倾长河注东海之泪．路修齿髫．神往形留．公殁不亡．尚其来飨．

【三十五字】

〇 本文录自《渭南文集》卷四十一。

〇 朱元晦，即朱熹。

〇 陆游，字务观，号放翁，南宋山阴（今绍兴）人。

无人对饮了

【念楼读】 你刚走十天，夫人也走了，只留下孤身老母存活在世上。如此惨况，即使是泥塑木雕的偶人，对之亦不可能不难过，何况平生至交的好友。

老友啊，还记得过去喝酒时，你我总是埋怨酒少不够喝吗？此刻这满满一杯，你却再不能一饮而尽了，我的老友啊！

【念楼曰】 人过中年以后，老朋友的丧失，确是令人十分难过的事情。

在社会生活中，人与人结合成各种关系，有自然的关系，有经济的关系，有政治的关系……既成关系，即有义务、有权利，均不免牵涉到功利。唯有朋友关系，在本质上是超越利害的，所以最纯洁，最值得珍惜。

刘克庄是著名词人，感情充沛，且善于表达。他写的这篇祭文充分表现了这种悲痛的感情，具有很强的感染力。虽然简短，却不空泛。“昔与公饮，常恨酒少；今举此觞，公不能釂。”酒友已逝，虽举杯亦无人对饮了。有形象、有细节的描述，更能看出生死的交情。他还有一首怀念亡人的《风入松》词，虽未必是写方孚若的，亦可参看：

> 橐泉梦断夜初长，别馆凄凉。细思二十年前事，叹人琴，已矣俱亡。改尽潘郎鬓发，消残荀令衣香。　多年布被冷如霜，到处同床。箫声一去无消息，但回首，天海茫茫。旧日风烟草树，而今总断人肠。

祭方孚若宝谟

刘克庄

公殁浃旬．小君偕逝．高年之母．茕然独存．语之土木．犹当流涕．况平生交友之情哉．呜呼．昔与公饮．常恨酒少．今举此觞．公不能釂．呜呼哀哉．

【五十四字】

○本文录自王符曾辑《古文小品咀华》。

○刘克庄，号后村居士，南宋莆田（今属福建）人。

送别老臣

【念楼读】 我当太子，您是我的先生。

我即位后，您是我的大臣。

我刚过江，便听说您寿终。

哎呀，这是多么叫我伤心。

【念楼曰】 帝王专制下，君臣之分极严，即使彼此能够相安，也很难产生、更难保持正常的人与人之间的感情。

但是在明清两朝，大臣死了，皇帝赐祭并前往（也可以派人代表）致祭，却成了一种礼仪规矩。致祭自然得读祭文，祭文通常都由文臣代笔。正德十四年（一五一九）冬武宗南巡，次年秋，靳贵死于丹徒，帝拟亲临其丧，对文臣所撰祭文都不满意，便自己动手写了这一篇。

无论在历史上还是在舞台上，正德都是一个酒色皇帝，“豹房”中的胡作非为，“梅龙镇”上的游龙戏凤，他给人留下的印象很糟，但给老臣的这篇祭文却写得简而有致。我读文章从不以人废言，所以还是将其选入了本书。

靳贵，丹徒人，曾侍东宫（教太子读书），正德九年（一五一四）以礼部尚书兼文渊阁大学士，故称阁老。在阁三年，无所建白，致仕归。但此人据说学问还好，当师傅时应该还是尽职的。

正德皇帝游江南，名义上说是“御驾亲征”造反的宁王宸濠，其实渡江时，王守仁早就消灭反叛，抓住了宸濠。

祭靳贵

明武宗

朕在东宫．先生为傅．朕登大宝．先生为辅．朕今渡江．闻先生讣．哀哉尚飨．

【二十八字】

○本文录自叶楚伧编《历代名人短笺》。

○明武宗，即正德帝朱厚照。

○靳贵，明丹徒（今属江苏）人。

生死见交情

【念楼读】 古人道，“一个高官一个平民，才看得出交情”，您对我不正是这样的么？“一个死了一个活着，才分得出厚薄”，我现在也是这样来做的，相爷啊，您知道么？

【念楼曰】 《史记》里有这样一个故事：始翟公为廷尉（中央主管刑狱的大官），宾客阗门；及废，门外可设雀罗。翟公复为廷尉，宾客欲往，翟公乃大署其门曰：

> 一死一生，乃知交情。
> 一贫一富，乃知交态。
> 一贵一贱，交情乃见。

顾仲言深感于翟公这番话，不愿做反复的势利小人。到刑场去祭奠被斩决的夏言，在专制的时代是不容易做到的。

夏言是一个先登九天后沉九渊的典型。嘉靖皇帝先是重用他，特赐“学博才优”银章，加上柱国，后来一怒又撤他的职。撤而复用，用而复撤，反复了好多次，终于在严嵩的构陷下将他杀掉了。

夏言当政时，曾识拔许多人，包括顾仲言；杀头时无人敢往送别，除了这个顾仲言。

正如鲁迅所云，中国少有敢于为被处死者抚尸痛哭的吊客。因为这一点，所以选读了这一篇。

刑场祭夏言

顾仲言

古人曰.一贵一贱.交情乃见.太师有焉.一死一生.乃见交情.余小子何多让焉.呜呼哀哉.尚飨.

【三十六字】

○本文录自叶楚伧编《历代名人短笺》。

○顾仲言，不详。

○夏言，号桂洲，明贵溪（今属江西）人。

带笑而死

【念楼读】 不昧良心，不贪惬意。

安于平庸，逢场作戏。

活了九十年，并不太惭愧。

生前同大家快快活活，死后愿留下一团和气。

【念楼曰】 自祭文、自为墓志铭其实应该属于绝笔、遗嘱一类。我曾经想将这类文字选编为一集，名叫《人之将死》，也是很有意思的。那倒不必限于百字短文，张岱的《自为墓志铭》有一千多字，却非选不可。

外国好像没有埋入地下的墓铭，却有自撰碑铭刻在墓石上的。写《老人与海》的美国大作家海明威，于一九六一年七月二日以猎枪自杀，事先为自己准备的碑文也写得又短又好，是专门写给到墓地上去吊唁他的朋友们看的，特别俏皮：

请原谅我不起身。

看得出他不是哭兮兮舍不得，也不是气冲冲咬着牙（“一个也不宽恕”），而是心平气和，甚至还带上几分幽默感告别人生的，王象晋亦近之。

王象晋父之垣官侍郎，兄象乾官至太师。他自己却淡于名利，中年即退居林下，著《群芳谱》《欣赏编》，是一个爱生活、会生活的人，故能“含笑而长逝”。

自祭文

王象晋

不敢丧心．不求满意．能甘淡泊．能忍闲气．九十年来．于心无愧．可偕众而同游．可含笑而长逝．

【三十六字】

〇 本文录自叶楚伧编《历代名人短笺》。

〇 王象晋，明新城（今属山东）人。

哭宋教仁

【念楼读】 与君七载同游，忝居一日之长，对君常有愧心。而君之待我，却照顾很多，繁重的事务，常为我分劳。为何年轻的你却先我而去，苍天真是不公呀！

被刺身亡之时，你还念着我的名字。若不是两心相通，怎么会濒死还记得万里外的我？我又怎能不一闻凶讯，立刻辞去政府官职，前来为你执绋送行呢？

我随身的这点东西，是你说过很喜欢的，仍给你带来，以为纪念。宋君呀宋君，你若有知，请来梦中相见吧！

【念楼曰】 文言文到民国以后，作为通行文体，便快到它最后的日子了。梁启超想与时俱进，他的文言文努力现代化，“新民体”一时大受欢迎，但终究无法和胡适、陈独秀提倡的白话文竞争。章炳麟坚持作古文，写出来的文章和汉魏六朝文无大差别，大众认为难懂，读者自然越来越少。

文言文是二千年来“言”“文”分离的结果，比起拼音文字来，它确实难学些。但有弊亦有利，利就是它稳定，汉唐人写的文章，明清人阅读运用毫无困难；北方人写的文章，闽粤人阅读运用亦无困难。时至今日，“文革”时的语言都不大使用了，古人包括章炳麟的文章却还可看看，学点它的长处。

宋渔父哀辞

章炳麟

炳麟不佞．七年与君子同游．钓石之重．夙所推毂．如何苍天．前我名世．殂殁之夕．犹口念鄙生．非诚心相应．胡而相感于万里哉．即日去官奔丧．躬与执绋．拜持羽扇．君所好也．若犹有知．当见颜色．

【七十五字】

○本文录自《章太炎文集》。
○章炳麟，号太炎，浙江馀杭人，著名学者。
○宋渔父，名教仁，湖南桃源人，中国民主革命家，民国二年（一九一三）被暗杀。

仁智所乐

石门山

【念楼读】 吴均告病回乡，想寻一处可以亲近草木的地方安家，在梅溪西边发现了石门山，高兴地写信给友人道：

石门山的山头高，阳光在谷底停留的时间少。每天的朝晖和落日，将峰头和石壁高处照得熠熠生辉，特别好看。山峰间常常缭绕着白云，溪谷中长满了绿色的藤萝草树，风景十分美丽。

山中幽静却不岑寂，蝉声、鸟声、猿啼声、流水声……不绝于耳，音调丰富而又和谐，使人听赏忘倦。

我非常高兴得到了这个好地方，于是便在此建造了几间房屋。屋的周围，现在正盛开着野菊花，还有结了竹米的竹林。大自然所能赐予人的，这里几乎全都有了。

孔子说，智者喜爱水，仁者喜爱山。我虽非智者仁人，也觉得这话不错。

【念楼曰】 绍兴"二周"都看重魏晋南北朝的文章，盖此时非大一统，思想的活动空间有时得以稍宽，文章也就能多点个性的色彩。从《世说新语》《颜氏家训》和王右军、陶彭泽诸人作品看，也确是如此。

但这时流行的骈俪文、对偶句，虽说跟单音又具四声的汉字还相配，我却不很喜欢，所以本书中只选很少的几篇。

与顾章书

吴均

仆去月谢病．还觅薜萝．梅溪之西．有石门山者．森壁争霞．孤峰限日．幽岫含云．深溪蓄翠．蝉吟鹤唳．水响猿啼．英英相杂．绵绵成韵．既素重幽居．遂葺宇其上．幸富菊花．偏饶竹实．山谷所资．于斯已办．仁智所乐．岂徒语哉．

【八十四字】

○本文录自《吴朝请集》。

○顾章，吴均之友人。

○吴均，南朝梁吴兴故鄣（今浙江安吉）人。

○石门山，在今安吉县东北。

○仁智所乐，语出《论语·雍也》『智者乐水，仁者乐山』。

徐知诰故居

【念楼读】 到扬州后第六天，我同王君玉往游寿宁寺，并在寺中用饭，见建筑颇异寻常。问起它的历史，才知此处原是五代十国时期吴国建都扬州时徐知诰的故居，后来才改为孝先寺，我朝太平兴国年间又改称今名。

因为是帝王的故居，所以屋宇十分壮丽，壁画尤其可观。老和尚说，柴世宗带兵打南唐，攻进扬州后，将此处作为行宫，绝大部分壁画都被粉刷掉了。如今只剩下藏经院壁上的《玄奘西行取经图》，我一见便惊为绝笔。想到柴世宗干的蠢事，心中好久好久都觉得不舒服。

【念楼曰】 写景，不必都写自然景色，记述人文史事，有时也很可观，因为能够引起更多的思索。

柴世宗史称明君，将精美壁画一“刷”成白，这件事却无法让人原谅。其动机恐怕不全是灭佛（显德二年，他曾废天下佛寺三千三百三十六座），一定也是为了扫除前朝遗迹，树立自身权威，即是“破字当头，不破不立”的意思。这在政治斗争中本是常用的手段，不过辣手施之于精美文化，就未免太过。后周二世而亡，不亦宜乎。

乾隆修《四库全书》删改古籍，“塔利班”反异教炸毁大佛，以及“四人帮”在“文化大革命”中的作为，古今同例，都令人切齿。

寿宁寺

欧阳修

甲申．与君玉饮寿宁寺．寺本徐知诰故第．李氏建国．以为孝先寺．太平兴国改今名．寺甚宏壮．画壁尤妙．问老僧．云周世宗入扬州时．以为行宫．尽圬墁之．惟经藏院画玄奘取经一壁独存．尤为绝笔．叹息久之．

【八十字】

○ 本文录自《欧阳修全集》卷一二五。

○ 欧阳修，见页七注。此文作于扬州。

○ 君玉，即王君玉。

○ 徐知诰，李后主的祖父，五代十国时吴国大臣，后代杨氏称帝，自扬州迁都金陵（今南京），改姓名为李昪，改国号为唐（南唐）。

○ 太平兴国，宋太宗年号。

○ 周世宗，名柴荣，显德三年（九五六）统兵攻南唐，取扬州。

观泉

【念楼读】 林虑的泉水，又旺又清。今天在西楼上看了元好问来游时写的《善应寺五首》，如“百汉清泉两岸花”“石潭高树映寒藤”，都是写泉的。我也和作了几首，接着便叫人去石潭中捕鱼，捕得了些鲤鱼和鲫鱼，送到席前，鱼还活蹦乱跳着。

午后便上船观泉，先往寺观的西面去看泉源。洹水自山西进入林虑山，部分成为地下河，从此处石崖下大股冲出，那势头简直跟济南的趵突泉差不多，流量甚大，水质又清。居民筑堰引流，带动水碓水磨，充分利用了水力。

随后又到了龙王庙，这里的泉水迸流得更加汹涌。观赏既久，天色向晚，寺观中派道人用船送来酒菜，醉饱之后，仍回储祥宫歇宿。

【念楼曰】 《林虑记游》前一则（庚午）记：“至善应，宿储祥宫。”《古今图书集成·山川典·林虑山部·艺文》只收了元好问一首《黄华水帘》，“湍声汹汹转绝壑”，写的也是林虑之水。许有壬登西楼时，看到的则是上引的《善应寺五首》。

山水可以激发文思，亦赖文人以传。林虑山现在是不怎么“知名”了，那里腾涌如趵突的泉水也不知怎么样了。林县在“大跃进”时期修红旗渠以后，是否还有“泉出尤怒”“清澈尤甚”的景观呢？真想能够前去看看。

林虑记游一则

许有壬

辛未．登西楼．和元裕之诗．遣捕鱼．得鲤鲫．活跃几席前．午泛舟观泉于宫之西．泉皆洹之洑流．而突出石崖下．腾涌有历下所谓趵突者．清澈尤甚．土人疏导作堰．以激碾硙．为利甚大．登龙祠．祠下泉出尤怒．日已暮．道人载酒于岸以俟．遂醉而归．仍宿于宫中．

【九十九字】

○本文录自许有壬《林虑记游》。林虑，今河南林县，境内林虑山有林泉之胜。作者于至元四年（一二六七）秋来游，居储祥宫，此即文中的『宫』。

○许有壬，字可用，元代汤阴（今属河南）人。

○元裕之，即金代大诗人元好问，曾数游林虑，集中有《善应寺五首》。

龙关晓月

【念楼读】 从龙尾关上看过天生桥，便在海珠寺里住下来，等着看苍山八景之一的“龙关晓月”。

龙关就是龙尾关。说是关，其实乃是又高又陡的两座山，中间夹着条窄窄的峡谷。从海珠寺望去，就像一扇巨大的城门开了条缝。人工建造的城关，断无此高大、无此雄奇。

破晓之前，西坠的月亮落进峡谷，这“晓月”便入“龙关”了。天未明时更暗，黑黝黝的山体中空一线，大而黄的月亮悬挂在其间，仿佛正在进入地下。

我和李君对此奇景，都发了诗兴。诗成以后，月亮还挂在那“关”中间，我们却不得不下山了……

【念楼曰】 苍山洱海，明朝时候可说是蛮荒之地。杨升庵是正德六年（一五一一）的状元，在京城里翰林学士当得好好的，偏要对朝廷大事发表不同意见，结果屁股挨打不说，还被谪戍万里外的永昌（云南保山），终于死在戍所，连想回到桂湖家中落气亦不可得。文人以言得罪至此，五百年后的我们，亦当为之扼腕。

但转念一想，若不远戍云南，他又怎能见龙关晓月，怎会写洱海苍山，《升庵集》中又怎得添许多文字？游桂湖时读对联：

> 五千里秦树蜀山，我原过客；
> 一万顷荷花秋水，中有诗人。

望风怀想，能不依依？

点苍山游记一则

杨慎

二月辛酉．自龙尾关窥天生桥．夜宿海珠寺．候龙关晓月．两山千仞．中虚一峡．如排闼然．落月中悬．其时天在地底．中溪与予各赋一诗．诗成而月犹不移．真奇观也．下山．乘舟至海门阁小饮．

【七十三字】

○本文录自杨慎《点苍山游记》。点苍山在云南大理洱海西，作者谪云南时来游。

○杨慎，字用修，号升庵，明四川新都人。

○中溪，李元阳，当地的文人。

丽江木府

【念楼读】 二月初一，到丽江的第六天。

昨天见到了木公，今天他便派大管事送来见面礼，是白银十两和一些家藏的“黑香”，下午又在解脱林东堂设宴招待，还特地请来一位汉族秀才（姓许，楚雄人）作陪。

按照本地的风俗，设宴的大堂中，地上垫了一层松毛，走上去像铺了地毯。开席时又向客人献礼，礼物是银杯两只、绿色绉纱一匹。

筵席极为丰盛，大菜竟多达八十样。摆在远处的，是些甚么珍肴异味，看都看不清。宴会到晚上才结束。还有一桌酒席送给许秀才，他便赏给随从听差了。

【念楼曰】 徐霞客活了五十五岁，其游记所叙，始自癸丑，终于己卯。他在二十七年中（从二十八岁到五十四岁）只做了一件事——游历并写游记。这使他成了千古奇人，他写的游记也成了“千古奇书”（见钱牧斋与毛子晋书）。

徐霞客之游，一不是宦游，二不是商旅，三不是传教，唯一的目的只是为了好奇，费用全靠自己筹措，常常是“肩荷一襆被，手挟一油伞”（赵翼诗），其可贵亦正在此。

《徐霞客游记》重要的价值，是记录自然景观。但本篇叙述丽江民族习俗、木府的排场、木公对汉文化和文人的尊重，亦富有民族学和社会学的意义。

木公设宴

徐弘祖

二月初一日，木公命大把事，以家集黑香，白镪十两来馈。下午，设宴解脱林东堂，下藉以松毛，以楚雄诸生许姓者陪宴。仍侑以杯缎，银杯两只，绿绉纱一匹。大肴八十品，罗列甚遥，不能辨其孰为异味也。抵暮乃散，复以卓席馈许生，为分犒诸役。

【九十四字】

○本篇录自《徐霞客游记》卷九上『西南游日记十五』，原无题。

○徐弘祖，号霞客，明末江阴（今属江苏）人。

○二月初一日，在己卯年即崇祯十二年（一六三九）。

○木公，木增，么些（纳西）土司，世袭丽江知府。

○大把事，木府大管家。

○解脱林，寺庙名，实际上是木府的一部分。

○卓，同『桌』。

寓山的水

【念楼读】 “寓山”以山为名，妙处却在于水。

坐船来到“寓山”，你可能会以为水路到了头。可是进园门后，一条走廊引着你往西，廊的一侧仍然全是水，清清的水一直在你脚边。浓绿的树冠将水映成碧色，客人和陪行的主人像是行走在空翠中，全身都带上了波光树影。这时想起了杜诗：

四更山吐月，残夜水明楼。

觉得意境很切合，于是便叫它“水明廊”。借用了老杜两个字，不知他会不会同意。

【念楼曰】 此篇充分表现了晚明文人的审美趣味，即追求独特的个性，力避庸熟。园名“寓山”，记名“寓山注”，都不是作八股文章的人想得出的。盖晚明时期和春秋战国、魏晋六朝、五代十国时一样，王纲解纽，有利于个性解放，思想比较自由，文艺也就活泼了。

祁氏为山阴巨族。张岱《陶庵梦忆·祁止祥癖》中的主人公，便是祁彪佳的弟弟，名豸佳。他们还有两个哥哥——麟佳和骏佳，四兄弟都是词曲作者，精赏鉴，会生活。彪佳还做过大官，最后在清兵南下时投水自杀，应了“须眉若浣，衣袖皆湿”的谶语，这却不是一般填“功过格”谈道学的人做得到的。

水明廊

祁彪佳

园以藏山．所贵者反在于水．自泛舟及园．以为水之事尽．迨循廊而西．曲沼澄泓．绕出青林之下．主与客似从琉璃国而来．须眉若浣．衣袖皆湿．因忆杜老残夜水明句．以廊代楼．未识少陵首肯否．

【七十五字】

○本文录自祁彪佳《寓山注》。寓山为祁家园林。
○祁彪佳，号幼文，明末山阴（今绍兴）人。

招隐山

【念楼读】 听人说招隐山风景好，山水林泉都不俗，心中早就向往这个地方了。

顺治十七年（一六六〇）十一月间，终于同友人来作小游。一见满林的红叶、瘦露的山岩、清冷的泉涧，胸间万虑顿消。不知不觉，我的整个身心，便被这幽旷的情境同化了。

登上玉蕊亭，遥望江水苍茫、归帆倦鸟，一种说不出的惆怅无端地袭上心头，使得我久久不能离去。

【念楼曰】 登临名胜，乘兴而作，信笔而题，是古时文人雅事。历代总集、别集中，此类文字不少，多数是诗，近世亦有诗馀、联语，散文比较少见。古人题字，最初我想是题在石上和壁上，后来则大半都题在纸上了，若是名流巨宦，自会有人摹刻。

题者既多，便成了风气。连半个文人也不能算的宋押司，在浔阳楼上也可以叫店家笔墨伺候，题些“敢笑黄巢不丈夫”和“血染浔阳江口”之类的诗词，惹出天大的麻烦来。

时至今日，此风仍未息。各级领导、各界名流，诗和字还比不上“及时雨”，也仍然到处乱题。文人和准文人，乐此不疲的更是多有，当然异口同声都在歌颂风景这边独好，像王渔洋这样抒个人之情者甚少。至于题反诗的，清平世界，朗朗乾坤，当然更不会有了。

招隐寺题名记

王士禛

昔人言招隐水深山秀．烟霞涧毛皆不凡．予以庚子仲冬月同昆仑子来游．红叶满山．石骨刻露．泉流萧瑟．登玉蕊亭上．远眺江影．惝恍久之．

【五十四字】

○本文录自王士禛《渔洋文略》卷四。招隐寺在丹徒南，因南朝隐士戴颙隐居于此得名。

○王士禛，号渔洋山人，清新城（今山东桓台）人。

○毛，指草木。

再上名楼

【念楼读】 烟雨楼是江南的名楼，四季皆可游观。乾隆十四年（一七四九）我曾来此，饱览了南湖的春色。已经过去五年了，印象还很鲜明。

此次又到嘉兴，已是重阳将近，当然还是先去烟雨楼。楼边湖畔的桂花仍芳香扑鼻，绿荫中露出的楼顶和脊兽在阳光下格外鲜明。湖中低浅处，莲叶田田，铺开大片大片的碧绿，如果还能开着荷花，那就更好看了。

再上名楼，我一边看景，一边品茶。卖茶的人，采得湖里的鲜菱供客，其色娇艳，咀嚼起来也很爽口，难道也带上了名湖的风味么？

临别时，对着楼影波光，心想一定还要来看盛夏的莲花、冬天的雪景，但不知又得再过多少年。

【念楼曰】 旅游者总是喜新厌旧的，一去再去还愿三四去的地方很少。龚巢林于烟雨楼情有独钟，亦由其善于观察和领略，才能不断有新鲜感。张宗子说：

> 嘉兴人开口烟雨楼，天下笑之，然烟雨楼故自佳。楼襟对莺泽湖，涳涳蒙蒙，时带雨意。

莺泽湖后来又叫鸳鸯湖，龚巢林称为彪湖，现则通称南湖，因为中共在此开过“一大”，是益发有名了，我却还从来没有去过。嘉兴范笑我君曾约我去玩，也没有去成。

槜李烟雨楼

龚炜

槜李烟雨楼．四时皆宜．予自己巳登此．得领彪湖春色．忽忽五年往矣．重阳在望．桂香犹复袭人．龙楼拥翠．悬以秋日．别具晶莹．再得芙蓉冒绿池．则全美矣．登眺之馀．卖茶者采菱饷客．色味迥殊．因思荷香雪景．又不知何年得备览此胜．

【九十一字】

○本文录自龚炜《巢林笔谈续编》卷上。
○龚炜，字巢林，清昆山（今属江苏）人。
○槜李，嘉兴古称。

荷花深处

【念楼读】 太湖洞庭西山脚下，有一处荷花最多、最好、最适宜欣赏的地方，名叫消夏湾。

这里遍处都是荷花，盛夏时花朵盛开，满眼云霞锦绣。来此避暑的人，坐在游船上，吹着湖上的凉风，闻着荷花的清香，流连忘返。有的还要等到月出东山，赏玩湖上的夜景，甚至留宿船中，让翠盖红裳伴随着入梦。

【念楼曰】 顾禄《清嘉录》十二卷，分别记叙一年十二个月内苏州的风土人情，道光十年（一八三〇）刊行，翌年传入日本。后来中国才又从日本翻刻本再翻刻过来，周作人曾写文章介绍，从此它才为人所重。近来某出版社排印此书，前言批评周对《清嘉录》版本之说“未妥”，可是在提到周氏《夜读抄》时，却一连三次都错成了《夜读草》，则其考证的精密程度亦不无可疑。

消夏湾传为吴王避暑处，旧《苏州府志》有介绍云：

> 消夏湾在洞庭西山之址，深入八九里，三面峰环，一门水汇，仅三里耳……
>
> 荷花有红、白、黄数种。洞庭东西山人善植荷，夏末秋初，一望数十里不绝，为水乡胜景。

沈朝初《忆江南》词云：

> 苏州好，消夏五湖湾。荷静水光临晓镜，雨馀山翠湿烟鬟，七十二峰间。

描写情景，亦有韵味。

消夏湾看荷花

顾禄

洞庭西山之址．消夏湾为荷花最深处．夏末舒华．灿若锦绣．游人放棹纳凉．花香云影．皓月澄波．往往留梦湾中．越宿而归．

【四十七字】

○本文录自顾禄《清嘉录》卷六。

○顾禄，字总之，一字铁卿，清苏州人。

会稽山色

【念楼读】 一行三人乘船到瓦窑堡上岸，走昌安门进城；一路上，饱看会稽山色，十多里路一点不嫌远，只恨自己的脚步走得太快。

途中经过一处乡村中的小庵堂，临水有廊有槛，可坐可倚，在那儿看霜枫红叶，特别有意思。

接着又走过一座高高的石拱桥，桥已危圮，但从桥上远望，夕照中的陶山，像美人精心梳裹的发髻，金翠首饰变幻成或紫或绿的色彩，在一片深红的背景中，显得奇丽无比。

西天的红霞愈望愈远，愈远愈深。这种变化中的色彩，绝不是人工所能画得出的。

到进城时，戒珠寺的晚钟已经敲响了。

【念楼曰】 会稽山阴（民国废府并县，以清代府名绍兴作新县名）的风景自古有名，当地也有游山玩水的习惯。一千六百多年前，王羲之等人修禊（也就是春游），“会于会稽山阴之兰亭”，该处跟萝庵相去不远。王羲之的儿子献之也说过：

> 从山阴道上行，山川自相映发，使人应接不暇。

以后记会稽山阴风景的越来越多，《萝庵游赏小志》算是晚近的。民国时期，徐蔚南写的一篇也较为有名，题目就叫做《山阴道上》，却已是现代散文，有两千多字。

十里看山

李慈铭

十一月十五日.坐舟至瓦窑岭.偕雪瓯平子二子登岸.行十馀里.溯昌安门.一路看会稽山.恨若有速其步者.过一村庵.坐水槛上看枫.尤有意致.立危桥上四望.陶山在夕阳中.一髻嫣然.紫翠缕起.更远更红.非画工所能仿佛也.入城.闻戒珠寺钟矣.

【九十六字】

○ 本文录自李慈铭《萝庵游赏小志》，原无题。
○ 李慈铭，号莼客，室名越缦堂，清会稽(今绍兴)人。

题画文七篇

画飞鸟

【念楼读】 黄筌画的飞鸟，颈和腿都是伸着的。有人说，鸟飞时若是伸着脚，便一定会缩起颈；若是伸着颈，便一定会缩起脚，没有两者都伸着的。一看果然如此。

可见若对事物不认真观察了解，即使是大画师，亦难免疏失，何况办大事。读书人除了读书，真还得多看多问才行。

【念楼曰】 散文状物写景，能使人移情忘倦，便是美文。绘画状物写景，能使人移情忘倦，便是好画。故文与画实可相通，对苏轼这样诗文书画均臻绝妙的大家来说，更是如此。

此一则《书黄筌画雀》，只谈了个“画师观物”的问题，也就是“画”与“真”的问题。到底飞鸟是“颈足皆展”，还是“无两展者”呢？老实说我也说不清，按理说应该是鸟有多少种类便会有多少飞法，黄永玉画的飞鹤飞鹭，便都是“颈足皆展”的。

但苏轼强调“观物”，强调观物须“审”，须认真、细致、准确，总是对的。在这里他不只是对画师说话，而是对更大范围的“君子”说话，提倡大家要“务学”，要“好问”，不能人云亦云，不能“想当然”，因为这确实是传统读书人普遍存在的毛病。

书黄筌画雀

苏轼

黄筌画飞鸟，颈足皆展。或曰：飞鸟缩颈则展足，缩足则展颈，无两展者。验之信然，乃知观物不审者，虽画师且不能，况其大者乎？君子是以务学而好问也。

【五十九字】

○本文录自《东坡题跋》卷五。

○苏轼，字子瞻，号东坡居士，北宋眉山（今属四川）人。

○黄筌，五代时大画家，擅画花鸟，成都人。

李广夺马

【念楼读】 看书画，主要是看它的神韵。从前大画家李公麟为我画李广夺马：李广跳上敌军的坐骑，挟持着一个匈奴兵纵马南奔，又夺过他的弓箭转身射敌；箭锋所向，他开弓的手还没有松，追来的人马就像要应弦而倒，真是画活了。

公麟笑道："要是让别的什么人来画，李广的这支箭画出来，一定是射到人马身上的了。"

这番话提高了我赏画的能力，使我渐渐能够分辨画作品格的高下。我想，作画作文都一样，要紧的是写出神韵。不过这个道理要人人领会，只怕也难。

【念楼曰】 本篇是题在一幅临摹的《燕郭尚父图》上的，此图所画应是宴请郭子仪的盛况，但黄庭坚谈的却是另外一幅《李广夺胡儿马》。借题发挥，高手往往如此。

箭锋所向，人马皆应弦而倒。此并非事实，却满有神韵，觉得李广就该有这样的本事。若一味写实，则不中箭人马不会倒，箭一离弦"引满"的弓也就收了，画面岂不就"死"了么。此李公麟与"俗子"之不同，亦黄庭坚与"俗子"之不同也。

李广的故事十分有名，《史记》所述夺马南驰的情节是：

> 胡骑得广，广时伤病。置广两马间，络而盛卧广。行十馀里，广佯死，睨其旁有一胡儿骑善马。广暂腾而上胡儿马，因推堕儿，取其弓，鞭马南驰……骑数百追之，广行取胡儿弓，射杀追骑……

画上添加了"挟胡儿南驰"的景象，更加显出了李广的本领和神威。

题摹燕郭尚父图

黄庭坚

凡书画当观韵。往时李伯时为余作李广夺胡儿马，挟儿南驰，夺胡儿弓，引满以拟追骑，观箭锋所直，发之，人马皆应弦也。伯时笑曰：使俗子为之，当作中箭追骑矣。余因此深悟画格，此与文章同一关纽，但难得人入神会耳。

【八十六字】

○ 本文录自《山谷题跋》卷三。

○ 黄庭坚，字鲁直，号山谷道人，北宋分宁（今江西修水）人。

○ 燕，通「宴」。

○ 郭尚父，唐郭子仪以大功称「尚父」。

○ 李伯时，名公麟，画家。

真与美

【念楼读】 早春时天气还冷，怎么知了便已经上树，苍蝇也迫不及待地飞出来了呢？

仔细一瞧，原来是老章在耍笔杆子，跟我们开玩笑哪。

【念楼曰】 画家作大写意，具象在似与不似之间，靠笔墨、色彩构成，仍可以给人以美感。

但齐白石的草虫，则仍以逼真见长。大笔渲染的荷叶荷花上头停着一只蜻蜓，透明的翅膀上的脉络都看得清清楚楚。据说他为了“防老”，预先将蜻蜓、知了等画在纸上，留待以后再来补花卉，这样画了好多张。其实他早就心中有数，画草虫须用和画花卉画山水不同的方法，后者可以大写意，前者却得逼真，真得近乎照相，甚至超过照相。

艺术上的真与美，本无法和实际生活中的对应或等同。对于人来说，飞蝇百分之百是讨厌的东西，尤其是大头苍蝇，它们出于粪缸，人根本无法与之和平共处。新蝉爬上树便放肆聒噪，那单调刺耳的声音，也是谁都不乐意听的。可是章伯益用作“墨戏”，诚斋便忙不迭为之题记，我们今天亦可欣赏，这就是艺术和实际生活的不同。

人们大概不会因为画上的飞蝇生动有趣，便喜欢上嗡嗡叫着挥之不去的苍蝇；但也不必因为苍蝇是“除四害”的对象，便认为它在画中也只能表现丑恶，永远不能够表现美。

题章友直草虫　杨万里

春寒尔许，飞蝇新蝉辈遽出耶？细观，盖章伯益墨戏也。

【二十一字】

○ 本文录自叶楚伧编的《历代名人短文笺》。

○ 杨万里，学者称诚斋先生，南宋吉水（今属江西）人。

○ 章友直，字伯益，画家。

动人春色

【念楼读】 道君皇帝考画师，用诗句“万绿丛中红一点，动人春色不须多”为题。大家想的都是如何画出“动人春色”来，用心画花卉，在构图设色上努力下功夫。

只有一人与众不同。他画的是楼台一角，掩映在杨柳深处，楼上有一位年轻的女郎，在凭栏眺望。

结果是这位画师考得最好，大家也都心服。

【念楼曰】 将女人比作花，这肯定不是第一例。道君皇帝所取者，我想只是此画师不肯同于众人这一点。

创作最怕的便是同于众人。同于众人，便没有了特点，显不出个性。当然有个性有特色的未必就好，但好的创作必然是独一份，有特色，有个性的。

有好长一段时间，文学批评、艺术批评只做了一件事：消灭个性。于是“众工遂服”（不敢不服啊）的只剩下一幅“去安源”（听说此画如今又大红特红，拍卖出高价了），画两边若再题上“高天滚滚寒流急，大地微微暖气吹”，岂不正好跟道君皇帝的命题交相辉映。

附带说一点，北宋时画画的，大约仍以画工为主。苏东坡、米元章和文与可辈那时即使还活着，大概是不会去应试的，去了也未必能画得好万岁爷心目中的“动人春色”，这真是他们那一辈喜欢弄笔杆子的人的幸福。

徽庙试画工

俞文豹

徽庙试画工，以万绿丛中红一点动人春色不须多为意。众皆妆点花卉，独一工于层楼缥缈绿杨隐映中画一妇人凭栏立，众工遂服。

【五十二字】

○本文录自俞文豹《吹剑录》，原无题。

○俞文豹，字文蔚，南宋括苍（今属浙江）人。

○徽庙，宋徽宗。

还是东坡

【念楼读】 当东坡着了公服在朝堂上，总是被人骂，讨人嫌，众人巴不得快点将他排挤走；当他穿起木屐戴起斗笠下了乡，又总是受人恭维，被人吹捧，他们哪怕看上一眼也觉得高兴。其实，骂的是东坡，捧的还是东坡。

看着画中的东坡，设想自己就是悠游自在的他。别人过去骂我也好，如今捧我也好，一概不必当真，置之一笑好了。

【念楼曰】 克鲁泡特金的《互助论》是读高中时读过的，他宣传互助是生物（包括人）的本能，想以此纠正达尔文“竞争论”（物竞天择，适者生存）带来的弊病。其实竞争、互助都是生物学上客观存在的事实，蜂和蚁本群间的互助是有名的，也是成功的，但群与群间的斗争则异常剧烈，打起仗来死得满地都是。当然斗争自有其原因，或为地盘，或为食物，如果隔得天差地远，利益并不交叉，也就不得斗。

人与人之间的潜规则也是远交近攻。斯大林杀的并不是希特勒和罗斯福，而是和他同为联共政治局委员的季诺维也夫、加米涅夫。东坡“冠冕在朝”时，衮衮诸公是他的同事，自然难得容他；如今“山容野服”，相去已远，而且已经到了画里，则“争先快睹”亦是人情，何况称赞他几句，还能赚个“尊重文化、尊重人才”的美名。

题东坡笠屐图

陆树声

当其冠冕在朝．则众怒群咻．不可于时．及山容野服．则争先快睹．彼亦一东坡．此亦一东坡．观者于此．聊代东坡一哂．

【四十五字】

〇本文录自施蛰存编的《晚明二十家小品》。

〇陆树声，号平泉，明华亭（今属上海）人。

残缺之美

【念楼读】 夏圭这幅画，笔墨洗练而气势开张，使人能够从画面之外感受到一种广阔的意境，产生美感。可是拼接处的笔墨和意境都不相连，显然有缺失，真是可惜。

看平常画的云中之龙，龙身没有不被云遮蔽着的，总有一部分肢体看不见，但龙的整个形态还是矫健生动的。只要是好画，画面虽欠完整，震撼力还是很大的。

【念楼曰】 不久前在报纸上看到，大陆馆藏的《富春山居图》残卷，台湾博物院藏有另一截，双方同意合起来办一次展览，可称盛事。其实就是合起来，这轴长卷也还是残的，因为原画被投入火中，幸而有在场的人抢救，才救出这两截。

残缺之美，亦堪欣赏。一是它本来是美的创作，虽然残缺，美仍存在。二是美的东西被破坏，受摧残，不能不在人们心中引起悲怆和同情，这种超越个人利害、完全出于人性的单纯的感情，亦即是美感。

至于徐文长文中提到的龙这个东西，不管被画得如何好，我觉得总是不大好看的。所以高明的画师需用云遮掩它，能表现一点飞腾的动感，便不错了。若是像美国唐人街上做标志的那样张牙舞爪，整个一个鳞甲森森的大蜥蜴，越是活灵活现，越使人恐怖厌恶。真不知为什么有人硬要将这只伪劣的爬虫奉为祖先，硬要将自己说成是它的“传人”。

书夏圭山水卷

徐渭

观夏圭此画．苍洁旷迥．令人舍形而悦影．但两接处墨与景俱不交．必有遗矣．惜哉．云护蛟龙．支股必间断．亦在意会而已．

【四十七字】

〇本文录自《徐文长文集》。

〇徐渭，字文长，明山阴（今绍兴）人。

〇夏圭，南宋钱塘（今杭州）人，名画家。

孤山夜月

【念楼读】 和兄弟们喝够了酒，半醉中驾着小船，从西泠摇过湖来。此时夜月初升，堤边柳树的影子，在水波上荡漾，像在镜中，又像在画中。

这印象久久地存留在心中，万历四十年（一六一二）住在湖边别墅里，它忽然又浮现在眼前，于是匆匆写出给孟阳，我自己仿佛又进入画中了。

【念楼曰】 前面几篇，或记述，或评论，或感想，写的都是别人的画，此篇写的却是自己的画。

李流芳是文人画家，钱谦益谓其画“出入元人”。其诗文尤为有名，选明人小品少他不得。此篇写自己的生活和友情，写西湖的景色和风物，全没有离开自己这幅画，真可谓文情并茂、画中有人。

孤山夜月是西湖一景（虽然“西湖八景”中没有列入），我却没有亲历过。李流芳在文中也未直写孤山，只写了夜月，写了夜月中的人，而孤山也就写入人的胸臆了。

五十岁以后多次到过西湖，印象反而不及从前足迹未至时想象中的西湖美，因为那都是从文人笔下看来的，首先是张岱、吴敬梓，然后是白居易、苏轼、“三袁”兄弟，也包括李流芳。

“甚矣，文人之笔足以移情也”，梁绍壬这句话，移用在这里，正是恰好。

题孤山夜月图

李流芳

曾与印持诸兄弟．醉后泛小艇．从西泠而归．时月初上．新堤柳枝．皆倒影湖中．空明摩荡．如镜中．复如画中．久怀此胸臆．壬子在小筑．忽为孟阳写出．真是画中矣．

【六十二字】

○ 本文录自李流芳《檀园集》。
○ 李流芳，字长蘅，明嘉定（今属上海）人。
○ 孟阳，姓程，名嘉燧，李流芳的画友和诗友。

记事文十三篇

树倒猢狲散

种仇得仇

【念楼读】 齐懿公还是公子的时候，和邴歜的父亲争田地，没有争得赢，恨恨不已。等到他当了国君，邴歜的父亲已经死去，他仍不解恨，竟命人将坟墓掘开，斫掉死人一只脚，并且叫邴歜给自己做仆役。

他是一个十足的昏君，不仅滥施刑罚，还荒唐渔色。庸织的妻子长得好看，他就抢来放在后宫，又要庸织给自己赶马车。

当他到申池去游玩时，邴歜、庸织二人也跟去了。休息时二人到池中洗澡，邴歜故意拿鞭子敲庸织的头。庸织生气了，邴歜便对庸织道：

“别人抢走你的妻子，你都不敢生气，敲敲脑壳又有什么关系呢？”

“这比父亲的脚被砍，仍然忍气吞声的人如何？”庸织反问邴歜道。

原来二人都把齐懿公种下的深仇大恨埋在心里，彼此一挑明，便再也压制不住了。于是二人杀了懿公，将尸体藏在竹林中。

【念楼曰】 种瓜得瓜，种豆得豆，种下仇恨应得的回报便是仇恨。延安有首歌唱得好，“谁种下仇恨他自己遭殃”，齐懿公正是如此，用人不当，只不过加速了报应的到来而已。看来有权有势的人，最好还是少结点仇，曾国藩不是说，“有势不可使尽”吗？

懿公之死

刘向

齐懿公之为公子也.与邴歜之父争田.不胜.及即位.乃掘而刖之.而使歜为仆.夺庸织之妻.而使织为参乘.公游于申池.二人浴于池.歜以鞭抶织.织怒.歜曰.人夺女妻而不敢怒.一抶女庸何伤.织曰.孰与刖其父而不病奚若.乃谋杀公.纳之竹中.

【九十四字】

○本文录自刘向《说苑》卷六。

○刘向，西汉沛（今属江苏）人。

○齐懿公，前六一二年至前六〇九年间齐国的国君。

○邴歜，人名，音丙触。

○女，通『汝』。

國和圀

【念楼读】 武则天做了皇帝，改了国号改年号，还要改革文字。她又迷信吉凶祸福之说，说好说坏都信，越信越要改。

幽州有个叫寻如意的人奏称："'国(國)'字中间一个'或'字，大不吉利，好像暗示新国家或者会出事。不如将'或'字换成'武'字，改'國'为'國'，一看便知是武姓的国家。"则天大喜，下令照改。

刚刚改成"國"，又有人奏称："'武'字放在口中，就像在坐牢，太不吉利了。"则天大惊，忙下令将"國"再改为"圀"，意思是八方全都归于一统。

也许真是说好不灵说坏灵，后来唐中宗复辟，武则天果然被囚禁在上阳宫，一直到死。

【念楼曰】 汉字本不是随意造出来的，每个字都有它的形、音、义。"國"字从囗从口从戈，代表土地、人民、武装，乃是立国三要素，一望而知。改"國"改"圀"，岂非多事。统治者害妄想症，小民不会着急，只苦了读书写字的人。

后来的天王洪秀全，将口里的"或"改成"王"。人民当家做主后，不便称王，又在"王"旁加一点成了国。"玉"比"或"少三笔，算是简化。其实打字无须一笔一画打，印字也无须一笔一画印，只简化了手写的工夫。原来何不学英文日文那样，规范出一套简化的手写体就行了，难道写得出 and 还认不得 AND 么？

则天改字

张鷟

天授中．则天好改新字．又多忌讳．有幽州人寻如意上封云．國字中或．或乱天象．请口中安武以镇之．则天大喜．下制即依．月馀．有上封者云．武退在口中．与因字无异．不祥之甚．则天愕然．遽追制改令中为八方字．后孝和即位．果幽则天于上阳宫．

【九十五字】

○本文录自张鷟《朝野佥载》卷一。

○张鷟，唐深州陆泽（今河北深州）人。

○则天，姓武名曌，唐高宗之后，后自立为帝，国号周。

○天授，武则天称帝后所改的年号。

○孝和，唐中宗。

以饼拭手

【念楼读】 宇文士及入唐后，太宗李世民有次大宴群臣，叫他分割熟肉。宇文士及一面割肉，一面拿摆在案上的薄饼擦手上的油。

太宗素性节俭，对此不以为然，几次用眼盯他。宇文士及发觉了，却装作没有发觉似的，继续擦，直到将手擦干净，然后将擦手的饼卷起来纳入口中吃掉，便没事了。

【念楼曰】 此则叙事小文，通过从“以饼拭手”到“以饼纳口”，这些看似自然平常，实在设计精巧的小动作，将宇文士及这个人察言观色随机应变的本领，刻画得淋漓尽致。

宇文士及原姓破野头，是鲜卑人，其父宇文述为北周重臣。隋朝统一天下后，士及当上了隋炀帝的驸马爷。士及的哥哥化及弑帝自立，封士及为蜀王。李渊父子起兵，士及“从龙”有功，又被封郢国公，拜中书令，算得上政治上的不倒翁，全亏了这一套随机应变的本领。

饼要能用来拭手，必须又软又薄，首先得有优质面粉，而厨人做饼的手艺尤其要好。唐初距今一千三百多年，当时已有如此精美的面食，研究烹饪史的人大可注意。

除了食物之外，用餐分食的制度，也是饮食文化史应当注意的。皇室盛宴，令大臣分割熟肉，可见当时实行的还是分餐制，不是许多双筷子在一个海碗里捞。

宇文士及割肉

刘餗

太宗使宇文士及割肉.以饼拭手.帝屡目焉.士及佯为不悟.更徐拭而便啖之.

【三十字】

○本文录自刘餗《隋唐嘉话》上，原无题。

○刘餗，唐彭城（今徐州）人，著名史学家刘知幾之子。

○宇文士及，隋炀帝女婿，后入唐为臣。

人不如文

【念楼读】 吴均是南北朝时著名的文人，《吴朝请集》中写战争军旅的篇什，总是豪壮之气十足，如：

男儿不惜死，破胆与君尝。

还有：

不能通瀚海，无面见三齐。

但是当侯景叛军渡江来，将梁武帝围困在台城时，问吴均有何应敌之策，他却只讲了一句：

“我看只有赶快投降才是办法。”

【念楼曰】常说“文如其人”，吴均写诗“慷慨”，临敌“忙惧”，却是人不如文，可笑亦复可怜。

但转念一想，吴均本来只是个要笔杆子的人，皇帝被围，满朝文武，束手无策，却问他“外御之计”，“不知所答”也是难怪。

金庸笔下的东邪西毒武功那么高强，金庸却说他自己根本不会武术，劳伦斯写得出查泰莱夫人关不住的春色春光，他也并没有和伯爵夫人上过床，“人”和“文”本来未见得是一回事。

我们可以同意“人归人，文归文”，但写（说）一套做一套毕竟是不好的。“副统帅”对客挥毫写“四个伟大”，关起门来搞“五七一工程”无论矣，就是习水县一小小司法所干部，刚整完流氓分子的材料，马上就“亲自”去嫖宿幼女，其不可恕的程度也大大超过了吴均。

降为上计　刘悚

齐吴均为文多慷慨军旅之意.梁武帝被围台城.朝廷问均外御之计.忙惧不知所答.但云.愚意愿速降为上.

【四十二字】

〇本文录自《说郛》三八。
〇刘悚，见上页注。
〇吴均，见页一〇七注。
〇梁武帝，姓萧名衍，五〇二年建梁称帝，五四九年被侯景困于台城饿死。
〇台城，在玄武湖侧，南朝宋齐梁陈四代的宫城。

豺咬杀鱼

【念楼读】 武则天信佛，曾经很严厉地禁止杀生。官员们不能吃鱼吃肉，尽吃蔬菜，都吃得厌烦了。

御史大夫娄师德到陕西视察，吃饭的时候，厨子给他端上来一盆烧羊肉。娄问："朝廷正在禁屠，怎么会有这个啊？"

厨子答："是豺狗咬死的羊。"

"真懂事的豺狗子啊！"娄高兴地说，便将羊肉吃了。

接着厨子又送上来一盆溜鱼片。娄又问怎么会有鱼，厨子又答："是豺狗咬死的鱼。"

"蠢东西，咬死鱼的该是水獭啊！"娄骂道。厨子忙改口说，是水獭咬死的鱼。

骂归骂，结果娄师德还是奖赏了这个给他烧羊肉和溜鱼片的厨子。

【念楼曰】 这真是一篇十分精彩的叙事文。厨子不缺乏伺候老爷的经验，但毕竟是个粗人，难免有"智短"的时候。娄师德为御史大夫，等于副宰相，即使装模作样，表面上也得维护朝廷的禁令。"是豺狗咬死的羊"，"真懂事的豺狗子啊"，是无可奈何的矫饰，也是天然绝妙的诙谐。至于"豺狗咬死的鱼"和大骂蠢东西，则简直无以名之，只能称为无上妙品的黑色幽默。

娄师德

李昉

则天禁屠杀颇切.吏人弊于蔬菜.师德为御史大夫.因使至于陕.厨人进肉.师德曰.敕禁屠杀.何为有此.厨人曰.豺咬杀羊.师德曰.大解事豺.乃食之.又进鲙.复问何为有此.厨人复曰豺咬杀鱼.师德因大叱之.智短汉.何不道是獭.厨人即云是獭.师德亦为荐之.

【一百字】

〇本文录自《太平广记》卷四九三，原无题。

〇李昉，北宋深州饶阳（今属河北）人。

〇娄师德，唐贞观进士，武后时参知政事。

有脾气

【念楼读】 杨亿任翰林学士时，有次奉诏起草致契丹的国书，稿中写了一句“邻壤交欢”。呈请皇帝裁示时，真宗皇帝因为心里对契丹有气，便在“壤”字旁边批了“朽壤，鼠壤，粪壤”六个字。杨亿见到，便将“邻壤”改成了“邻境”。

第二天上朝，杨亿便提交辞呈，而且态度十分坚决，说：“唐朝有规定，翰林学士为朝廷起草文字，如果有地方需要改动，即属于不称职，是应该罢免的。”

真宗皇帝拿他没办法，只好对宰相说：“杨亿的文章不让改，硬是没得一点商量，这个人真有脾气。”

【念楼曰】 如今的文学史上，恐怕未必提到杨亿，就是提到，给他的评价亦未必高。但在宋真宗时，他却是首席御用文人，即便如此，他也还是“有脾气”的，也就是还能保持自己的独立性和人格。

北宋国力不强，常吃契丹的亏。真宗皇帝有气无处出，只好在草稿上贬之为“朽”为“鼠”为“粪”，其实这和阿 Q 躲着骂“秃儿”骂“驴”一样，是绝对不敢写上国书的；何况杨亿用的“邻壤”一词，并无过分恭维之意，改为“邻境”，仍是半斤八两。这样乱改，难怪杨亿要甩纱帽。

学士草文

欧阳修

杨大年为学士时．草答契丹书云．邻壤交欢．进草既入．真宗自注其侧云．朽壤鼠壤粪壤．大年遽改为邻境．明旦引唐故事．学士作文书有所改为不称职．当罢．因亟求解职．真宗语宰相曰．杨亿不通商量．真有气性．

【八十二字】

○本文录自欧阳修《归田录》卷一，原无题。

○欧阳修，见页七注。

○杨大年，名亿，宋建州浦城（今属福建）人。

献赋

【念楼读】 赵匡胤定都开封，重新装修了丹凤门（就是后来的宣德门）。刚一完工，留用的翰林学士梁周翰，便忙不迭地献上一篇《丹凤门赋》。

“干吗呢，写上这一大篇？”赵匡胤问身边的人。

“梁某是读书人，做文字工作的；歌颂国家的新建设、新气象，是他的职责啊。”

“不就是盖个门楼吗，还值得这样吹捧？这帮酸文人也太会拍马屁了。”赵匡胤满脸瞧不起的神气，将赋往地上一丢。

【念楼曰】 御用文人及时献赋，歌颂国家的新建设、新气象，乃是他的本分，本该受到奖赏。若在乾隆一类讲求“文治”的皇帝陛下那里，献得不及时只怕还要受斥责，即使不开除，也会影响得大奖拿津贴。可是这次偏偏碰上了刚刚由“点检”做天子的赵匡胤，还不习惯这一套。拍马屁拍到了马腿上，龙马尥起蹶子来，挨的这一下可不轻。

“荃不察余之中情兮……”屈大夫的牢骚，想必会在挨了踢的翰林学士心中引起共鸣。

铺天盖地的歌颂文章使眼睛看胀了的人，却肯定会为太祖皇帝这一次的英明而高兴，喊几声万岁也有可能是真心的了。

丹凤门

龚鼎臣

艺祖时新丹凤门.梁周翰献丹凤门赋.帝问左右.何也.对曰.周翰儒臣.在文字职.国家有所兴建.即为歌颂.帝曰.人家盖一个门楼.措大家又献言语.即掷于地.即今宣德门也.

【六十七字】

○本文录自龚鼎臣《东原录》,原无题。
○龚鼎臣,号东原,北宋须城(今山东东平)人。
○艺祖,即宋太祖赵匡胤。
○梁周翰,五代后周进士,入宋后为翰林学士。

树倒猢狲散

【念楼读】 曹咏投靠秦桧，成为秦的亲信，当上了副部长，有权有势，巴结他的人很多。他的妻兄厉德斯，却非但不来趋炎附势，反而因此和他疏远了。曹咏以为这样没有面子，便想着法子要让厉德斯也来捧场，软的硬的办法都用尽了，厉德斯就是不买账。

后来秦桧一死，秦党立刻失势，土崩瓦解，到曹咏府上来的人也绝迹了。这时厉德斯才叫人给曹咏送来个大信封，拆开一看，原来是一篇《树倒猢狲散赋》。

【念楼曰】 猢狲靠树吃树，对树的攀缘依附，乃是它们的天性。但这是以树根基牢固、枝繁叶茂、果实累累为前提的，只有这样，树才能给猢狲提供吃喝玩乐往上爬的条件。如果大树一倒，对于猢狲便失去了利用的价值，猢狲们自然要另谋高就，再去攀缘依附别的大树，其“散”也就是必然的了。

猢狲虽属灵长科，毕竟是畜生。其来爬也好，散去也好，均不能以人的道德求之。而人则不同，通常人情冷暖，世态炎凉，人们的同情总倾向于被冷被凉的这一方面，对势利小人则予以鄙视。这个故事却颇为特殊，被讥笑的最后只剩下一个曹咏。

稍觉难解的是，暴发了的老妹郎，起初何以“百般威胁”大舅子，硬要他来捧场？难道树一大便非得要猢狲来爬么？

不依附

庞元英

宋曹咏依附秦桧．官至侍郎．显赫一时．依附者甚众．独其妻兄厉德斯不以为然．咏百般威胁．德斯独不屈．及秦桧死．德斯遣人致书于曹咏．启封．乃树倒猢狲散赋一篇．

【六十五字】

○ 本文录自庞元英《谈薮》，原无题。
○ 庞元英，北宋时单州成武（今属山东）人。

巧安排

【念楼读】 宋真宗大中祥符年间，皇宫发生火灾，灾后重建，需要取土。主管工程的丁谓决定挖掘皇宫周围的大道，挖出土来供施工之用，这样取土的距离就近了。

原来的道路挖成了很宽很深的沟，引入汴河的水，便成了运输的水道，建筑需用的竹木可扎成排筏，砖瓦石料则可用船载运，从城外一直运到工地，进行施工。

重建完成，大量的建筑垃圾需要处理，将其填塞在沟内，水沟又恢复成了宽阔的道路。

丁谓一个点子，办好了三件大事，节省了上亿的工程费用，还缩短了工期。

【念楼曰】 《梦溪笔谈》中，确实有不少科学技术史的材料，这一条便是管理科学和运筹学实际运用的好例。

丁谓这个人，在历史上的名声并不好，因为他是寇准的对头；寇准为贤相，他就是奸臣了。《宋史》说“世皆指为奸邪”，但也承认他“机敏有智谋，憸狡过人”，“憸狡”自然是贬义词，但智商高总是事实，不然又怎能“一举三役”，让沈括佩服呢？

《宋史》还说丁谓“文字累数千百言，一览辄诵”，“尤喜为诗，至于图画、博弈、音律，无不洞晓”，可惜这些没能够保存下来，这大概是做奸臣该付出的代价。

一举三役

沈括

祥符中．禁内火．时丁晋公主营复宫室．患取土远．公乃令凿通衢取土．不日皆成巨堑．乃决汴水入堑中．引诸道竹木排筏及船运杂料．尽自堑中入至宫门．事毕．却以斥弃瓦砾灰壤．实于堑中．复为通衢．一举而三役济．计省费以亿万计．

【九十一字】

○本文录自沈括《梦溪笔谈》『补笔谈卷二』，原无题。

○沈括，字存中，北宋钱塘（今杭州）人。

○丁晋公，名谓，宋真宗时为相，封晋国公。

父与子

【念楼读】 曹璨是北宋开国功臣曹彬的儿子。后来他也做了大官，此时其父曹彬已经去世，但母亲还在。

老太太有天走进家中的库房，见到一大堆的钱，总数有好几千贯。她便将曹璨叫来，指着这些钱教训道："你父亲在朝中官做到太师兼侍中，封了国公，在外面带兵打仗，又贵为元帅，却从没为家里弄来这么多钱。看起来，和父亲比，你还差得远。"

【念楼曰】 这里说的是儿子不如老子的品德好。《国老谈苑》多记北宋"国老"事迹，曹家三代都可称国老，都做大官。都说高干子弟喜欢钱，但曹彬也是高干子弟，他老子曹芸在前朝也做过节度使，他自己归宋后却一直谦恭谨慎，坚持操守。宋初灭后蜀，下南唐，平北汉，他都是主帅。打了胜仗，部下将官多有子女玉帛，他则一毫不取，"橐中惟图书衣衾而已"。

曹璨却不能同他父亲一样廉洁，虽然比起家财万贯的大贪官来，几千贯还不算太多。后来曹璨的政声也不太坏，恐怕多亏了老太太的教训监督，还是曹彬的遗泽。

如今有些"第二代"和"第三代"，比曹璨更贪，外快一次即是几亿十几亿，远不止"数千缗"。人们的价值观念也变了，能登富豪榜才是真成功，在捞钱的能力上，比起他们来，真正"不及远矣"的该是老一辈了。

曹彬曹璨

王君玉

曹璨，彬之子也，为节度使，其母一日阅宅库，见积钱数千缗，召璨指而示曰：“先侍中履历中外，未尝有此积聚，可知汝不及父远矣。”

【五十字】

○ 本文录自王君玉《国老谈苑》，原无题。

○ 王君玉，宋人，《宋史》称其夷门君玉。

○ 曹彬、曹璨，父子均为北宋大臣。

须读书人

【念楼读】 宋太祖赵匡胤的年号，最初称“建隆”，后来改称“乾德”。

乾德三年（九六五）春，宋兵攻入成都，灭了后蜀。蜀宫女有的被送入宋宫，其随带的铜镜上有“乾德四年铸”字样。赵匡胤很是诧异：今年才是乾德三年，怎么提前出现乾德四年了呢？于是他便去问陶、窦二位翰林学士。二位学士答道：“四十六年前，前蜀少主王衍也曾用‘乾德’做年号，这铜镜一定是那时铸的。”

赵匡胤大为佩服，说：“看来宰相还是要用读书人。”从此开始重视文臣。

【念楼曰】 赵匡胤在戏台上是条红脸大汉，本来出身“骁勇善骑射”的人家，完全是靠打仗的功劳，才当上后周朝的“点检”（司令官），接着就“点检做天子”了。他自己不是文人，却知道管理国务的宰相还是要用读书人，这就十分难得。

如果不用读书人，便只能用跟自己一路打仗打出来的“老干部”，这些人没文化，少知识，不仅不知历朝列国的年号，更不知管理经济和文教。这方面可以举出一个我亲见亲闻的例子：一九五一年我去某国营大矿采访，听党委书记做报告总结年度生产工作，每项数字最后三位都是“010”，好生疑惑，将报告文本拿来一看，才知道他将“%”都念成“010”了。

乾德铜镜

李心传

乾德三年春平蜀．蜀宫人有入掖庭者．太祖览其镜背云．乾德四年铸．上大惊．以问陶窦二内相．二人曰．蜀少主尝有此号．镜必蜀中所铸．上曰．作宰相须是读书人．自是大重儒臣．

【六十九字】

○ 本文录自李心传《旧闻证误》卷一，原无题。

○ 李心传，字微之，宋井研（今属四川）人。

○ 陶窦二内相，应是陶穀、窦仪两位翰林学士。

勿与钥匙

【念楼读】 北周常遭突厥入侵。有次定州城被围，和后方隔断了好几十里，快要守不住了。州里的行政首长孙彦高，慌忙躲进家中收藏物件的木柜子，叫仆人将柜子锁上，交代道：

“死死地抓着这片钥匙，突厥兵问你要，千万不能给他们啊。”

【念楼曰】 这一则简直是一个笑话，像是《笑林》和《百喻经》里的东西，但此文言之凿凿，有名有姓，想必是真的。就是不知道城破以后，突厥兵到底打开这个柜子没有？初读此文时我这样想。

继续翻看下去，在《说郛》里又发现了写孙彦高的一条，说他在突厥围城时，先是“却锁宅门，不敢诣厅事，文案须征发者，于小窗内接入”。城破以后，他“乃谓奴曰，牢关门户，莫与钥匙”。而结果则是，“俄而陷没，刺史之宅先歼焉”。

《说郛》这两节，都说明辑自张鷟《朝野佥载》。但《朝野佥载》在“慎勿与”句下还有以下文字：

> 昔有愚人入京选，皮袋被贼盗去，其人曰：“贼偷我袋，将终不得我物用。”或问其故，答曰：“钥匙尚在我衣带上，彼将何物开之？”此孙彦高之流也。

不管是锁柜子还是锁宅门，孙彦高认为最要紧的都是钥匙，必须死死抓住，林彪云“悠悠万事，唯此为大”者是矣。

刺史避贼

陶宗仪

周定州刺史孙彦高．被突厥围城数十里．彦高乃入柜中藏．令奴曰．牢掌钥匙．贼来索．慎勿与．

【三十六字】

○本文录自陶宗仪纂《说郛》卷二引《朝野佥载》，原无题。

○陶宗仪，字九成，号南村，元黄岩（今属浙江）人。

一览皆小

【念楼读】 清圣祖康熙皇帝登泰山，要题匾。原来想用“孔子登泰山而小天下”的典故，题“而小天下”四个字。不料提笔一挥，将“而”字的一横写得太低，无法再写下去了。

陪侍在一旁的高士奇，见到康熙皇帝不再动笔，呆呆地站在那里，心知肚明，立刻凑近去低声问道：“陛下是想写‘一览皆小’四个字么？”

康熙一听，豁然开朗，立刻高高兴兴地题写了这块匾额——“一览皆小”。

【念楼曰】 高士奇既无背景，又无功名，一肩行李入京，居然成为皇帝的宠臣，参与机要，直到可以和宰相明珠争权夺利的地步，当然有他过人的本事。看了这则叙事，对他的本事应该有所了解，那真不是旁人轻易学得来的。

这则叙事，竟似文坛佳话，故事性强，人物动作鲜明。但深入一层看，最高统治者信手挥毫，本领不济；文学侍从先意承志，及时捉刀，却更有意思。

那时君王“无屎不黄金”，“放屁”也成文；文臣“时刻准备着”，准备给君王擦屁股。擦得好的如高士奇，便可以安富尊荣一辈子。

书匾额

易宗夔

高澹人随圣祖登泰山.圣祖欲书匾额.已拟定而小天下四字.提笔一挥.将而字一画写太低.以下难再着笔.帝甚踌躇.高曰.陛下非欲书一览皆小四字耶.帝欣然一挥而就.

【六十七字】

〇本文录自易宗夔《新世说·捷悟》，原无题。

〇易宗夔，民国湖南湘潭人。

〇高澹人，名士奇，清钱塘(今杭州)人。

不识字更快活

吸脓疮

【念楼读】 吴起在魏国当大将，统率军队去攻打中山国。有一名军士生了毒疮，吴起便去殷勤照料，用嘴去吸他疮口里的脓。那军士的母亲知道了，便伤心地哭了起来。旁边的人问她道：

“将军对你的儿子这样好，你为什么还要哭呢？”

“上次泾水之战，战前孩子他爸也生了毒疮，吴将军也替他吸了脓。战事一打起来，他爸就一步不停地往前冲，很快就战死了。这回吴将军又替我儿子吸了脓，这孩子还不是死定了么？”

【念楼曰】 想用不多的笔墨刻画人物，必须抓住他最突出、最引人注意的特点，例如吴起的吮疽——吸脓疮。

用嘴为人吸脓，从溃烂的疮口中吸脓，那气味，那感觉，想必是很难很难接受的吧。只听说过有母亲施之于婴孩的，而且是濒死的婴孩，舍此再无别法，但结果仍未能挽救其生命。若施之于旁人，就只有我佛如来的大慈大悲、耶稣基督的博爱万民，才能如此。而我们的吴起却这样做了。

古之名将，首推“孙吴”，这“吴”便是吴起。吴起杀妻求将，又曾杀“乡党笑之”者三十馀人，以“猜忍”著名。猜忍之人，却能使士兵为他“战不旋踵而死”，其办法便是为士兵吸脓。吸了一个又吸一个，吸得个个都愿为他而死。一将功成万骨枯，万骨枯了，他就“功成”，成了名将。

吴起为魏将

刘向

吴起为魏将攻中山．军人有病疽者．吴子自吮其脓．其母泣之．旁人曰．将军于而子如是．尚何为泣．对曰．吴子吮此子父之创．而杀之于泾水之战．战不旋踵而死．今又吮之．安知是子何战而死．是以哭之矣．

【七十九字】

○本文录自刘向《说苑》卷六。

○刘向，见页一四五注。

○中山，春秋战国时国名，位于今河北定州、平山一带。

高下自见

【念楼读】 东晋名人祖约和阮孚，一个好积存钱币，一个爱料理木屐，都耗费了不少的时间和精力。这本来只是他两个人的事情，别人不会管，更不会去评论谁高谁下。

直到有次人们去看祖约，他正在数钱，听说客来，慌忙收拾。来不及收进去的两只小竹箱，他只好用身子遮着，在客人面前左偏右挡，显得很不自然。

又有人去看阮孚，他正在给木屐上蜡，却仍然从从容容地吹着火，一面还发着感慨：“人生一世，真不知能穿得几双木屐啊！”

从此在人们心目中，他俩便分出了高下。

【念楼曰】 生年不满百，本穿不了几双木屐。后人诗如“山川几两屐”、“岁华正似阮孚屐”，对此都深有感触。盖人生多艰，能够欣赏一点自觉美好的事物，暂时忘却尘世的烦忧，便是生活艺术的高境界，亦易得到理解和同情。

有点爱收藏之类的癖好，为累亦不多。若不是想在公众面前装出不玩物丧志的模样，又何必把本可大大方方做的事情，搞成一副见不得人的样子。祖约的表现，确实只能“落败”。

木屐现在东洋人还在穿，西洋荷兰的木鞋亦仿佛近之。湖南过去也有“湘潭木屐益阳伞，桃花江的妹子过得拣（读如赶）”的谚语，今则此物作为国粹似已完全消失矣。

祖阮得失

裴启

祖士少好财．阮遥集好屐．并常自经营．同是一累．而未判其得失．人有诣祖．见料视财物．客至屏当未尽．馀两小簏．以置背后．倾身障之．意未能平．或有诣阮．正见自吹火蜡屐．因叹曰．未知一生当着几两屐．神色闲畅．于是胜负始分也．

【九十字】

〇本文录自裴启《语林》辑本，原无题。

〇裴启，字荣期，东晋初河东闻喜（今属山西）人。

〇祖士少，名约，东晋人，为祖逖之弟，继兄为刺史，后叛奔后赵，被杀。

〇阮遥集，名孚，东晋人，为阮籍侄孙。

牛头马面

【念楼读】 武则天建立“大周”，厉行镇压，重用刑部侍郎周兴，提拔其为尚书左丞。周兴大搞刑讯逼供，务求置人于死地，杀了好几千人。审讯时犯人受不了各种酷刑，喊冤枉喊得惊天动地，当时人们都将他比作阴曹地府的牛头马面。周兴为了反击舆论，公然在办公楼前贴出一张公告：

“犯人被审问时，没有一个不喊冤枉的；砍掉脑壳以后，就没一个再喊冤枉了。”

【念楼曰】 在武则天任用的酷吏中，来俊臣出身市井无赖，索元礼是“胡人”，侯思止“贫懒不治业，为渤海高元礼奴”，只有周兴“少习法律”，算是被“结合”的老政法干部。所以尽管周兴努力学做牛头马面，大张旗鼓地砍脑壳，大张旗鼓地宣传，还是当不上一把手。结果他被交付来俊臣审查，被“请君入瓮”了。

周兴在贴出他精心撰写的公告时，肯定是满腹豪情、满脸喜色的，因为这是在为“大周革命”镇压反革命，砍脑壳自然越多越好，越多越有功，何况自己还会写四言诗做宣传，肯定会受上赏。殊不知“大周皇帝”要的只是巩固武氏政权，李唐旧臣自须多杀，错杀乱杀亦无妨；但“好皇帝”的名声还是要的，牛头马面的恶名只能由周兴来背，必要时还得杀掉他“以平民愤”。

周兴残忍

张鷟

周秋官侍郎周兴，推劾残忍，法外苦楚，无所不为，时人号牛头阿婆，百姓怨谤。兴乃榜门判曰：被告之人，问皆称枉，斩决之后，咸悉无言。

【五十二字】

○ 本文录自张鷟《朝野佥载》卷二，原无题。

○ 张鷟，见页一四七注。

○ 周兴，唐长安（今西安）人。

○ 周，此处指武则天建立的周朝（六九〇—七〇五年）。

○ 牛头阿婆，应作牛头阿旁，指地狱中的鬼卒，喻指凶恶可怖的人。

英雄本色

【念楼读】 英国公李勣，曾经这样介绍自己的一生：

“我十二三岁便是个流氓，当了土匪。那时候糊里糊涂的，见了人就杀。

“十四五岁时，已经成了个出名的恶强盗，无论是谁，只要瞧着不顺眼，没有不被我杀掉的。

“十七八岁开始造反，学做好强盗，上阵打仗才杀人。

“二十岁当了大将，要夺天下，从此带兵作战，就是为着解放人民群众了。”

【念楼曰】 李勣原名徐世勣，字懋功，“瓦岗寨”中的徐茂公便是他，当过李世民的总司令（行军大总管）和副首相（开府仪同三司同中书门下）。有胆量承认自己流氓土匪出身的历史，是其坦白可爱处，亦英雄本色也。

他的话要言不烦，总结了“农民起义”的四个阶段：先从请人吃板刀面开始，练基本功。成了团伙，明火执仗，算是揭竿而起，势必乱杀多杀。迨火并出头，稍成气候，看到了造反的前途，才会慢慢开始讲点纪律，“学做好强盗”。等到野心升格为“大志”，想要开国平天下，那就得立大旗颁口号了。

李勣是胜利通过了四个阶段的成功者。李自成功败垂成；洪秀全连“好强盗”都算不上；义和拳请黎山老母下凡，更只能算邪教，不成气候了。

英公言

刘餗

英公尝言．我年十二三为无赖贼．逢人则杀．十四五为难当贼．有所不快者．无不杀之．十七八为好贼．上阵乃杀人．年二十便为天下大将．用兵以救人死．

【五十九字】

○本篇录自刘餗《隋唐嘉话》上卷，原无题。

○刘餗，见页一四九注。

○英公，即李勣，唐朝开国元勋，封英国公。

听其自然

【念楼读】 裴度任门下省侍郎时，到吏部考察官吏，对同去的给事中（官名）道："你我还不是因为机会好，才侥幸能到这样的地位；今天来考察别人，多给他们一官半职，也是应该的。"于是审核一概从宽，尽量不"卡"人。

后来他当了宰相，封晋国公，地位崇高，处事严正，但待人接物仍很随和，老来也不信邪不信气功，不忌口不吃补药，常常这样说自己：

"荤菜素菜，来啥吃啥；生老病死，听其自然。"

这几句话，很可以看出他的思想、见识和气量。

【念楼曰】 一个人的气量和器识，从他对待死的态度上，最能够看得出来。有的人临死还记恨别人，咬牙切齿地说什么"一个也不宽恕"；有的人被抬去抢救时，念念不忘的仍是自己的政治地位，高声大叫以明心迹……他们都死得太累了，当然比起死不放心小老婆谁来养、崽安排什么官的诸公来，还要好看一点。

生老病死，佛家所谓"四苦"。生来会老，会病，会死，这是秦始皇、斯大林也不能例外的。故最好的生活方式，便是学裴度这样听其自然，勿倒行逆施以促其死，亦勿服食求仙妄冀长生，"鸡猪鱼蒜"还是"逢着则吃"为好。且不说回龙汤、活蚂蚁吞起来太恶心，凌晨四五点钟起床上马路去跑也是可怜无补徒费精神也。

裴晋公

赵璘

裴晋公为门下侍郎．过吏部选人官．谓同过给事中曰．吾徒侥幸至多．此辈优与一资半级．何足问也．一皆注定．未曾限量．公不信术数．不好服食．每语人曰．鸡猪鱼蒜．逢着则吃．生老病死．时至则行．其器抱弘达皆此类．

【八十四字】

○ 本文录自赵璘《因话录》卷二，原无题。

○ 赵璘，字泽章，南阳（今属河南）人，后徙平原（今属山东）。

○ 裴晋公，裴度，唐闻喜（今属山西）人，元和中为相，平吴元济，封晋国公。

靴价

【念楼读】 老一辈中熟悉五代时掌故的人，给我讲过冯道、和凝的一件事。那是他俩同在中书省当宰相的时候，和凝有回见冯道穿了双新靴，便问他道：

“您这双新靴子是多少钱买的？”

“九百。”冯道举起左脚，这样答道。

和凝是个急性子，一听就火了，回头便呵责自己的随从：“我的怎么要一千八？”骂个不停。冯道在一旁好像插不上嘴，过了一会，才向和凝举起自己的右脚，慢吞吞地说：

“这一只也是九百。”听者无不大笑。

老一辈说，五代时便是这样，连宰相都开玩笑，大小官员还会认真办事吗？

【念楼曰】 此文叙述生动，但末尾的评论却是蛇足。即使都在严肃认真地办事，上班前后同事之间偶尔开点无伤大雅的玩笑，调节一下紧张的气氛，也是有益无害的。何况在改朝换代像走马灯一样的时候，不断地表忠、紧跟都来不及，玩“黑色幽默”又不免有讥谤朝政之嫌，若是连这类小玩笑都不能开，岂不令人窒息？

标榜忠于一姓的人常苛责冯道，其实冯道在那时候还是为保护经济文化做了不少好事的，如校印“监本九经”即是其一。开开小玩笑，恐怕也是他应付时局的一种方法。

冯道和凝

欧阳修

故老能言五代时事者云．冯相道和相凝同在中书．一日．和问冯曰．公靴新买．其直几何．冯举左足示和曰．九百．和性褊急．遽回顾小吏云．吾靴何得用一千八百．因诟责久之．冯徐举其右足曰．此亦九百．于是烘堂大笑．时谓宰相如此．何以镇服百僚．

【九十六字】

○本文录自欧阳修《归田录》卷一，原无题。

○欧阳修，见页七注。

○冯道、和凝，五代后晋时同为宰相。

○中书，唐、五代时的中书令就是宰相，其办事机构叫中书省，都可以简称『中书』。

胡铨

【念楼读】 胡铨主战，上书请斩秦桧，停止与金议和。金国用一千两银子的重价，买得胡铨上书的抄本。看了以后，君臣相顾失色道：

“南朝还有人呐。”

如果宋高宗当时能采纳胡铨的上书，金国利用秦桧使得南宋求和的打算便落空了。

直到孝宗即位以后，金国使臣来临安，还要问：“胡铨现在在哪里？”

怪不得张浚要说：“秦太师执政二十年，只造就了一个胡铨。”

【念楼曰】 胡铨上书请斩秦桧，是南宋反对议和的最强音。时在高宗绍兴八年（一一三八），宰臣秦桧决策主和，金使来以“诏谕江南”为名。胡铨上书激烈抨击秦桧、孙近（参知政事）、王伦（赴金专使），“愿断三人头，竿之藁街……不然，臣有赴东海而死，宁能处小朝廷求活耶”。书上，铨被“除名编管”，舆论为之不平。有人将其书传抄刊刻，“金人募之千金”。

南宋当时该不该像列宁和德国签订布列斯特和约那样同金人议和，这是历史学家研究的问题。但胡铨敢于对执政大臣的根本政策提出不同意见，公开激烈地攻击其人，倒颇有现代政治中反对派的气魄。“秦太师专柄二十年”，并没有剥夺他的言论自由，也是十分难得的。

斩桧书

罗大经

胡澹庵上书乞斩秦桧．金虏闻之．以千金求其书．三日得之．君臣失色．曰．南朝有人．盖足以破其阴遣桧归之谋也．乾道初虏使来．犹问胡铨今安在．张魏公曰．秦太师专柄二十年．只成就得一胡邦衡．

【七十七字】

○本文录自罗大经《鹤林玉露》甲编卷六。
○胡澹庵，名铨，字邦衡，南宋庐陵（今江西吉安）人。
○罗大经，字景纶，南宋庐陵（今江西吉安）人。
○秦桧，字会之，南宋江宁（今南京）人。
○乾道，宋孝宗年号。
○张魏公，即张浚，南宋绵竹（今属四川）人，封魏国公。

更快活

【念楼读】 梅询在朝中当翰林学士，有天交来叫他起草的文件特别多，又特别费斟酌。他忙得头昏脑涨，搁下笔想外出走走，手里还拿着正在修改中的文稿，出房门便见一个老兵躺在那里晒太阳，正伸着懒腰。

“多快活啊！”梅询感叹道，接着便和颜悦色地问那老兵：“你认识字吗？”

“不认识字。”老兵答道。

“那就更快活了。”

【念楼曰】 翰林学士属于最高级的秀才班子，是国家元首身边的工作人员，其地位、待遇比老兵何止高出百倍。可梅询却说在阳光下伸懒腰的老兵比自己“更快活”，而且还是发自内心的感叹，并不是在镜头前装出的样子。

是快活还是不快活，在梅询看来，关键在于识字还是不识字，古人也有过“人生识字忧患始”的感慨，难道识字真是一切苦恼的根源吗？我看坏就坏在识字稍多就会要思想，尤其在用文字笔墨为统治者服务的时候，如何体会圣心紧跟旨意，怎样风来随风雨来随雨，还得在明明没有道理的事情上说出个道理来，都得挖空心思用尽脑力，又如何快活得起来呢？当然只能够羡慕老兵在太阳底下伸懒腰了。

梅询　谢肇淛

梅询为翰林学士．一日书诏颇多．属思甚苦．操觚巡阶而行．忽见一老卒卧于日中．欠伸甚适．梅忽叹曰．畅哉．徐问曰．汝识字乎．曰．不识字．梅曰．更快活也．

【五十九字】

○本文录自谢肇淛《五杂组》卷之十六，原无题。

○谢肇淛，字在杭，明长乐（今属福建）人。

○梅询，宋宣城（今属安徽）人。

洗马

【念楼读】 古时朝廷设有“太子洗马”一职，后世詹事府的主官也有称“洗马”的，都是相当于副部级以上的高官。

杨文懿公以吏部侍郎兼詹事府告假还乡，在路上住驿所时，自称“洗马”。所长见杨公毫无大官的派头，以为“洗马”真的只管洗马，同自己一样是个芝麻官，便问杨公：

“你负责洗马，一天要洗多少匹马？”

杨公无法回答，只好随口说道：“勤快就多洗，不勤快就少洗，没有一定的。”

此时忽说有位御史要来住，所长便叫杨公腾房。杨公说：“等大人一到我就腾。”

御史一到，见了杨公，纳头便拜。所长这才慌了神，跪求恕罪，杨公一笑置之。

【念楼曰】 据说招待所长亦须选机灵人，看来确实如此。这里有趣的是杨公的幽默感，若他跟报载的××市长一样，没给安排总统套房便破口大骂其娘，就写不出引人发笑的文章了。

人分三六九等，也以在公家接待场合最为显明。杨公原被视为小官，御史老爷来了便得腾房；后来被视为大官了，招待所长又对他磕头如捣蒜。曾见名片上印着“享受正厅级待遇”，觉得何必如此，现在想想，也许还是有必要的。

杨文懿公

张岱

杨文懿公守陈．以洗马乞假归．行次一驿．其丞不知为何官．与之抗礼．且问公曰．公职洗马．日洗几马．公曰．勤则多洗．懒则少洗．俄而报一御史至．丞乃促公让驿．公曰．此固宜．然待其至而让未晚．比御史至．则公门人也．跽而起居．丞乃蒲伏谢罪．公卒不较．

【九十八字】

○本文录自张岱《快园道古》卷之一，原无题。

○张岱，字宗子，号陶庵，明末清初山阴(今绍兴)人。

○杨文懿公，名守陈，字维新，明弘治时为吏部右侍郎，后兼詹事府，卒谥文懿。

○洗马，汉代太子少傅属官有太子洗马。后世设司经局、左春坊，皆洗马领之。明代詹事府官亦称『洗马』。

又哭又笑

【念楼读】 董默庵原任左都御史（从一品），后被明珠排挤，外放到两江（江南、江西）去当总督（正二品）。都察院有位御史，听说长官要调，特来董府问候，刚落座就放声大哭，一副难舍难分的样子。董不禁为之感动，在座的旁人，则不免觉得有些奇怪。

这位御史老爷告辞了董，立刻又赶往阿附明珠新当上相国的余国柱府上去，进门一揖后便哈哈大笑。余问他为什么乐成这样，他说："董某某已经调走，您的眼中钉拔去了呀！"

此事在京城传开，官场上的人都觉得此人太会变脸，太可怕了，结果他的官也没能做久长。

【念楼曰】 选官若只凭上司意旨，做官若只为富贵功名，下属势必成为长官的跟班。《西厢记》中书童对张生说的，"相公病了，我不敢不病呀"，此类台词便不难听到。而官场多变，又不得不随时寻觅新门路，预找新后台。某御史大哭大笑，切换迅速，胜过了川剧的变脸，比《西厢记》书童的表演更为精彩，所谓"当面输心背面笑"者非耶？只可惜观众多了些，传播开来，遂罹物议，若是关起门来单向长官一人哭或笑则妙矣。

《清史稿》说董讷"为政持大体，有惠于民"。余国柱则党附明珠，"一时称为余秦桧"。都御史职司监察，成为明珠一党的眼中钉也理所当然。

御史反覆

王士禛

平原董默庵讷.以御史大夫改江南江西总督.有某御史者造之.甫就坐.大哭不已.董为感动.举座讶之.某出.旋造大冶相余佺庐国柱.入门揖起.即大笑.余惊问之.对曰.董某去矣.拔去眼中钉也.京师传之.皆恶其反覆.未几罢官.

【八十八字】

○本文录自王士禛《古夫于亭杂录》卷一。

○王士禛，见页一一九注。

○董默庵，即董讷，清山东平原人，康熙年间曾任两江总督。

○余佺庐，即余国柱，清湖广（今湖北）大冶人，康熙二十六年（一六八七）授武英殿大学士，二十七年（一六八八）革职。

○拔去眼中钉也，《新五代史》说赵在礼罢官，人们相庆曰『拔去眼中钉也』。

性情中人

【念楼读】 严感遇是乌程地方的人，年轻时以豪爽出名。他的行为举止，常人往往不能理解。比如说，他曾笼养过一只白鹊子，总随身带着它；后来鹊子死了，他竟哭了好几天。

严感遇老来穷困，住在偏僻山村，饿着肚子还在作诗。有一回，友人见他断了炊，送他一块银子去买米。他到市上，见到心爱的小玉器，便不买米了，将小玉器买回来摩弄不已，直到饿得倒卧在地上。

【念楼曰】 张宗子说，人无癖不可与交，以其无深情；人无疵不可与交，以其无真气。像严感遇这样的人，应该是有深情又有真气的了。

有深情，有真气，便是真正的性情中人，可惜的只是严君太穷了。本文中所写到的这两件事，养鹊鸟、玩玉器，如果发生在贾宝玉、杜少卿身上，都可以算得上是佳公子和真名士的“雅人深致”。他们不差钱，小玉器买得再多，亦不至于受饿。正因为如此，严君的名士气就显得更为真切。

古所谓书痴、石痴……今之爱收藏、集邮……如果动机全出于性情，行事不妨碍别个，亦可视之为严君一流。多几个这样的性情中人，便会少一点庸俗，少一点低级趣味，对于社会生活来说，真不是什么坏事。

严感遇

王士禛

严感遇．乌程人．少豪宕．举止与俗异．尝畜一白鹊．行止与俱．鹊死．哭之数日．老而贫．居山中穷僻处．忍饥赋诗．一日米尽．友人遗白金一饼．携之市米．遇小汉玉器．辄买以归．玩弄之．饿而僵仆．几绝．

【七十五字】

○本文录自王士禛《池北偶谈》卷十一。

○王士禛，见页一一九注。

○乌程，旧县名，民国时并入吴兴，今属浙江湖州市。

不讲排场

【念楼读】 戴金溪先生名敦元，他官做得大，却生性淡泊，不喜欢繁文缛节，日常生活和交际应酬，都毫不讲究，随别人安排。他从刑部尚书任上请假回浙江，省城里抚台设宴款待。正值下雨，他找双木屐踏上，走着去赴宴。

宴会结束后，省里全体官员排着队送他，奏乐开中门，直喊戴大人的座轿跟马。这些他全没有，于是笑着摆摆手，从旁人手中要过一把雨伞，打开来，自己撑着，大踏步地出了门。

【念楼曰】 古时最讲“礼”，而讲礼必重繁文缛节，也就是讲排场，这也是“礼仪之邦”的一项“传统”。像戴敦元这样的正部级大官，能够如此不讲排场，穿着木屐打起雨伞去参加省一把手为他举行、省里主要官员全都出席的盛大宴会，实属罕见。

瞿兑之《人物风俗制度丛谈》曾录有戴氏故事，如：

> 由江西臬(台)升山西藩(台)……途次日以面饼六枚作为三餐，不解衣，不下车，五更呼夫驱而行而已……独行数千里，而车子馆人初莫知其为新任藩司者……居京师，同僚非公不得见。部事毕，归坐一室，家人为之设食饮，暮则置烛对书坐，倦而寝。

但他又决非书呆子，而是“于刑部例案最熟，无一事可以欺之，老胥滑吏见之束手”的精明能干的长官，这就更为难得了。

戴金溪

易宗夔

戴金溪生平简而寡营。凡人事居处，皆适来而适应之。自刑部尚书假归武林。大府宴之。天雨着屐往。终饮，群官拥送。鼓吹启戟门。呼公舆马。公笑，索伞自执之。扬扬出门去。

【六十六字】

○本文录自易宗夔《新世说》卷一，原无题。

○易宗夔，见页一六九注。

○戴金溪，名敦元，清浙江开化人。

送寿礼

【念楼读】 陆陇其在江苏任嘉定县令时，省里的抚台慕天颜做生日，州县官员争着送礼。别的人送的珍奇异物，都是用贪污舞弊的钱购买的，陆陇其却只随身带去一匹家织的布，两双家制的鞋，说：

“这不是从老百姓那里搜括来的，才敢作为礼物送上，请大人笑纳。”

慕天颜听了陆陇其的话，心里当然不高兴，更看不起这一匹布两双鞋，冷笑着辞谢不收，随后便找个借口，将陆陇其的县令官职撤掉了。

【念楼曰】 据说如今送礼之风愈来愈盛，一位镇长(这在陆陇其时代属于保正总甲之流，根本算不得官)做生(或为父母做生)，收礼金可高达十几万，摆寿席可多达百馀桌，媒体常有报道。地位高于乡镇长者的，在省、市报纸上，倒反而少见。

从送礼者和受礼者的表情动作中，也看得出官场上复杂微妙的关系来。陆陇其书生本色，心里是老大不愿意给抚台大人送礼的，但“群吏争献”的风气迫使他不得不送。于是故意“出布一匹屦二双”，说几句带讽刺的话。慕天颜听得懂陆陇其话里的话，“笑却之”，很可能还会打几句冠冕堂皇的“不受礼”之类的官腔，但终于还是赏罚兑现，“以微罪劾罢”了陆陇其的官。

陆稼书

易宗夔

陆稼书令嘉定时．苏抚慕天颜生辰庆祝．群吏争献纳珍物．公独于袖中出布一匹．屦二双．曰．此非取诸民者．谨为公寿．天颜笑却之．卒以微罪劾罢其官．

【五十九字】

○本文录自易宗夔《新世说》卷三，原无题。

○易宗夔，见页一六九注。

○陆稼书，名陇其，清平湖（今属浙江）人。

○慕天颜，字拱极，清静宁（今属甘肃）人。

记社会十三篇

市井无赖

【念楼读】 唐宪宗时，李夷简在成都做官。那时成都城里有个无赖叫赵高，专门打架斗殴，横行市上。他在自己背上刺满天王菩萨的像，每次犯法被捕要鞭背，执行的人不敢打天王菩萨，便不鞭打他了。赵高因此有恃无恐，成了街市上一霸，居民拿他毫无办法。

李夷简听说此事，勃然大怒，立刻下令拘捕赵高，拿来新做的三寸粗的大棒，喝令执法的人役："打天王！打到看不见天王为止。"一共打了这个无赖三十多棒。

十多天后，赵高露出背部的棒伤，重新上街头乞讨。这时他不敢再恃强逞凶了，只喊："老少爷们行行好，打发一点修补天王菩萨的功德钱！"

【念楼曰】 流氓无赖作为社会上的异类，是和城市的成长史一道发生发展起来的。历代笔记杂书中关于流氓无赖的记述，既能帮助人们了解过去各个时期的社会百态，又是研究城市史的好材料，值得重视。

成都这个姓赵的无赖，背部被打得稀烂，十多天后又上街乞讨，袒露棒伤，"叫呼乞修功德钱"。贴肉粘住天王菩萨不肯放，其"打不倒"的流氓精神，恐怕只有"文化大革命"中将毛主席像章别在胸脯上的"闯将"差堪继武，真算得是市井无赖的老前辈了。

蜀市人赵高

段成式

李夷简元和末在蜀．蜀市人赵高好斗．常入狱．满背镂毗沙门天王．吏欲杖背．见之辄止．恃此转为坊市患害．左右言于李．李大怒．擒就厅前．索新造筋棒．头径三寸．叱杖子打天王．尽则已．数三十馀不绝．经旬日．袒衣而历门叫呼．乞修理功德钱．

【九十四字】

○本文录自段成式《酉阳杂俎》卷八。

○段成式，字柯古，唐临淄（今山东淄博）人。

○李夷简，唐元和时为剑南（今属四川）节度使。

○元和，唐宪宗年号（八〇六—八二〇）。

○毗沙门天王，佛教四天王之一，又名多闻天王。

○功德钱，施舍给佛事或佛教徒的钱。

乐工学画

【念楼读】 翟院深是营丘地方的一位乐工，能指挥演奏，却极爱绘画，业馀学习山水画大师李成的技法（尤其是著名的“卷云皴”），很有成绩。

某一天，太守府中举行宴会，乐队在堂下演奏，由翟院深用鼓点指挥。演奏到高潮时，鼓音倏停，音乐中断，满座愕然。太守问何故停奏，翟院深答道：

“刚才天光突变，我朝空中一瞥，见有朵云匆匆飞过。那云的姿态飘逸卷舒，十分美丽。我想着怎样将它画下来，不知不觉手就停了。”

太守为之一笑，并没有责备他。

【念楼曰】 从乐队指挥来说，心想别事，手停不动，是绝无仅有的失误。但从学画一心要捕捉形象来说，又是绝无仅有的典型。翟氏随时随地不忘作画，痴迷到如此程度，已逾越正常人的界限，达到了张岱所说的“癖”或“疵”的程度，带几分病态了。

按照张岱的说法，深情则成癖，真气则成疵。这两个字属于“疾病部”（疒），外国的梵高、中国的徐渭庶几近之，都是伟大的艺术家。普通人自然不敢高攀他们，哪怕有时也不很甘心做螺丝钉做一世。不过如果要学文艺，搞创作，“癖”与“疵”虽不必有，更不能故意去学，深情和真气却还是必要的。

营丘伶人

王辟之

营丘伶人师李成山水．颇得其趣．院深．营丘伶人．师李成山水．颇得其体．一日．府宴张乐．院深击鼓为节．忽停挝仰望．鼓声不续．左右惊愕．太守召问之．对曰．适乐作次．有孤云横飞．淡伫可爱．意欲图写．凝思久之．不知鼓声之失节也．太守笑而释之．

【八十三字】

〇本文录自王辟之《渑水燕谈录》卷七，原无题。
〇王辟之，字圣涂，北宋临淄（今属山东）人。
〇营丘，古邑名。
〇李成，五代宋初画家。

琴师

【念楼读】 琴师黄振技艺高超，深为南宋高宗皇帝赏识，常常被召到御前演奏，每次得赏一两黄金。可是，当黄振的儿子开始学艺时，黄振却不让他学琴。

“你的儿子没有学琴的资质么?”皇上问道。

黄振听了以后，深深叹了一口气，回答道:“要何年何月，几生几世，才能遇到万岁爷这样的知音啊!”

果然，黄振死后，他的弹奏便成为绝响了。

【念楼曰】 真正的艺术大师，从来很少将艺术传授给自己的儿子。这话也可以换一个说法:真正的艺术大师，从来很少由世袭或遗传成功，因为这百分之百要靠自己，不能靠爸爸。

黄振宁愿“绝弦”也不让儿子学琴，他回答宋高宗的几句话说得委婉，也很得体，但有可能是托词。俗话说伴君如伴虎，专制君主尤其是患有迫害症、被迫害妄想症的，对于其“身边工作人员”，爱则拔之于九天，恶则沉之于九渊，文艺侍从和政治秘书，几乎没有一个有好结果。黄振宁可不要儿子继续赚这一两黄金，未必不是出于害怕。

当然也还有另一种可能，就是黄振和鲁迅一样“知子莫若父”，知道儿子“不是吃菜的虫”，如果硬要他学琴，那就只能成为“空头琴学家”，所以打了退堂鼓。

黄振以琴被遇

叶绍翁

琴师黄震．后易名振．以琴召入．思陵悦其音．命待诏御前．日给以黄金一两．后黄教子乃以他艺．入．诏以尔子不足进于琴耶．黄喟然叹曰．几年几世．又遇这一个官家．黄死．遂绝弦云．

【七十字】

〇本文录自叶绍翁《四朝闻见录》乙集。

〇叶绍翁，字嗣宗，南宋龙泉（今属浙江）人。

〇思陵，此处指宋高宗，其死后葬于绍兴永思陵。

一连三个

【念楼读】 正德年间的三任吏部尚书，张彩因“刘瑾一党”被处死，陆完因“宸濠一党”、王琼因“奸党乱政”先被判死刑后被改充军，都没有好结果。

王琼获罪，石宝接任吏部尚书时，社会上有人写下了这样一张匿名帖子：

> 莫做莫做，莫贺莫贺；十五年间，一连三个。

将它贴在吏部衙门的大门口。

【念楼曰】 政治不清明，言论不自由，匿名帖子、顺口溜、无头信息这类东西便会多多出现（如今大约多半转移到了互联网上吧）。我感兴趣的是，上面这张帖子到底是谁贴到吏部衙门大门口去的？

谁贴的呢？跟石宝争尚书位子没争到的人，吏部衙门里不欢迎他的人，自然都有可能，但我想最可能的恐怕还是爱管点闲事、想出口鸟气的小小老百姓，而正在读书准备应考的士子们多半不敢。

本来嘛，在个人独裁的专制体制下，就是做到了六部之首的“大冢宰”，也还是要看“一人”的脸色充当小媳妇，不幸卷入了政争，不仅随时可“下”，而且可被杀或充军，“一连三个”只怕还不止。而官瘾大的却总是不怕充军不怕死，还是一个一个争着来做这个尚书。老百姓看不下去了，于是来这么一下，可谓之民间讽刺，亦可谓黑色幽默。

莫贺莫贺

郑晓

正德中．吏部三尚书．张彩坐瑾党死．陆完坐宸濠党．王晋溪坐奸党乱政．皆论死．减谪戍．石文隐公代晋溪．有匿名书帖吏部门云．莫做莫做．莫贺莫贺．十五年间．一连三个．

【六十六字】

〇 本文录自郑晓《今言》卷之二，原无题。

〇 郑晓，字窒甫，明海盐人。

〇 正德，明武宗年号（一五〇六—一五二一）。

〇 张彩，明安定（今属陕西）人，瘐死狱中，仍弃市。

〇 陆完，明长洲（今苏州）人，后谪戍靖海卫。

〇 王晋溪，名琼，字德华，明太原人。

〇 石文隐公，名宝，字邦彦，明藁城（今属山西）人。

边唱边摘

【念楼读】 龙眼树的木质脆，枝条容易断。龙眼熟了，果农得雇有经验的工人上树采摘。因为怕工人在树上吃得太多，便立下一条规矩：上树后必须不停地唱歌，不唱的便不给工钱。

每当采龙眼的时候，处处园中枝繁叶茂的果树上，都有工人在边唱边摘果。歌声高的高，低的低，汇成一部大合唱。远处听来，觉得十分悦耳。

这是龙眼熟时的一景，当地人把它叫作“唱龙眼”。

【念楼曰】 龙眼现在还是南方的主要水果之一，但“唱龙眼”的风俗却似乎不再有人提起。

老百姓生产、生活中习以为常的事情，不大会有人来记录它。过了几十年几百年，人们生产生活的方式变了，用具、建筑之类的“硬件”还可能部分地遗存下来，成为考古研究的对象，风俗习惯这类“软件”便消失得无影无踪了。“唱龙眼”若非河南人周亮工到了福建，乍见以为新鲜，也不会写到书里。

五十多年前办报纸，主张刊登一点记录平凡事物的小文，被批为“妄图转移宣传的大方向”。如今大帽子虽少了，但举目仍然还是“大道理”居多，“学术名词”也越来越看不懂了。

唱龙眼　　周亮工

龙眼枝甚柔脆．熟时赁惯手登采．恐其恣啖．与约曰．唱勿辍．辍则勿给值．树叶扶疏．人坐绿阴中．高低断续．喁喁弗已．远听之．颇足娱耳．土人谓之唱龙眼．

【五十九字】

〇本文录自周亮工《闽小纪》卷一。

〇周亮工，号栎园，明清之际河南祥符（今开封）人。

咬屁股

【念楼读】 有个车夫推一辆载重的车上坡，正当他用尽全身气力往上推的时候，一匹狼觑准了这个机会，跑来咬他的屁股。

车夫被咬，十分疼痛，却无法抵御，更无法躲避，因为如果一松手，载重的车辆往后翻，车后的人必然性命难保。

等到车子推上坡，狼已经从车夫的屁股上咬下一块血淋淋的肉，远远地跑开了。

此事说来好笑，却可见狼的狡猾。

【念楼曰】 常说狗咬人不是新闻，人咬狗才是新闻。狼咬人比狗咬人罕见，亦具新闻价值；若以此刁钻新奇的法子来咬人，更是特别的新闻。看来，即使事情不是发生在此时此刻，只要原来闻所未闻，对于"新"听到的人来说，也就是新闻。

所以说，蒲松龄在豆棚瓜架下摆出茶烟，请过路人坐下来讲的既是故事，也是新闻。他实在是采访的老手，而叙事简洁，不添加教训，尤为可取。

古来讲动物故事讲得好的，常常给故事加上道德的教训，最为我所讨厌。其实故事的价值就只是好玩，如法国的《列那狐的故事》，可以给儿童也可以给成人带来快乐，这就足够了。新闻未必都有故事性，只有满足人们求知欲的功能；何必见到吐出舌头夹着尾巴的，便硬要给贴上什么"野心狼"之类的标签耶。

车夫

蒲松龄

有车夫载重登坡。方极力时。一狼来啮其臀。欲释手。则货敝身压。忍痛推之。既上。则狼已龁片肉而去。乘其不能为力之际。窃尝一脔。亦黠而可笑也。

【五十七字】

○ 本文录自蒲松龄《聊斋志异》卷十二。

○ 蒲松龄，字留仙，清淄川（今山东淄博市淄川区）人。

太行山

【念楼读】 甲乙二人同去游太行山，见到山名碑。甲道：“碑上明明是大行（形），怎么却叫太行（杭）？”乙道：“本来是太行（杭），如何能叫大行（形）？”

二人争执不下，去问一位老人，老人说甲对。甲走开以后，乙责怪老人不该。老人道：“偏执负气的人，不必同他争辩。这就是一个偏执负气的人，总以为自己绝对正确，同他争辩，他生起气来，更听不进真话了。既然如此，我看就让他一世不晓得有座太行山好啦！”

【念楼曰】 汉字本来有多音多义的，比如我们可以说“听了这场音乐（岳）会，我很快乐（勒）”，而不能说“听了这场音乐（勒）会，我很快乐（岳）”。

拿“大行”二字来说，“大”可以读“汏”（大小），又可读“代”（大夫），又可读“泰”（大极）；“行”可以读“形”（进行），又可读“幸”（品行），又可读“杭”（银行）。这在口头上谁都分得清，写成字却未免夹缠，不然的话，外国人怎会说汉字难学。

古文“大”“太”不分，太行山的读音专家也有过讨论，但约定俗成早都叫“太行（杭）山”了。甲一定要说该叫“大行（形）山”，那也奈何他不得。如果他有“一言而为天下法”的地位，像“文革”时那样，说刘少奇是“叛徒、内奸、工贼”，谁还敢说不是。只能让他“终身不知有太行山”，一直到死，死了再来改吧。

争山名

金埴

甲乙二人同游太行山。甲曰。本大行。何得曰太行。乙曰。本太行。如何称大行。共决于老者。老者可甲而否乙。甲去。乙询云。奈何翁亦颠倒若是。答曰。人有争气者。不可与辩。今其人妄谓己是。不屑证明是非。有争气矣。吾不与辩者。使其终身不知有太行山也。

【九十八字】

〇本文录自金埴《不下带编》卷二，原无题。

〇金埴，字苑孙，清浙江山阴(今绍兴)人。

〇太行山，在河北、山西两省之间。

三十年河西

【念楼读】 松江有户宰相人家，第三代家道便中落了，孙少爷竟到了向人求乞的地步。某次在外面乞得米，自己搬不动，只好在市上叫个揽零活的苦力来背，嫌他走得慢，问他道：

“我是相府子弟，下不得力也难怪；你是卖劳动力的，为什么背点东西便走不动？”

那苦力气喘吁吁地答道：“我家爷爷也是位尚书大人啊。”

这件事是董苍水亲口告诉我的。

【念楼曰】 相国等于内阁总理大臣，尚书则是正部长，第三代居然一寒至此。赵翼为乾嘉时人，上溯三代是康熙朝，可见承平时也有这样的事。中国古代社会号称“超稳定”，其实还是有变化的。尚书的孙子可能成苦力，则苦力的孙子也可能成尚书。所谓“三十年河东三十年河西”，三十年本来就是一世也。

如果河东永远是河东，河西永远是河西，秦一世之后永远是秦×世，洪水齐天，就会冲毁这个世界来重造了。

相国和尚书不会不顾惜子孙，留下的财富肯定不止几千几万袋米，却终归无用。如今世界上还有把财富连同委员长、司令官的职位都传给子孙的，我想最终也会从河东传到河西去的。

尚书孙　赵翼

云间某相国之孙．乞米于人．归途无力自负．觅一市佣负之．嗔其行迟．曰．吾相门之子．不能肩负．固也．汝佣也．胡亦不能行．对曰．吾亦某尚书孙也．此语闻之董苍水．

【六十三字】

○本文录自赵翼《檐曝杂记》卷五，原无题。
○赵翼，号瓯北，清江苏阳湖（今常州）人。
○云间，今上海松江区。

愉快的事

【念楼读】

海上月明
九月的晴空
远处听人吹笛
意外到来的知音
风和日丽百花齐放
绿阴深处人坐卧其中
细雨微风中船轻轻靠岸
灯光转暗音乐听来更轻松
老友畅谈推心置腹毫无拘束
邀二三知己随心所欲出外旅行

【念楼曰】 这是一首“宝塔诗”。创自唐朝白居易的“一至七字诗”，后来成为一种文字游戏，多用于谐谑，但也有写得比较雅致的，像张岱的这一首《十爱》和后面的《十憎》。译文却未能做得“一至十字”，却写成“四至十三字”，不是尖尖的宝塔，而是平顶的玛雅人金字塔了。

“愉快的事”系借用日本古典名作《枕草子》中的题目，《枕草子》中“愉快的事”，如“小船下行的模样”“牙齿上的黑浆很好地染上了”之类，和《七爱》中的“花开值佳节”“四围新绿周密”可以相比，都反映了当时的文人趣味和仕女生活，是当时的一种社会相。

十 爱　　张荩

月。秋日。闻远笛。不速之客。花开值佳节。四围新绿周密。烟波细雨横舟楫。灯火迷离笙歌不绝。故友谈心言语多真率。结伴离家任我山川浪迹。

【五十五字】

○ 本文录自张荩《仿园清语》。

○ 张荩，字晋涛，清新安（今安徽歙县）人。

讨厌的事

【念楼读】 教条主义
狗追财主屁
算盘精得来兮
占便宜假装无意
救灾扶贫专送旧衣
半夜三更高唱样板戏
打赢帝国主义绝无问题
公寓楼的隔墙刚改又重砌
看完黄色录像后说儿童不宜
二奶处归来五讲四美宣扬正气

【念楼曰】 《十爱》可以逐句对译，《十憎》的“夜深好点杂戏”和“粗知风水频迁祖地”，不了解明清时社会生活的年轻人，却未必懂得其如何会“讨厌”，所以只能“大写意”式地拟作了。

原文第一句“泥”按去声读如“逆”，它不是“泥土”之泥，而是“致远恐泥”之泥，即古板固执的意思。

教条主义者正心诚意宣传“凡是”，说他“泥”，但在我看来，其可憎亦不亚于“二奶处归来五讲四美宣扬正气”也。

李义山《义山杂纂》“煞风景”十二事中的“松下喝道”“苔上铺席”“斫却垂杨”“花下晒裈”等，“恶模样”十事中的“对丈人丈母唱艳曲”“嚼残鱼肉归盘上”等，这些即使到现在也应该说还是讨厌的，虽然比它更讨厌的事还多得很。

十憎　　张荩

泥。势利。市井气。自夸技艺。碌碌全无济。

夜深好点杂戏。难事说得太容易。粗知

风水频迁祖地。无所不为向人谈道义。

事急非常故作有意无意。

【五十五字】

〇 本文录自张荩《仿园清语》。

〇 张荩，见页二一七注。

敬土地

【念楼读】 二月初二是土地生日。大小衙门里都有土地祠，供着土地公公。当日主官要亲自去敬土地，佐杂人等还要吹吹打打，摆上牛、羊、猪三牲。乡下人家家也得去田头小庙里奠酒，求个好年成，还给土地公公配上了婆婆，统称“田公田婆”。

【念楼曰】 《清嘉录》成书于清道光十年即一八三〇年，距今亦不过一百八十年左右。那时到处都有土地庙，城中“大小官廨皆有其祠”，乡下也家家户户都要敬二月二，田公田婆隔不上一里半里总有一对。由此可见，中国人和土地的关系实在深广，人们最古老的神便是“土地”，知识阶层的意识形态亦植根于此。《池北偶谈》云：

> 今吏部、礼部、翰林院土地祠，皆祀韩文公。

真可比作如今退休的部级干部“亲自”出任社区主任。

小时看《西游记》，悟空不见了师父，“念了一声唵字咒语”，本处土地即刻前来跪禀告知，心想这倒十分方便。中国人一是离不开土地，二是总被人管着。土地神官不大，却是无处不在管着人民的一切。人民需要他，统治者也需要他，故能历千百年香火不断。君不见，随着村干部的年轻化，如今乡村中的田头小庙也正在翻新重建，准备让“新农民”都去敬土地么。

土地公公生日

顾禄

（二月）二日为土地神诞．俗称土地公公．大小官廨皆有其祠．官府谒祭．吏胥奉香火者．各牲乐以酬．村农亦家户壶浆以祝神厘．俗称田公田婆．

【五十六字】

〇本文录自顾禄《清嘉录》卷二。

〇顾禄，见页五一注。

妓女哭坟

【念楼读】 虎坊桥南边有座“江南城隍庙”，庙南是一片乱葬的洼地，唤作“南下洼”。此处十分冷落，庙里的戏台也多年没演过戏了。清明时候，乱葬处有人上坟，这座庙才开放。

上坟人以妓女居多，都换上白衣裳，来祭乱葬在洼地里的妓女，也是物伤其类的意思。有的妓女在坟前哭了很久，很伤心。其实坟中之人，有的已死去几十年，甚至上百年，和来上坟的人根本没有见过面。

【念楼曰】 南下洼丛葬处的祭吊，哭者与逝者并不相识，那么哭者所哭的，便只是一个和自己同样孤苦伶仃的妓女罢了。

哭了很久，很伤心，因为她所哭的，不仅是那个几十年、上百年前死去的同类，也包括了如今还在做妓女的自身。

小时读《瘗旅文》，读到“吾与尔犹彼也”这句，有时竟不禁凄然泪下。这种“物伤其类”的感情，才是最普遍、最真切的感情，也是最伟大的感情，主体和客体是谁都没有关系，反正都是同类，都是人。

以今视昔，还该看到的是：那时的妓女都是弱者，生前哀乐由人，死后只能葬南下洼；如今做妓女则是致富的手段，有些“高级的”甚至能进入“上层”，据说还有当上了开发区新闻出版局局长的，当然是不会再去哭坟的了。

南下洼

崇彝

清明节．江南城隍庙开放．庙在虎坊桥之南．地名南下洼．其地多丛葬处．庙居其北．有戏台为赛神之所．然多年不闻有演戏之举．是日上冢．以妓女为盛．多着素服．亦悼其同类意也．有痛哭欲绝者．但所吊者．或百年外之人．或数十年前者．绝不相识也．

【九十七字】

○ 本文录自崇彝《道咸以来朝野杂记》，原无题。
○ 崇彝，蒙古族人，姓巴鲁特，清末在户部为官。

吃瓦片

【念楼读】 北京人把靠房租维持生活叫作“吃瓦片”，又把贩卖书画碑帖牟利叫作“吃软片”（注意勿与今所谓“吃软饭”混为一谈）。

要“吃瓦片”，总得先贴出小广告。从前这些小广告，和现在的“谢绝中介”一样，也总要附上一行字：

贵旗贵教贵天津免问。

“贵旗”指“八旗”，即满族人，“贵教”指伊斯兰教，这看得出民族和宗教上的歧视，多少有点怕惹不起的意思，当然不对。“贵天津”也请“免问”，则因为早期到北京来的天津人，从事的职业和社会地位都比较低下，明显是看他们不起了。

【念楼曰】 《旧京琐记》的作者夏仁虎（枝巢子），清末民初久宦北京，对这里的社会情形十分熟悉，所记多有可观，如此节叙述所透露的旗（满）汉关系。

清朝的皇帝是满族人，八旗中的王公贵族都有“赐第”，不会要租房子；最下的旗丁照样有“铁杆庄稼”一份钱粮，也付得起房租。请“贵旗免问”，恐怕的确如夏仁虎所言，是出于“畏”。平头百姓不敢和带特权色彩的人打交道，应该说是实情。不过，在旗人“领导”下还容得汉人贴这样的小广告，可见爱新觉罗的统治，比起希特勒斯大林他们来，还是宽松得多。

贵旗免问　夏仁虎

京人买房宅取租以为食者．谓之吃瓦片．贩书画碑帖者．谓之吃软片．向日租房招帖．必附其下曰．贵旗贵教贵天津免问．盖当时津人在京者．犹不若近时之高尚．而旗籍．回教．则人多有畏之者．

【七十五字】

〇本文录自夏仁虎《旧京琐记》卷一，原无题。

〇夏仁虎，清末南京人，二十世纪五十年代为中央文史馆馆员。

记言语十一篇

点上蜡烛

【念楼读】 晋平公对他的乐师师旷道:“我年已七十,想学习恐怕已经晚了。”

“那就点上蜡烛吧。”

“开什么玩笑！这是臣子对主公说的话吗?”

“我瞎着一双眼睛,怎敢和主公开玩笑呢！我听说过,少年用功学习,那就像初升的太阳;壮年用功学习,那就像高照的日光;老年还能学习,那就像烛焰将黑夜照亮。有支蜡烛点亮,总比摸黑走夜路好吧。”

“对,说得好。”晋平公终于高兴了。

【念楼曰】 我们说“晋平公的乐师师旷”,其实是不对的,因为“师旷”的意思就是“乐师旷”,他的本名只叫“旷”。

古代的乐师,都是为君主和宗庙服务的,而宗庙亦即是君王。君王对臣民总不会放心,乐师常在身边,更不放心,于是常常选择盲人(或者将人弄瞎,如秦王之对高渐离)来充当。师旷据说“生而无目”,没有受过高渐离那样的痛苦,也许因为如此,他才会对晋平公说这样的话。

师旷的这番话确实说得好,不仅说了学习对人生的意义,用日出、日中和炳烛分别比喻少年、中年和老年也非常贴切,对老人更是一种鼓励。我早已年过七十,“昧行”了好几十年,如今真该炳烛,再不能摸黑了。

平公问师旷

刘向

晋平公问于师旷曰．吾年七十．欲学恐已暮矣．师旷曰．何不炳烛乎．平公曰．安有为人臣而戏其君乎．师旷曰．盲臣安敢戏其君乎．臣闻之．少而好学．如日出之阳．壮而好学．如日中之光．老而好学．如炳烛之明．炳烛之明．孰与昧行乎．平公曰．善哉．

【九十三字】

〇本文采自刘向《说苑·建本》，原无题。

〇刘向，见页一四五注。

〇晋平公，晋国君主，前五五七年至前五三二年在位。

〇师旷，春秋时晋国的乐师，盲人。

答得好

【念楼读】 法畅和尚去见庾太尉。太尉见法畅手里拿着的拂尘是件好东西，便问道："这支拂尘太精美了，你一天到晚拿在手里，见到的人难免不打主意，怎么能够留得住呢？"

"廉洁的人不会开口向我要，贪心的人我不会给他，怎么留不住呢？"法畅和尚这样回答。

【念楼曰】 好东西难留住，尤其是被有特权者看上了的好东西。"一捧雪"的故事，看京剧的人都知道，就是因为一只玉杯被人看上了不肯献出，害得莫成替死，雪艳身殉。清咸丰时官至侍郎的两兄弟钟翔和宝清（姓伊剌里），都是满族高官，钟家有太湖石，宝家有匹好马，被权相穆彰阿看上了，舍不得相送，结果钟翔被派往乌什（新疆西境），宝清被派往西藏，都久不调回，这是我从《道咸以来朝野杂记》中看到的。

在东晋时，庾亮也是位高权重的人物。康法畅却是个外国和尚，答庾亮却真的答得好："廉者不求"，太尉您自然是廉洁的大清官，总不会开口问我要吧；"贪者不与"，贪心的人虽然也有，出家人无所求无所畏，我也不会给他呀。

麈尾、拂尘，早已成为书面词语，到底是什么样子的东西，我也说不明白，总不会是戏剧里头太监拿在手里的那玩意吧。

法畅答庾公　裴启

康法畅造庾公．捉麈尾至佳．公曰．麈尾过丽．何以得在．答曰．廉者不求．贪者不与．故得在耳．

【三十五字】

〇本文录自裴启《语林》辑本，原无题。

〇裴启，见页一七五注。

〇康法畅，东晋时从康（居）国来的和尚，名法畅。

〇庾公，名亮，字元规，东晋鄢陵（今属河南）人。

手足情深

【念楼读】 李勣封英国公，位居宰相，爵位官位都很高，可是姐姐病了，他还亲自为她熬粥。

这时他的年纪已经很大，胡须长得长，熬粥时得低头看锅下的火，好几次胡须都被火引燃。姐姐劝他别干了，说：

“男女用人多的是，何必自己动手呐。”

“难道是没人动手我才做的吗？”李勣道：“我是看见姐姐你年纪老了，我自己也老了，就是想长久给姐姐你熬粥，只怕也很难了啊！”

【念楼曰】 李勣对老姐姐讲的话，充满了手足之间的深情。这种亲情，想必仍会在人间存在。但如今身居高位，自己胡子一大把的老同志，能叫“仆妾”为年老生病的姐姐熬稀饭，只怕已经十分难得，亲自动手则绝无可能。“身边工作人员”也不会同意首长这么做的，即使首长自己有这份心。

前几十年革命反封建，反掉了地主、把头，但是违背伦理温情，提倡斗争哲学，于是“六亲不认”，和谐无望。三年困难时期，一家人各按粮食定量蒸钵子饭，兄弟姊妹总要争水放得多饭蒸得满的钵子，那时更难得有“为姊作粥”的了。

言为姊作粥

刘餗

英公虽贵为仆射.其姊病必亲为粥.釜燃.辄焚其须.姊曰.仆妾多矣.何为自苦如此.勣曰.岂为无人耶.顾今姊年老.勣亦年老.虽欲久为姊粥.复可得乎.

【五十八字】

〇本文录自刘餗《隋唐嘉话》上卷，原无题。

〇刘餗，见页一四九注。

〇英公，见页一七九注。

〇仆射，古官名，在唐代相当于宰相。

我不会死了

【念楼读】 户部郎中裴玄本，一贯喜欢讲俏皮话。有次左丞相房玄龄生病，说是病得不轻，部里的同事们商量去看望。裴玄本又开玩笑道：

“病人若是会好呢，当然得去看望；若是已经病危，那又何必去看呢。”

这话很快传到了房玄龄那里。但裴玄本还是和同事一道，去看望了房玄龄。房玄龄见到裴玄本，便笑着对他道：

“裴郎中也来看我，大约我不会死了。”

【念楼曰】 “好谐谑”是一种性格，应该说这种性格还是很受欢迎的，因为能活跃氛围，促进和谐。但在人们关系紧张时，谐谑若被“上纲上线”，亦往往造成严重的后果，因为独裁者是不大能够容忍幽默的，金圣叹被杀即是一例。

裴玄本在上司病时“戏曰”，虽不适宜，但传话的人若是为了讨好领导，或是为了构陷同事，用心就很不光明，十分卑鄙了。这种卑鄙小人随时随地都有，我亦“好谐谑”者，一生中便遇见过好几个这样的卑鄙者。这次“碰鬼”的是裴君，幸而房玄龄大人大度，知道他不过是“戏言”，于是也用一句“戏言”收场。彼此一笑，这边表示不在乎，那边也就无所谓了。

由此可见，好谐谑亦须看对象，玩笑只能跟开得起玩笑的人开。

笑对谐谑

刘肃

裴玄本好谐谑．为户部郎中时．左仆射房玄龄疾甚．省郎将问疾．玄本戏曰．仆射病可．须问之．既甚矣．何须问也．有泄其言者．既而随例候玄龄．玄龄笑曰．裴郎中来．玄龄不死矣．

【六十八字】

○本文录自刘肃《大唐新语》，原无题。

○刘肃，唐人，元和时在江都、浔阳等地做官。

○房玄龄，唐初良相，临淄（今山东淄博市临淄区北）人。

说蟹

【念楼读】 陶穀在宋朝任翰林学士，奉命往吴越国宣慰。吴越王钱俶设宴款待，珍错杂陈，有梭子蟹。陶穀是陕西人，不识海蟹，问是什么东西。钱俶便让人从最大的梭子蟹到最小的招潮蟹逐一介绍，一共摆出了十多种。

陶穀见后，笑着对钱俶说："爷爷这么大，孙子这么小，真是一代不如一代啊！"

【念楼曰】 "一蟹不如一蟹"后来成为成语，有讥笑一个比一个更差劲的意思。

署名苏轼的《艾子杂说》中也有这句话，但多疑此书未必为苏轼作，那么也有可能是陶穀临场发挥，用来暗讽钱俶的，一语双关，可谓能言。明人陶宗仪纂《说郛》，第九十三卷选入《国老谈苑》若干则，这句话写成了"一代不如一代"，则嫌太露骨，奉使的大员似不会如此直白。

五代十国后皆统一于宋，此时吴越不敢与"中央"抗衡，却仍想竭力保持半独立的地位。钱俶摆出十几种螃蟹给陶穀看，未必没有显示吴越物产富饶力量充足的意思。但钱俶毕竟是钱家的第三代了，武功远不及他爷爷钱镠，文治也比不上他爸爸钱元瓘。陶穀借着看蟹的机会，"敲打"这位三世祖一下，也是给他一点颜色看看，正所谓折冲樽俎——筵席上的斗争。

一蟹不如一蟹

王君玉

陶穀以翰林学士奉使吴越。忠懿王宴之。因食蝤蛑。询其名类。忠懿命自蝤蛑至蟛蜞。凡罗列十馀种以进。穀视之。笑谓忠懿曰。此所谓一蟹不如一蟹也。

【五十九字】

○本文录自王君玉《国老谈苑》，原无题。

○王君玉，见页一六三注。

○陶穀，字秀实，五代宋初时新平（今陕西彬县）人。

○忠懿王，即五代十国时吴越第三代国王钱俶。

披油衣吃糖

【念楼读】 绍圣年间，有位叫王毅的官员，是王文贞公王旦的孙子，为人很是滑稽。

王毅被任命去泽州当知州，他很不满意，却又无可奈何。临到上任时，他去向当时的宰相章惇辞行。章惇知道他心里不高兴，想把话题扯开，便对他说道：

“泽州的油布雨衣，听说做得很好。”

王毅没有答言，冷了许久的场，章惇只好又没话找话地说：

“那里的麦芽糖尤其有名。”

“谢谢领导对我的照顾，”这时王毅开口了，“看来我去到泽州，天天可以坐在那里披着油布雨衣吃麦芽糖啦！”

章惇听了，也忍不住笑了起来。

这位说滑稽话的王毅的儿子，便是宋室南渡后几次使金，临危不屈，为国捐躯的王伦。

【念楼曰】 王毅一肚子牢骚，但用滑稽的形式表现出来，就涂上了一层润滑剂，自己能够轻松地发泄，别人听着也不太刺激。英国人说过，幽默是文明的副产品，这话说得真不错。这须得王毅这样见过世面又有文化的人，才说得恰好；章惇亦须有一点雅量，同他才开得起这样的玩笑。若毫无人情味，只强调下级服从上级，则没有搞笑的可能，只能公事公办，毫无趣味。

滑稽

王明清

绍圣中．有王毅者．文贞之孙．以滑稽得名．除知泽州．不满其意．往别时宰章子厚．子厚曰．泽州油衣甚佳．良久又曰．出饧极妙．毅曰．启相公．待到后当终日坐地．披着油衣吃饧也．子厚亦为之启齿．毅之子．伦也．

【八十字】

○本文录自王明清《玉照新志》卷三，原无题。

○王明清，南宋汝阴（今安徽阜阳）人。

○绍圣，宋哲宗年号。

○文贞，宋真宗时宰相王旦的谥号。

○泽州，今山西晋城。

○章子厚，名惇，宋哲宗时为宰相。

○伦，指王伦，南宋时数次使金，后被金人杀害。

救马夫

【念楼读】　齐景公有匹爱马得急病死掉了，景公很是生气，下令将马夫肢解处死。晏子请求由他来宣布罪状，于是当众对养马人说道：

“你有三条大罪：

派你养马，你却让马死掉了，这是第一条死罪。

你不好好照顾主公的爱马，这是第二条死罪。

因为你，使得主公不得不为了一匹马而杀人，使得百姓心中觉得主公残暴不仁，使得列国诸侯都看不起我们齐国，这是第三条死罪。你真是该死，死定了。”

景公听了，只好叹一口气，说：“还是将其释放算了吧。”

【念楼曰】　晏子本来善于辞令，本篇所记尤为出色。爱马暴死，养马者即使有罪，罪亦不至于死，更不至于要被肢解，这明明是齐景公在乱来。作为国之大臣，晏子不能不加以阻止，但景公正在气头上，正面拦阻未必拦得住，只能表面上顺着他，实际上讲反话给他听，使他知道，如果“以一马之故杀人”，不仅百姓会“怨”，别国也会看不起，然后使他自己转弯。

晏子这样说话，叫作讽谏，即以反讽的方式对在上者进行劝谏，往往能收到意外的效果。他有不少这样的故事，都收在《晏子春秋》一书中，《说郛》此则亦辑自《晏子春秋》，不过经过改写，文字简洁多了。

晏子讽谏

陶宗仪

景公所爱马暴死.公怒.令刀解养马者.晏子请数之.曰.尔有罪三.公使汝养马.汝杀之.当死罪一.又杀公之所爱马.当死罪二.公以一马之故杀人.百姓怨吾君.诸侯轻吾国.汝当死罪三.景公喟然曰.舍之.

【七十八字】

〇本文录自陶宗仪《说郛》卷二引《晏子春秋》，但已改写，原无题。

〇陶宗仪，见页一六七注。

〇晏子，名婴，春秋时齐国的大夫。

〇景公，春秋时齐国的君主，前五四七年至前四九〇年在位。

人尽可夫

【念楼读】 “父亲只有一个，丈夫则凡是男人都做得的”。这句话初听不免错愕，细想起来，却合情合理，并不出格。

父子关系是天生的，谁都只可能有一个生身父亲。夫妻关系则是男女配合，女子接受求婚不会限定于一个对象，男女双方都可以选择。从这个意义上看，说每个男人都有可能当某个女人的丈夫，也没有什么不对。

【念楼曰】 “人尽夫也，父一而已”，这句话出于《左传》，乃是祭仲夫人讲给她女儿听的，教她在政治斗争中应该帮父亲，不能帮丈夫。后来“人尽夫也”变为“人尽可夫”，用以形容滥交的女人了。二十世纪四十年代上海拍过一部以此为名的电影，主演白光便成了荡妇淫娃的代表。

明末统治阶级危机深重，因而社会思想比较活跃，谢肇淛才能发表他对女子从一而终的不同观点，才能承认“人尽夫也”这句话有合理性，承认“不但夫择妇，妇亦（可）择夫”，现代的情形，正是如此。

“人尽可夫”本是客观事实，被“名教”维护者歪曲成骂人的话，谢肇淛四百年前能为其正名，实属难得。如今有些人在公开场合大骂女人“人尽可夫”，关上房门又唯恐别家的女人不肯“人尽可夫”，比起四百年前的谢先生来，真该掌嘴。

格言

谢肇淛

父一而已．人尽夫也．此语虽得罪于名教．亦格言也．父子之恩．有生以来．不可移易者也．委禽从人．原无定主．不但夫择妇．妇亦择夫矣．谓之人尽夫亦可也．

【六十字】

○本文录自谢肇淛《五杂组》卷之八，原无题。

○谢肇淛，见页一八七注。

○人尽夫也，语出《左传》。

囊萤映雪

【念楼读】 车胤和孙康，历来是用功读书的模范。《晋书》说，车胤“夏月常囊萤以照书”。《尚友录》说，孙康“于冬月尝映雪读书”。

某天孙去看车，说是不在家。问他的家人他到哪儿去了，家人回答道：“到野外捉萤火虫去了。”

改日车胤来孙家回访，只见孙呆呆地站立在门外抬头望天。问他为什么没读书，回答道：“我看今日这天，不像个要下雪的样子。”

【念楼曰】 《晋书·车胤传》说车胤勤读书：

> 家贫不常得油，夏月则练囊盛数十萤火以照书，以夜继日焉……以寒素博学，知名于世。

《尚友录》则说孙康：

> 少好学，家贫无油，于冬月尝映雪读书……后官御史大夫。

二人的模范事迹从晋朝宣传到明朝，从来没有人敢怀疑；直到浮白主人编出这个笑话来，大家看后或听后才忍不住笑。可不是么，大白天去捉萤火虫，到夜里再来用功，岂非荒唐。何况据写《昆虫记》的法布尔亲自试验，萤火虫根本无法用于读书，它顶多只能照亮一个一个的字母罢了。抗战时读初中，熄灯后想看旧小说，趁大月光到雪地里试过，却实在无法看清字句，手脚更冻得不行，只能回寝室钻进冷被窝做好学生。

名读书

浮白主人

车胤囊萤读书．孙康映雪读书．一日．康往拜胤．不遇．问何往．门者曰．出外捉萤火虫去了．已而胤答拜康．见康闲立庭中．问何不读书．康曰．我看今日这天．不像个下雪的．

【六十五字】

〇本文录自浮白主人《笑林》。

〇浮白主人，明人，馀未详。

〇车胤，字武子，东晋南平（说今湖北公安）人。

〇孙康，西晋京兆（今西安）人。

人情冷暖

【念楼读】 有人说，古时苏秦讲过这样的话："人一穷，父母不把他当儿孙；人一富，亲戚见了他都畏惧"。从苏秦本人的情形来看，也的确是这个样子。但如今世道变了，变成"人一富，父母见了他就畏惧；人一穷，亲戚见了他怕三分"了。

说这话的人，大概深有体会，才会这样发感慨吧。

【念楼曰】 苏秦是跑官要官的祖师爷。当他"说秦王书十上而说不行"，跑官不得回家时，"妻不下纴，嫂不为炊，父母不与言"。于是他悬梁刺股，刻苦钻研，终于"揣摩成"了"说当世之君"的本事，当上了赵国的大官。之后他路过家乡，"父母郊迎三十里，妻侧目而视，侧耳而听，嫂蛇行匍伏，四拜自跪而谢"。这种前倨后恭的表现，才使苏秦产生"贫穷则父母不子，富贵则亲戚畏惧"的感慨。

苏秦的话，读过《古文观止》的人都知道。"雪滩钓叟"（可能就是钮琇本人吧）把它反过来一说，便刻画出来了另一副社会丑态。儿女"一阔脸就变"，尤其是飞上了高枝的，父母见了他大气都不敢出；下岗失业后到亲戚朋友家去，也仍然会使人害怕，怕你开口借钱。这岂不就是"富贵则父母不子，贫贱则亲戚畏惧"的现代版么。

时代变了，社会也在变，人情冷暖、世态炎凉却不会变。

钓叟慨言

钮琇

雪滩钓叟曰：昔苏季子云：贫穷则父母不子，富贵则亲戚畏惧。今世异是，富贵则父母不子，贫穷则亲戚畏惧。此言殊有感慨。

【四十八字】

○本文录自钮琇《觚賸》卷二。

○钮琇，字玉樵，清康熙时江苏吴江人。

○苏季子，即苏秦，战国时东周洛阳人。

读常见书

【念楼读】 姚鼐辞官回家，临行时翁方纲去看他，请他留下几句话。他说：

“爱读书的朋友，总想读大家没有读过的书；我却以为，大家常读的书就够我读的了。”

【念楼曰】 姚鼐是乾隆皇帝修《四库全书》时候的人，姚本人也参加了此书的编修工作。那时候极少有外国书，人们的新作并不及时刊刻，刻出来也不能称之为书。士大夫心目中的书不出“四库”范围，其中又只有儒家经典才是必须精读的，其他则归于杂学，释老更是被视为异端。姚鼐说的“常见书”，指的便是公认的经典。

姚鼐距今已两百多年了。随着时代的发展，信息量在增加，知识需要更新，人们不读新书（也就是“未见”过的书）已经不可能了。但是，作为公共知识分子，仍然得先读懂基本的也就是常见的书。如果要研究人文或从事文字工作，那就还得先读通文史哲方面的经典，这更是“人间所常见书”。

近年来在“著名作家”“文坛巨子”身上出现过不少笑话，如将进入仕途称为“致仕”，还要强辩说“文法上并不错”；将黄庭坚的诗“江湖夜雨十年灯”，说成是自己“梦中所得句”……便是只热心作“文化苦旅”，热心讲《红楼梦》，少读“人间所常见书”之故啊。

临别赠言

易宗夔

姚姬传乞终养归里，濒行时，翁覃溪学士来乞言。公曰：诸君皆欲读人间未见书，某则愿读人间所常见书耳。

【四十二字】

〇本文录自易宗夔《新世说》卷一，原无题。

〇易宗夔，见页一六九注。

〇姚姬传，名鼐，清安徽桐城人。

〇翁覃溪，名方纲，清直隶大兴（今北京）人。

苏轼文十篇

自己的文章

【念楼读】 我自己的文章，像充蓄在地层中的大股泉水，随便在哪里开个口子，就会喷涌出来。在平旷之处，它自然会汇流成河，浩浩荡荡，一泻千里。若遇到山崖石壁，它也能适应地形的变化而变化，无论有多少曲折险阻，终归要达到自己的目的。

这种变化是不可预见，无法事先设定的。

还是拿水来做比方，我只知道，有源，泉水便会成流。流水是遏制不住的，该怎样流便让它怎样流好了。

如果泉源干涸，水也就断流了，该打止时便得打止，文章也就不要再做了。

【念楼曰】 人们赞美苏东坡的文章写得好，有如行云流水。行云流水，任其自然，自然也就是“行于所当行”，“止于不可不止”。这是无须勉强，也来不得半点勉强的。

回想自己以前奉命写东西，都是勉强的。后应邀为文，指定撰论，亦难免带些勉强。就是自己想写文章时，或因心情不佳，或因学殖荒落，也常感力不从心，如果还要写，也就是勉强了。故而可称为文者绝少，唯有惭愧。

苏东坡这样的文豪，几百年难得一见，当然学不了。但他所说的，为文要自然，勿勉强，却是现身说法，凡能执笔者皆当诚心领受。

自评文

苏轼

吾文如万斛泉源.不择地皆可出.在平地滔滔汩汩.虽一日千里无难.及其与山石曲折.随物赋形.而不可知也.所可知者.常行于所当行.常止于不可不止.如是而已矣.其他.虽吾亦不能知也.

【七十四字】

○苏轼文十篇，均据中华书局本《苏轼文集》（下简称《文集》）选录，本文录自卷六十六。

○苏轼，字子瞻，号东坡居士，北宋眉州（今属四川）人。

读陶诗

【念楼读】 听说江州东林寺里有陶渊明的诗集，正准备打发人去找。恰好在江州做官的李君派人给我送来了一部，忙接过来，翻开一看，字大而悦目，纸张又厚实，不禁满心欢喜。

自从得到了这部诗集，我就一直没有离开过它。每当身心感到不舒服，便拿它来读一首——绝不超过一首。生怕把它读完，以后的日子就无法排遣了。

【念楼曰】 放在手边，不时翻读，但又克制着，一回只读一首，仅仅一首，生怕这卷诗会很快读完。此种情形，非饱经书的饥渴者恐难以体会到，更不是能凭空想象出来的。

常言道，"旧书不厌百回读"。苏轼对陶诗特别喜爱，从小便已熟读。一回只读一首，当然不是不读第二遍。只是好书难得，爱惜至极，故宁愿细细品尝，多保持一点新鲜感。此盖是书痴书淫的自白，未入道者不足语此。

《和陶诗一百二十首》，在《苏东坡集续集》中，小引云：

> 吾于诗人无所甚好，独好渊明之诗。渊明作诗不多，然其诗质而实绮，癯而实腴，自曹刘鲍谢李杜诸人，皆莫及也。

这可算是对陶诗的最高评价了。

不知现在还有没有这样的诗和这样爱诗的人。

书渊明诗

苏轼

余闻江州东林寺有陶渊明诗集．方欲遣人求之．而李江州忽送一部遗予．字大纸厚．甚可喜也．每体中不佳．辄取读．不过一篇．惟恐读尽后无以自遣耳．

【五十九字】

○本文录自《文集》卷六十七，原题《书渊明羲农去我久诗》。『羲农去我久』，为陶渊明《饮酒二十首》第二十首的第一句，通常即以此做篇名。

○江州，今属江西。

惜别

【念楼读】 去年闰九月间，姜君从琼州来到儋耳，从此几乎每天都同我在一起。过了半年，已是今年三月，他也要回去了。临行时，没有东西给他带去作纪念，便写了柳宗元《饮酒》《读书》这两首诗相赠，聊以表示我的一点惜别之情。

是啊，读书，饮酒。姜君走了以后，除了这两件事情以外，恐怕再也没有别的什么能够使我打发这百无聊赖的日子了。

元符三年三月二十一日。

【念楼曰】 我没有养过鸣虫，听说虫儿在绝无同类可以听到的情况下是不会鸣叫的，而且寿命也不会久长。苏公平平常常的几句话，读后却不禁有感，原来寂寞是能致命的啊。

被迫离开了京城，离开了文化中心，投荒万里，来到如今语言还难通的海南岛，苏轼不知道会多么寂寞。这时能够来一位可以相对低鸣、彼此倾听的同类，又不知道会多么高兴。三年之中，仅此半年，便要分手，想起以后仍只能读书饮酒以销寂寞，当然会惜别了。

海口五公祠，真正的主角是别殿中的苏东坡。坐在旁边的，一个是陪父亲在海南的苏过，一个便是这位“琼士姜君”。虽然他只从琼州到儋耳去住了半年，但给他这个座位也是应该的。

书别姜君

苏轼

元符己卯闰九月，琼士姜君来儋耳，日与予相从。至庚辰三月乃归，无以赠行，书柳子厚《饮酒》《读书》二诗以见别意。子归，吾无以遣日，独此二事，日相与往还耳。二十一日书。

【六十六字】

〇 本文录自《文集》卷六十七，原题《书柳子厚诗后》，据别本改。

〇 己卯为元符二年（一〇九九），苏轼谪居海南的第三年，时六十二岁。

〇 琼士姜君，琼州（治今海南海口琼山区）秀才姜唐佐（君弼）。

〇 儋耳，地在今海南儋州新州镇。

〇 柳宗元《饮酒》《读书》二诗，见《柳河东集》卷四十三。

桃花作饭

【念楼读】 有位先生听说，古时有人赞颂桃花，说全亏桃花给了他灵感，使他领悟了人生的哲理。这位先生也想要领悟人生哲理，便尽量去接触桃花，甚至将桃花做在饭里吃，一直吃了五十年桃花饭，灵感却始终没有出现。

这回见到张长史的书法，我又联想起此事。据说张长史曾遇见一个挑夫，为了抢在公主出行的队伍之前通过路口，挑夫显出了矫捷的姿势，张长史据此悟出了写草字的诀窍。如果谁想要写好字，便天天跟在挑夫后面等着瞧，难道便能瞧得出什么名堂来吗？

【念楼曰】 志明禅师在沩山，因见桃花而悟道，有偈语云：

三十年来寻剑客，几回落叶又抽枝。
自从一见桃花后，直至如今更不疑。

可见“桃花悟道”乃是实有的事，不过那是修行功夫具足，一见桃花，遽尔大彻大悟，桃花只是一个由头罢了。“去年今日此门中”和“尽是刘郎去后栽”的桃花，也是抓的由头。禅师参禅和文士作诗，道理全一样，机缘和悟性都是没法排队等来的。

我辈凡夫，根器本差（“本质不好”），并无求道之心，无论什么大红花都不艳羡，当然也就无从悟道，带着一家鸡犬升天更是休想。不过五十年一贯的桃花饭，倒也不曾吃过。

书张长史书法

苏轼

世人见古有见桃花悟道者．争颂桃花．便将桃花作饭吃．吃此饭五十年．转没交涉．正如张长史见担夫与公主争路．而得草书之法．欲学长史书．日就担夫求之．岂可得哉．

【六十六字】

〇本文录自《文集》卷六十九。

〇张长史，唐代大书法家张旭。

过滩

【念楼读】 快到曲江了，要过滩。这条逆水而行的船，被激流冲得歪歪斜斜的，全靠上十个船夫用竹篙撑着往前走。上十支篙的尖不断地戳在江石上，发出硬碰硬的声音。从舱中看过去，只见汹涌的江水和飞溅的浪沫。

船上的几个乘客脸色都变了，我却一直坐着写我的字，不管四周如何喧闹嘈杂，写字的兴致还是一样高。

我一生经历的风浪还少吗？变动也经历得够多了。本来在写字，此刻就是放下笔，驾船的事也插不上手，又能够做什么呢？恐怕还不如继续写我的字吧。

【念楼曰】 看《冰海沉船》，对最后时刻还在坚持演奏的乐队印象深刻，最佩服的却是那独坐玩纸牌的老头。因为前者尚有光荣尽职的感情因素，后者则纯系理智做出的判断：大限已到，求生既已无望，便无须乱抓稻草，更不必呼天抢地求上帝保佑，或恶狠狠地诅咒仇家，说什么“一个也不宽恕”了。

我只坐过湖南的木船，过滩时水浅，出事通常只会打湿书籍衣物，最怕是耽误时间。但在不大不小的风波中，也看得出人的风度修养。事已至此，索性由他，且修自己的胜业，或写字，或作文，或喝茶闲谈，都比瞎抓乱叫好。

书舟中作字

苏轼

将至曲江，船上滩欹侧，撑者百指，篙声石声荦然，四顾皆涛濑，士无人色，而吾作字不少衰，何也？吾更变亦多矣，置笔而起，终不能一事，孰与且作字乎？

【五十八字】

○本文录自《文集》卷六十九。

○曲江，在广东韶关南部、北江上游。

黑不黑

【念楼读】 我收藏的墨有好几百锭，常常拿出来自己比着玩，看黑不黑。比来比去，总觉得它们都不够黑，比较满意的，不过一两锭罢了。可见在这世上，尽善尽美的东西，真是少得很。

人的心思真怪，净想着自己没有的东西。买茶叶呢，毛尖、银针，总要选白的，越白越好；买墨呢，那就要最黑的，越黑越好。想要黑时，漆一样的也觉得不够黑；想要白时，雪一般的也觉得不够白。

究竟是事物本来的样子无法使人满意呢，还是人们自己不该有那么多心思和想法呢？

【念楼曰】 东坡是用墨大家，也是藏墨和鉴赏墨的大家。其题跋中关于墨者达三十五篇，所藏名家手制佳墨亦多。别人出示之墨，他一见便能知为何人所作。在海南岛他还自己制过“海南松煤东坡法墨”，据说品质与李廷珪制者不相上下，“足以了一世著书用”。本篇是他的经验之谈，且带有一点常见的自讽。

人有梦想，这是人的弱点，但也是人之所以为人的一个原因。求黑时嫌漆白，求白时嫌雪黑，老是在追求着更真、更善、更美，这就是理想主义。在黑暗中的人，理想主义就是前方的一盏灯，再遥远，再微弱，却是它，而且只有它，才给了人力量和希望。

书墨

苏轼

余蓄墨数百挺.暇日辄出品试之.终无黑者.其间不过一二可人意.以此知世间佳物.自是难得.茶欲其白.墨欲其黑.方求黑时嫌漆白.方求白时嫌雪黑.自是人不会事也.

【六十六字】

○本文录自《文集》卷七十。

屠龙和踹猪

【念楼读】 制笔者制造出来的笔，一般买笔者（都是文人学士）看了中意的，到真会写字的人手里都没有用；会写字的人觉得好用的，一般买笔者却又不愿意买。

庄子在寓言中说，有人花三年时间和千金费用，学会了屠龙之技，却无处可施展；又说有人在猪市上帮屠夫踹猪，倒越干越红火。蔡君谟的话更明白："本领越是高明，处境越是穷困。"制笔者的情形正是如此，又难道只有制笔者的情形是如此吗？

高明的制笔者吴政是不在了，好在他还有一个儿子吴说，继承了这门不行时的手艺。

【念楼曰】 屠龙不如踹猪（履豨），译成大白话，就是拿解剖刀不如拿剃头刀，制原子弹不如制茶叶蛋。这类情形，近年来在实用技术范围内有了一些变化，但写诗不如唱流行歌，著书不如写通俗小说，大概仍是事实。

这个"不如"，若只是"朝钱看"，倒也没啥。因为写"帘卷西风"本不是为了钱，怎会跟"吹打弹唱伏侍普天下看官"的去比，这样做岂不辱没了自己。怕只怕衡文者将市场价值当成了唯一的标准，把靠"色艺双绝"走红的艺员捧成"高知"，把写口吐飞剑的"作家"尊为教授，这就不是在搞文化，而是在踹猪了。

书吴说笔

苏轼

笔若适士大夫意．则工书人不能用．若便于工书者．则虽士大夫亦罕售矣．屠龙不如履豨．岂独笔哉．君谟所谓艺益工而人益困．非虚语也．吴政已亡．其子说颇得家法．

【六十五字】

〇本文录自《文集》卷七十。

〇履豨，用脚踹猪的腿胫，来验视猪的强孱和肥瘠。

〇君谟，姓蔡名襄，北宋四大书法家之一，极为苏轼推重。

月下闲人

【念楼读】 十二日的晚上，我已经准备脱衣上床了，见照进屋来的月光特别明亮，知道外边夜色一定很好，便想出门走走。

叫谁和我一同去走呢？只有到附近的承天寺找张怀民。正好怀民也不想睡，两人便在寺里的空坪中散起步来。

此时已是深夜，月正当头。月光洒在空地上，发出清冷的光，恰似一汪积水。水面上像水草纵横交互的，原来是旁边竹树投下的影子。

哪个无云的夜晚没有皎洁的月光呢？哪处住人的地方没有高大的竹树呢？只不过不一定有怀民和我这样半夜出门看月色的闲人罢了。

【念楼曰】 小时读《红楼梦》，大观园里结诗社起别名，宝钗给宝玉起了个“富贵闲人”，觉得这真是“最俗的一个号”。满十岁后，偶尔涉足社会，见某些场合的门上贴着“闲人免入”的纸条，很怕长大后成为闲人。进了中学，读了新文学书，知道革命文学家反对有闲，说过“有闲即是有钱”，有钱即是资产阶级。及至革命真的来到，天天叫大干快上，只争朝夕，更容不得闲人了。

元丰六年（一〇八三），苏轼被贬到黄州已经三载，东坡上开的荒地早已成为熟土，他仍能半夜跑到月光下做闲人，其气度真我辈“忙人”所不能及。

记承天夜游

苏轼

元丰六年十一月十二日夜.解衣欲睡.月色入户.欣然起行.念无与为乐者.遂至承天寺寻张怀民.怀民亦未寝.相与步于中庭.庭下如积水空明.水中藻荇交横.盖竹柏影也.何夜无月.何处无竹柏.但少闲人如吾两人者耳.

【八十六字】

○本文录自《文集》卷七十一。

○承天，寺名，在黄州(今湖北黄冈市)。

○元丰六年(一〇八三)，苏轼四十六岁，被贬黄州已三年。

○张怀民，苏轼的友人。

脱钩

【念楼读】 我在惠州，曾寄居嘉祐寺，松风亭就在寺旁，而位置颇高。有次忽想上去看看，也许因为开头脚步太快，没走多远腿脚就累了。只想快些到阴凉处歇息，抬头一看，亭台还在树尖子上哩，天呀，还要多久才走得到啊！

腿脚越累越觉得路长，越觉得路长腿脚就越累。又勉强走了一会儿，忽然大彻大悟：为什么一定要走到亭子里才能歇息，难道在路边就不能歇息吗？于是一屁股坐了下来。刚才还像上了钩的鱼，不知如何是好，这一下就像鱼脱开钩，立刻轻快了。

我们一生都在走着，身子在走，心灵也在走，走得很累很累。看来，不能不歇的时候还是得歇一歇。无论在多么严重的情况下，多么危急的环境中，即使身子不允许歇息，人的心灵也不妨暂时脱开一下钩子，享受一点自由。

【念楼曰】 原文“两阵相接，鼓声如雷霆，进则死敌，退则死法”这几句，不大好译。虽然过去听说过督战队、执法队什么的，又在银幕上见过苏联红军要刚刚接过枪的“兵”向前冲锋，后面确实架着机关枪。但此类太惨酷的事情，不必信其有，宁可信其无罢。

东坡于此，不过极而言之。我想，他写的“累”指的虽是腿脚，注意的却是心灵。

记游松风亭

苏轼

余尝寓居惠州嘉祐寺．纵步松风亭下．足力疲乏．思欲就林止息．仰望亭宇．尚在木末．意谓如何得到．良久忽曰．此间有甚么歇不得处．由是心若挂钩之鱼．忽得解脱．若人悟此．虽两阵相接．鼓声如雷霆．进则死敌．退则死法．当恁么时．也不妨熟歇．

【九十五字】

○ 本文录自《文集》卷七十一。

○ 惠州（今属广东），苏轼五十九岁起，谪居于此三年。

○ 就林止息，林本作『床』，据别本改。

知惭愧

【念楼读】 吃饱了，喝足了，往临皋亭的凳子上一靠。从左边窗子看出去，看得到高天上缭绕的白云；从右边望下去，看到的是从这里宛转流过的江水。把前边的门户统统打开，对面一大片青翠欲滴的山景，又呈现在我眼前……

我为这里景色之美深深地陶醉了。这时候，我的思想好像格外灵敏，却又格外单纯，单纯到只剩下对创造出美的大自然的感激和对自己很少参加创造只知充分享受的惭愧。

【念楼曰】 我曾为屠格涅夫、吉辛、孟浩然、史悟冈笔下的景色所感动，觉得这要比纸上、布上的，甚至比视网膜上的，更能入心脾、夺情志。此不仅因为，他们的观察比我细致，他们的感觉比我灵敏，而且也因为，他们对大自然的理解和爱意，比我深刻、强烈得多。

这便是文学的力量，是文学家不同于我辈常人的地方。

苏东坡在承天寺，还用了十几个字写景，在临皋亭这里则更少直接的描写，只写自己的感动和惭愧。美同样感动过别的文学家，而且还间接地感动过我，但在“造物者之无尽藏”面前，能够知惭愧如东坡者，却似乎很少。

大自然给了人一切，包括人本身；人却只在利用它，甚至侈言改造它。人啊！

书临皋亭

苏轼

东坡居士酒醉饭饱．倚于几上．白云左绕．清江右洄．重门洞开．林峦坌入．当是时．若有思而无所思．以受万物之备．惭愧惭愧．

【四十八字】

○本文录自《文集》卷七十一。

○临皋亭在黄州。苏轼被贬黄州后不久即居临皋亭下，两年多后移居东坡雪堂。

陆游文十篇

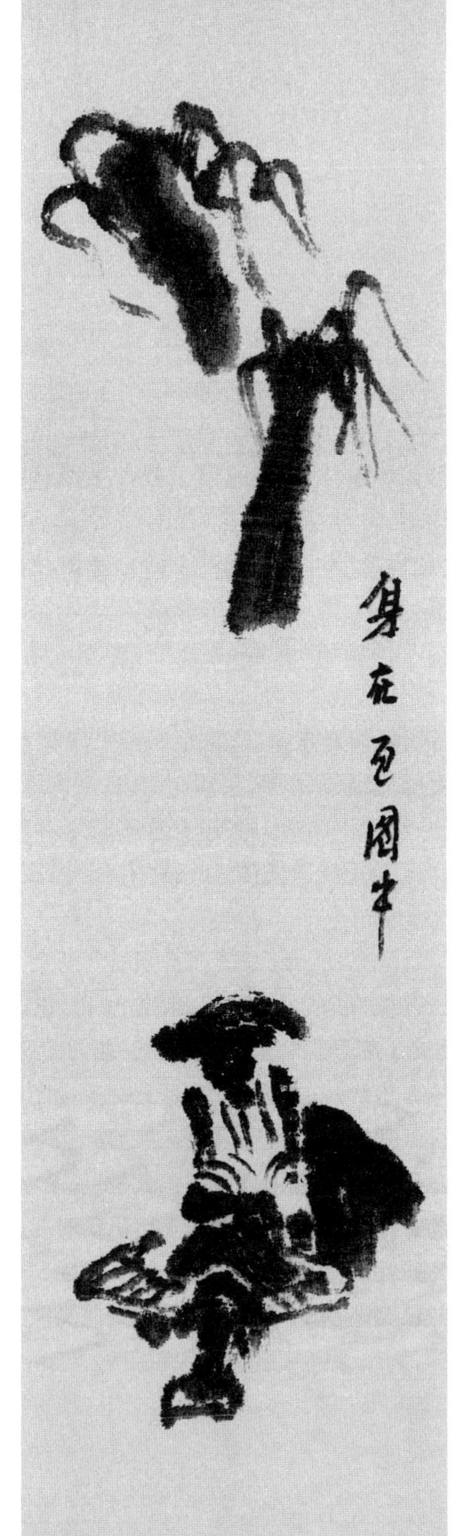

岑参的诗

【念楼读】 从少年时代起，我就十分喜欢岑参的诗。住在乡下时，我在外面喝了酒，带醉归来，往睡椅上一躺，总爱叫孩子们朗诵岑诗，听着听着，不觉移情，慢慢酒意便消，或竟酣然入睡，身心都安适了。

我觉得，除了李白、杜甫，在诗的世界里，成就没有比岑参更伟大的了。

今年从唐安调来嘉州，这里是岑参工作和生活过的地方，于是我在公廨里为他画了像，又辑录他的遗诗八十多首，刻印成集，供爱好并懂得诗歌的人来读。这不仅是为嘉州保存文化历史，也是替自己还愿——还我这一生中对岑参许下的心愿。

【念楼曰】 题跋是陆游最好的文章，我以为。

古人的题跋，也有庸俗应酬、敷衍塞责的，但像东坡、山谷、放翁等大手笔，究竟不太屑于这样做。他们的文笔真好，从中看得出作者的真感情、真见识，其价值已远远超出一般书话、书评所能达到的最高境界。

我在书业中时，也学着写过些书话、书评，想努力和读者交流一点艺术的体验或人生的感悟。且不说自己在这两方面的所知本来就浅陋，讲不出什么东西来；便是几句文章，也总写不好。看来今后仍只能小抄小贩，借以藏拙，把此类文章让给比自己高明的人来写。

跋岑嘉州诗集

陆游

予自少时．绝好岑嘉州诗．往在山中．每醉归．倚胡床睡．辄令儿曹诵之．至酒醒或睡熟乃已．尝以为太白子美之后．一人而已．今年自唐安别驾来摄犍为．既画公像斋壁．又杂取世所传公遗诗八十馀篇刻之．以传知诗律者．不独备此邦故事．亦平生素意也．

【九十九字】

○陆游文十篇，均据《渭南文集》（下简称《文集》）选录，本文录自卷二十六，文末原署『乾道癸巳八月三日山阴陆某务观题』。

○陆游，见页九三注。

○岑嘉州，指唐诗人岑参，他曾任嘉州（今四川乐山）刺史。

○唐安，今四川崇庆。

○犍为，嘉州的古称。

不如不印

【念楼读】 荣州的地方官，给我送来了这部新刻印的书。

刻书印书，当然是好事，但好事也得做好才行。现在读了点书做了官的人，到哪里都喜欢刻书印书，却一点也不注重编校的质量，印出来的书错字连篇。拿了这样的书送人、发卖，使之流行全国，这不是为读者服务，而是在祸害读者，不是发扬文化，而是糟蹋文化。

刻印出这样的书来，真不如不刻不印还好一些，唉！

【念楼曰】 此时陆游在成都范成大那里当参议官，文名越来越大。三荣守给他送书，肯定有求名之意，不料却挨了这样一个大嘴巴。

常说“伸手不打笑脸人”，如今“读书类”报刊上的批评声音本来就少，或一见焉，字里行间又每透露出宿怨的痕迹，或则借题发挥，能够就事论事，批评不避亲，“阿弥岭的鬼——寻熟人”的盖少，伸手打笑脸人的就更少了。难道随着时代进步，世故反而更深了吗？

印书要少错，关键在校对。有云校书如扫落叶，言其难得干净也。第一要能识错，这就先要懂得书，懂得作者的意思；第二要视错如仇（校雠就是校仇），必去之而后快。这样的人，又哪里是几元钱一千字的工钱能雇得到的呢？

跋历代陵名

陆游

三荣守送来，近世士大夫所至，喜刻书版，而略不校雠，错本书散满天下，更误学者，不如不刻之愈也，可以一叹。

【四十三字】

○本文录自《文集》卷二十六。文末原署『淳熙乙未立冬，可斋书』。淳熙，宋孝宗年号。可斋，陆氏斋名。

○三荣，荣州的别称，即今四川荣县。

信运气

【念楼读】 写《燕歌行》（“汉家烟尘在东北”）的唐代大诗人高适，渤海郡人，表字仲武。编这本《中兴间气集》的先生，也署名“渤海高仲武”，却是另外一人。

高适诗作的高妙，用不着说了。这位高仲武先生的诗学，从他写的对诗人和诗的评语来看，却实在不敢恭维。其庸俗、鄙陋，和近世《宋百家诗》中的小序，正是一路货色。

唐代是诗的时代，作诗的高手如林，对诗有理解、能选能评的人也应该不会少。可是流传到今天的，却是这《中兴间气集》，是这位高仲武先生的点评。所谓“文章千古事”，看来这“事”在很大程度上还得靠运气。

不过话又说回来，这位高先生毕竟是唐人，他选的毕竟是唐诗。《中兴间气集》里还是有不少好诗好句，尽可供后人欣赏，只是不要去看那些点评就是了。

【念楼曰】 曾国藩尝自为墓志铭：

不信书，信运气。公之言，告万世。

或以为黑色幽默。而见如今写武侠小说尚不如平江不肖生、还珠楼主的文化商人，被奉为文学大师带博士生，民国年间摆在地摊上卖的《十二金钱镖》，改编成电影竟得了奥斯卡金像奖，则亦不由得你不信运气也。

跋中兴间气集　　陆游

高适字仲武．此集所谓高仲武．乃别一人名仲武．非适也．议论凡鄙．与近世宋百家诗中小序可相甲乙．唐人深于诗者多．而此等议论乃传至今．事固有幸不幸也．然所载多佳句．亦不可以所托非其人而废之．

【八十一字】

○本文录自《文集》卷二十七，二篇录一。

天风海雨

【念楼读】 从来写牛郎织女，总离不开山盟海誓，难舍难分；总把环境设定在情人久别重逢的场合，温馨而私密……

只有苏东坡咏七夕的这首《鹊桥仙》，写仙子凌空挥手，告别尘寰；伴随她的只有长空吹过的风，星海飞来的雨。这是多么超凡脱俗，完全屏弃了啼笑姻缘、欢喜冤家的模式，进入到彼岸——高出我们的理想世界中去了。读起来的感觉，已不是感伤，更不是片刻欢娱，而是清空高洁，是净化了的心灵。

搞创作的人，是不是可以从此悟出一点什么来呢？

【念楼曰】 东坡《鹊桥仙》：

> 缑山仙子，高情云渺，不学痴牛骇女。
> 凤箫声断月明中，举手谢、时人欲去。
> 客槎曾犯，银河微浪，尚带天风海雨。
> 相逢一醉是前缘，风雨散、飘然何处。

作为七夕词确实十分杰出。杰出就杰出在别人都写“痴牛骇女”，他却“不学痴牛骇女”。这又不是故意别拗一调，而是有他个人的立意、个人的创作手法做骨子，此其所以为东坡。

我没有学过文学，对于这方面的事，向来不敢多谈。放翁对昔人作诗“率不免……”的批评，倒使我想起了如今创作和出版上的“一窝蜂”现象。一个宝贝走了红，就有无数个宝贝；一个格格赚了钱，就有无数个格格。“天风海雨”这类属于彼岸的东西，只怕早就过时了。

跋东坡七夕词后

陆游

昔人作七夕诗，率不免有珠栊绮疏惜别之意。惟东坡此篇，居然是星汉上语。歌之曲终，觉天风海雨逼人。学诗者当以是求之。

【四十九字】

〇本文录自《文集》卷二十八。文末原署『庆元元年元日，笠泽陆某书』。庆元，宋宁宗年号。笠泽，太湖古称。陆氏所居鉴湖古一名太湖，故亦称笠泽。

〇珠栊绮疏，精巧的窗户，引申为美好的房室。

忆儿时

【念楼读】 还记得十三四岁的时候，我跟着父亲住在城南的别墅里。有次偶然在藤床上见到一部陶渊明的诗集，拿着看看，觉得有味，便慢慢地开始读。一读读到天色向晚，家里人喊我去吃晚饭。我正读得高兴，不顾家人的三喊四催，总不肯把书放下，直到天黑，硬是没有去吃这一餐。

如今回想起来，这件事情还是清清楚楚的，就像几天前才发生的一样。可今年已是庆元乙卯年，十三四岁的小孩早已变成七十出头的衰翁了。

【念楼曰】 这是我读过的写自己少时读书生活的文章中最好的一篇。东坡《书渊明诗》一首亦佳，却不涉及儿时。

我自己也写过几篇回忆自己读书生活的文字，却远不能够写得像这样有感情，又有风趣，故知此事很不容易。

陆游祖父陆佃（农师）是著名学者，著有《埤雅》《陶山集》，藏书甚多。父亲陆宰曾著《春秋后传补遗》，也很爱书，绍兴年间家里藏书达一万三千多卷。藤床上放着陶诗，子弟尽可翻阅；只要在用心看书，晚饭不来吃也没关系。家庭中有这样的文化氛围，有这样的读书空气，对少年儿童来说，的确是一种幸福。

这几年常听说要“老有所为”“老有所乐”，依我看，七十衰翁能回忆少时贪读好书的幸福，并把它写出来，那就是最有所为、有所乐了。

跋渊明集

陆游

吾年十三四时．侍先少傅居城南小隐．偶见藤床上有渊明诗．因取读之．欣然会心．日且暮．家人呼食．读诗方乐．至夜．卒不就食．今思之．如数日前事也．庆元二年．岁在乙卯．九月二十九日．山阴陆某务观书于三山龟堂．时年七十有一．

【九十字】

○本文录自《文集》卷二十八。

○先少傅，陆游对自己已故的父亲陆宰的称呼。

○龟堂，陆氏斋名。

故都风物

【念楼读】 从前天下太平时，生活在故都汴梁城内，对那里四时八节的景物、民间百姓的风情，司空见惯，觉得这些尽人皆知的事，记录下来似乎没有什么必要。及至金寇南侵，汴京失守，倏忽已七十年，从那里出来的人，逐渐凋零殆尽，这时才显出了这本书的价值。

吕先生写这本《岁时杂记》的时候，还在道君皇帝即位初期的崇宁、大观年间。又过了二十来年，汴京才沦陷。难道老前辈的眼光如此深远，竟预见到了后来发生的事情吗？

吕公已矣，唯书尚存。现在我们这些在江南的人，却苟安旦夕，连伤怀故国、痛惜山河的心情也未必常有。翻阅此书，不禁泪下。

【念楼曰】 南宋被金人赶到江南，和东晋的情形相似。东晋过江诸人聚于新亭，或叹曰："风景不殊，正自有山河之异。"皆相视流涕。唯有被时人推重为管仲（夷吾）的王导变色曰："当共戮力王室，克服神州，何至作楚囚相对？"陆游提到新亭对泣，是痛南宋忧国无人，其诗：

> 不望夷吾在江左，新亭对泣亦无人。

正是这个意思。

世风民俗"人人知之，若不必记"，倘经变故，则倏忽已为陈迹。我们这辈人亲身经历过的放诗歌卫星、全民打麻雀之类的事，能记得住的还是及时记下为好。

跋吕侍讲岁时杂记

陆游

承平无事之日.故都节物及中州风俗.人人知之.若不必记.自丧乱来七十年.遗老凋落无在者.然后知此书之不可阙.吕公论著.实崇宁大观间.岂前辈达识.固已知有后日邪.然年运而往.士大夫安于江左.求新亭对泣者.正未易得.抚卷累欷.

【九十四字】

○本文录自《文集》卷二十八。文后原署『庆元三年二月乙卯，笠泽陆某书』。

○故都，指北宋都城汴梁（今河南开封）。

提个醒

【念楼读】 古时的作者，读书读得多，识的字也多，写文章时偶尔用上几个古字，正是随手拈来，本无心分别字体的今古，更不是为了炫耀自己的学识。

现今的作者，却偏要从《史记》《汉书》中寻些后来已经不用了的古字，将其装点在自己的句子里，以此表现自己的“高水平”。殊不知在他们洋洋得意的时候，已经有人忍不住要笑呢。

偶然见到这部《前汉通用古字韵编》，正是为装门面服务的书，便在上面写下这几行，给年轻人提个醒。

【念楼曰】 清朝末年，章太炎提倡“复古”（当然他有反对清政府的目的），故意从先秦古籍中找些早已死去的古字来用。周氏兄弟曾从之读书，也一度染上这毛病，所作《摩罗诗力说》《文化偏至论》等，内容平平，徒做古奥状，实在不足为训。

如今知识和书籍早成了商品，得按主顾的需求备货，内容是否有益，有时便顾不上多想。所以老残在东昌城书店里看见的书，大半是“三百千千”，再就是《八铭塾钞》，正属于《前汉通用古字韵编》一类。还有文海楼、文瀚楼请马二先生、匡超人精选的《三科乡会墨程》等，即所谓教辅、教参，亦是出版社的财源利薮。我们哪敢学放翁的样，提醒年轻朋友少看少买，但求老板们在敦请处州马纯上、乐清匡迥诸位大家名家来精编精选的同时，还能为真正读书人想读的书留一线生机和几畦园地。

跋前汉通用古字韵编　陆游

古人读书多．故作文时偶用一二古字．初不以为工．亦自不知孰为古孰为今也．近时乃或钞缀史汉中字入文辞中．自谓工妙．不知有笑之者．偶见此书．为之太息．书以为后生戒．

【六十九字】

〇本文录自《文集》卷二十八。文末原署『己未三月二十四日，龟堂识』。

今昔不同

【念楼读】 王右军的《乐毅论》，字形虽小，而笔意奔放，气势开张，给人的印象不像是小字。“上皇山樵”的《瘗鹤铭》摩崖刻石，字形虽大，但结构紧凑，笔画收敛，给人的印象又不像是大字。

后世书法家之所以永远只能抬起头望前辈，甚至抬起头还望不到，恐怕正是在这些地方。

【念楼曰】 我本来是很不赞成说“一代不如一代”的。小时看《江湖奇侠传》，桂武小两口要一重门一重门地打出丈人家，妹妹、嫂子把守的几张门还容易过，丈母娘那里便差一点出不来，临到老外婆将铁拐杖一摆，就只有磕头哀求的份了。反正徒弟总打不过师傅，这便是传统文化之精髓，什么派全都一样。

当时看这些书，也津津有味，不觉得有什么不对。直到自己胡子头发发白了，才感到年岁硬是不饶人，如说越老反而越强，只能是存心说谎。而世间所有技艺，纪录也总在创新，古希腊人跑马拉松也绝对赶不上如今的选手。

但是在艺术创作上，有时今人确实难以企及昔人。只谈书法，现代有些“大师”们的字，不说难比《乐毅论》《瘗鹤铭》，就是放在“放翁五十犹豪纵”旁边，恐亦“不可仰望”。奇怪的是，他们的展览会总不停地在举行，甚至写一个“寿”字、“福”字，当场便有企业家出几十万来“买”，岂不怪哉？

跋乐毅论

陆游

乐毅论纵横驰骋，不似小字，瘗鹤铭法度森严，不似大字，此后世作者所以不可仰望也。

【三十四字】

〇本文录自《文集》卷二十九。文末原署『庚申重九，陆某书』。庚申，南宋宁宗庆元六年。

〇《乐毅论》，法帖，王羲之书，小楷四十四行。

〇《瘗鹤铭》，传为南朝梁时摩崖刻石，原刻在焦山（在今江苏镇江）西麓石壁上。

想鉴湖

【念楼读】 我家住鉴湖(亦称镜湖)北岸,牧童们常在湖边放牛。每当轻风将树上的枝叶吹得微微颤动,青草地在初升的阳光照射下,升起一层有如薄雾的轻烟,牧童和牛在其中慢慢地踱着,为这番景色所吸引的我,自身也仿佛成为图画中人了。

自从被调到临安来编史书,经年不见鉴湖风景,觉得生活真是越来越单调,吃饭、休息都越来越乏味。现在好不容易完成了任务,可以退休了。三天之后,如果还不坚决请退,请退以后,如果不能一再坚持,坚持早日回到鉴湖上去的话,我是可以指着日头发誓的。

【念楼曰】 韩滉的《五牛图》已成稀世之宝。跋韩滉画牛,无一字及韩氏之画,只叙因画牛而想起故乡的牛,又因而勾起强烈的归乡之念,则画之动人可想见矣。

古人题画,有极好的文章,这也可以算一篇,本想将它放在“记画文”一章,因为是陆游的文章,所以还是放在这里了。

放翁此时已老,渴望回归故乡,回归大自然。其要求退休的决心之大,甚至指着日头发誓,这在如今恐怕是不会再有的了。

如今的人都怕退休,怕下台。这是什么缘故呢?是如今做官不再“无味”,味道越来越好了呢,还是因为找不到像鉴湖那样的好地方去养老呢?

跋韩晋公牛

陆游

予居镜湖北渚．每见村童牧牛于风林烟草之间．便觉身在图画．自奉诏细史．逾年不复见此．寝饭皆无味．今行且奏书矣．奏后三日．不力求去．求不听辄止者．有如日．

【六十四字】

○本文录自《文集》卷二十九。文末原署『嘉泰癸亥四月一日笠泽陆某务观书』。嘉泰，宋宁宗年号。

○韩晋公，唐韩滉封晋国公，善画牛。

无聊才作诗

【念楼读】 《花间集》全是唐末五代时人的作品。天下大乱，国家不稳，平民百姓在兵荒马乱中求活命都不容易，读书人却还有闲情逸致，写出如此浪漫美丽的作品来，岂不令人叹息。

但转念一想，亦未必那时的士大夫都不忧国忧民了，而是因为有思想的人这时反而无事可做，上面也不让他们做，所以他们只好作诗词排遣空虚无聊吧。

【念楼曰】 编《唐诗百家全集》时，我发现了一个有趣的现象：

通常被认为作品最富有“人民性”，最能“反映民生疾苦”的诗人，其个人生活往往倒比较优裕，很少吃苦。最突出的例子当然是白居易，官做得大，房子建造得华美，小老婆也讨得多。他的《卖炭翁》《秦中吟》，小学生都读过，可谓深入人心；但在他的两千八百多首诗中，“忆妓多于忆民”却是不争的事实。

相反的，那些生活贫困、地位寒微或身世不幸的诗人，例如刘希夷、崔曙、周贺、寒山的诗中，却极少有“可怜身上衣正单，心忧炭贱愿天寒”这样的句子。

这个现象，初看似不好理解，但仔细想想，也就释然了。因为“朱门酒肉臭”的气味，这些穷酸落魄的人可能根本没有闻到过；而在真正受冻挨饿时，大概也不可能还有心情写诗，只能在压力稍小时偷着乐一乐，以写诗发泄一点个人的无聊。

跋花间集

陆游

花间集皆唐末五代时人作．方斯时．天下岌岌．生民救死不暇．士大夫乃流宕如此．可叹也哉．或者亦出于无聊故耶．

【四十五字】

〇 本文录自《文集》卷三十。文末原署『笠泽翁书』。

中山狼

不出名的山

【念楼读】 绍兴城内外，有五座不出名的山。

世上的山水，本来都是天然之物，这五座山却有点不一样。曹山和吼山，是人工采石凿出来的，并未由天做主。怪山又叫飞来山，能“飞来”就是能够自己挪地方，不服天公的安排。黄琢山老被华岩寺挡着，蛾眉山四面建起了民居，它们都藏匿起来，姿态和颜色多被遮掩了。

难道人定能胜天吗？人工开凿的不仍是天成的山石吗？叫“飞来”的不仍是天生的山峰吗？建筑再高不仍然遮不尽天然的山色吗？

人不能胜天，却可以补天。我写这五座山，只是为了补天公没替它们扬名的不足，算是继承女娲的遗志吧。

【念楼曰】 《越山五佚记序》写的五座山，确实不怎么出名，如今也只有一座吼山，是绍兴的游览地。

黄裳称张岱为“绝代的散文家”，谓其文“绝对不与人相同”。周作人也说“他的特点是要说自己的话”。说自己的话，即不说和别人一样的话。《越山五佚记序》写家乡山水，也是寻常题材，因为文字“绝对不与人相同”，便成了自具特色的作品。

越山五佚记序

张岱

越中山水．曹山吼山为人所造．天不得而主也．怪山为地所徙．天不得而囷也．黄琢蛾眉为人所匿．天不得而发也．张子志在补天．为作越山五佚．则造仍天造．徙仍天徙．匿仍天匿也．故张子之功．不在女娲氏下．

【八十一字】

〇本文录自张岱《琅嬛文集》（以下简称《文集》）卷二。
〇张岱，见页二一三注。
〇越山五佚，意谓绍兴（古称越州）郡城内外五座不出名的山。

出游通知

【念楼读】 有幸住在名胜之区，脚下全是好山好水；更有幸都成了闲人，聚会无须假装正经。乌篷船恰能容我们几个，下酒菜也只须带两三盆。服装任意，茶饭随心。侃起大山来哪怕不着边，爱吹打弹唱亦无妨尽兴。近晚便回家，倒不必学雪夜访戴的故事；只要有兴致，斜风细雨也照样可以出门。特此邀各位前来，再续快游的好梦。

【念楼曰】 出游现在成了时髦，有双休，有长假，不少的人还有公费报销，好像是盛世才有的“与民同乐”的样子。其实古人只要能免于匮乏，免于恐惧，也是很爱游，而且很会游的。

张岱的游踪，不出苏鲁浙皖四省，比今天一个科长还不如。但从文章看，他“游”的品位和“游”给他的美感都是无以复加的。即以这一则小启为例，游必须有友，友必须有趣而且有闲，有共同的理解和赏识，此便是深知游道三昧才说得出的话。

小时候读书，“浴乎沂，风乎舞雩”和“且往观乎，洧之外”的情景，最使我神往。及至成年，先戴铁帽子，后背十字架，殊少快游，徒生遐想。如今倒是不乏被照顾出游的机会，缺少的却是同游的人，有些机会只好放弃。

《游山小启》是一篇骈文，全用对偶句，别有意趣。如今此种文体渐成绝响，“念楼读”试着用语体拟写，却全不成样子。

游山小启

张岱

幸生胜地.鞋靸间饶有山川.喜作闲人.酒席间只谈风月.野航恰受.不逾两三.便榼随行.各携一二.僧上凫下.觞止茗生.谈笑杂以诙谐.陶写赖此丝竹.兴来即出.可趁樵风.日暮辄归.不因剡雪.愿邀同志.用续前游.

【八十二字】

○本文录自《文集》卷二。

○航,船。

○榼,装酒菜的容器。

○僧上凫下,上面像和尚一样光着头,下面像鸭子一样赤着脚。

○剡雪,典出《世说新语》,可参看《逝者如斯》页一四八《乘兴》。

二叔的笔墨

【念楼读】 二叔署理陈州时，敌军到了三十里外，全城戒严。有位老朋友冒险来看他，因城门不能开，只能用绳子将朋友吊进城来相见。

二叔本来会画，此时日夜守城，无暇作画，但为情义感动，仍然在灯下泼墨挥毫，给老朋友画了这幅山水。

二叔和他这位朋友的行为，都不是平常人能够有的。看此画笔触，瘦硬倔强，挺拔弩张，犹能想象二叔当年扼守孤城，面对如林剑戟的神气。

【念楼曰】 张岱《家传·附传》中，有一节谈到了他的二叔：

> 仲叔讳联芳，字尔葆，以字行，号二酉。……喜习古文辞，旁攻画艺。少为渭阳石门先生所喜，多阅古画。年十六七，便能写生，称能品。后遂驰骋诸大家，与沈石田、文衡山、陆包山、董玄宰、李长蘅、关虚白相伯仲。……署篆陈州，时贼逼宛水，刀戟如麻。仲叔登陴死守，日宿于戍楼；夜尚烧烛为友人画重峦叠嶂，笔墨安详，意气生动。识者服其胆略。

此节与本文参看，可见：

(一)寥寥数语写不平常事，却全是纪实，并无虚言。

(二)题画是艺术文，形容画法如猬毛倒竖，夹有剑戟之气，给读者的感觉，则与家传所云“笔墨安详”者有异。材料掺不得半点假，口味却可以做出迥然不同的来，此正是特级厨师的手艺。

题仲叔画 张岱

余叔守孤城．距贼垒三十里．有故人缒城来访．余叔多其高义．就灯下泼墨作山水赠之．此二事皆非今人所有．故此画皴法．如蝟毛倒竖．稜稜砺砺．笔墨间夹有剑戟之气．

【六十六字】

〇本文录自《文集》卷五。

〇仲叔，张联芳，字尔葆，号二酉。

考文章

【念楼读】 张君的文章,去应试没有考上。如今将它印出来,不是想说明张君的考运差,而是想说明张君考运差的原因,还在他自己的文章上。

八股文章,就是写给那么一些人看的。硬要写成上帝召凡人去做的庆祝天上白玉楼落成那样的文章,又不是给七岁能诗的李长吉看,张君不能被赏识,就是很自然的了。

文章印出来后,张君拿来给我看,看得我目瞪口呆。我说:“这哪能是试官考学生的文章,简直是学生考试官的文章呀!”

听到的人,无不哈哈大笑。

【念楼曰】 一个人写出文章来,交由另外的人去评定甲乙,打分数,定取舍,本来是上帝也未必能办好的事情,故俗谚云:

一命二运三风水,四积阴功五读书。

也就是说,试官考童子,童子若想凭文章考上,从来就是靠不住的。如今虽有统一命题,恐怕也还是如此。

李商隐作《李贺小传》,谓其“细瘦通眉长指爪”,“将死时,忽昼见一绯衣人,驾赤虬,持一版书,若太古篆或霹雳石文者”,云“帝成白玉楼,立召君为记”,贺“下榻叩头”,随即死去。这是宋玉《招魂》、王尔德《渔人和他的灵魂》的写法,正适合李贺这位“鬼才”。张岱在这则短文中,用的便是此典。

跋张子省试牍

张岱

刻张子遗卷。非怪张子之不遇也。欲以明张子之不遇。张子自有以不遇之也。区区帖括家。为地甚窄。乃欲以太古篆作霹雳文。非李贺通眉长爪。能下榻便拜乎。刻成。张子持以示余。余读毕。张口不能翕。曰。此不是试官考童子文。乃童子考试官文也。闻者大噱。

【一百字】

○本文录自《文集》卷五。

写景高手

【念楼读】 写景的高手，古人第一该推郦道元，第二该推柳宗元，近世便得算袁宏道。

读《寓山注》，见大雅若拙，不作时世妆以媚俗，颇有《水经注》的风骨。一景一物，题材范围很窄，难得的是寄托却很旷远；深情丽色，亦能以简淡的笔墨出之，这一点又像《永州八记》。而其创词炼句，却又能力避庸熟，自出心裁，给人的印象是既新鲜，又干净，首首都很漂亮，比得上袁中郎写浙西山水的名篇。

能够将郦、柳、袁三人写景的笔杆子抓起来，再写下去，如今恐怕就只能借重注“寓山”的这一位了。

【念楼曰】 祁彪佳《寓山注》的文章确实写得漂亮，本书“写景文十篇”中也收入了他的一篇《水明廊》。

文章写到明朝中叶，八大家的路子已经走到了尽头。有这方面兴趣和天赋的人，不得不求新求变，张岱和祁彪佳便是这方面成绩突出的好手。写园林不称记、志、叙而称“注”，似是初创，这则跋语的写法也不多见。

不过最要紧的还是真本事。文章要写得好，引人读，耐得读，若无自己的思想和文采，光靠在形式上“出新”，则如小孩子砌积木，颠来倒去也无法出奇制胜。

跋寓山注　张岱

古人记山水手．太上郦道元．其次柳子厚．近时则袁中郎．读注中遒劲苍老．以郦为骨．深远冶淡．以柳为肤．灵巧俊快．以袁为修眉灿目．立起三人．奔走腕下．近来此事．不得不推重主人．

【七十一字】

○本文录自《文集》卷五。

○《寓山注》，可参看页一一六《寓山的水》。

米家山

【念楼读】 学画米家云山的人，总想画出满纸烟云、朦胧掩映的效果，所以一动手就放笔直干，几乎全是泼墨。殊不知米家父子作画之前，胸中自有丘壑，整个画面的轮廓早布置好了，何处该实，何处该虚，何处该粗，何处该细都了然于心，再用他们独有的技法点染而成。这看似信笔而为，并不刻意摹写，其实为了一幅水墨云山，真不知得付出多少精神，多少气力。

从前有位书法名家对人说："因为太匆促，所以来不及作草书。"学画米山的人，总要懂得这一层意思。

【念楼曰】 此一则也是为别人的画题跋，却无一语道及其人其画，好像有点"跑题"，至少是"缺乏具体分析"，阅卷老师未必给高分，我则以为它能得作序跋的妙义。

为人作序跋也真难（写"书评"则更难），何况顾亭林在《日知录》中的挖苦话——"人之患，在好为人序"，老像神话中的利剑那样悬在我头顶上。但推托有时又难为情，那么也只有跑题，在别人的命题下写自己的文章。你画米山，我就从米山谈到古人"忙促不及作草书"，只要能谈出一点半点道理，又谈得有味道，亦即有益于人，可以交卷了。

再跋蓝田叔米山

张岱

画米家山者．止取其烟云灭没．故笔意纵横．几同泼墨．然不知其先定轮廓．后用点染．费几番解衣盘礴之力也．昔之善书者．谓忙促不及作草书．正须解会此意．

【六十二字】

○本文录自《文集》卷五。

○蓝田叔，作者的族叔。

○米家山，宋代米芾、米友仁父子以大笔触的水墨表现烟雨云山，世称「米家山」，简称「米山」。

我

【念楼读】 理想呢，早已无影无踪。

事业呢，成了逝去的风。

为国捐躯最好，却怕打冲锋。

也想下田种地，腿脚又抽筋。

写书写了二十年，只留下废纸若干斤。

就是这样一个人，大家看呀，中不中？

【念楼曰】 在日丹诺夫、姚文元一类文化奴才总管看来，写这几行东西的人，若非反动派卖国贼，定是投降派寄生虫，即使不按古米廖夫的判例立即执行，也得送往古拉格群岛，或者驱逐到巴黎等什么地方去，才得眼中清净，天下太平。

张岱说他砍头怕痛，所以没有做忠臣。但他本来只是个大少爷，并未做过明朝的官，因为已经写了十七年的明史《石匮书》尚未写完，于是“披发入山”，“以世家而下同乞丐”，在贫穷中继续著述，终于完成了此书和它的后集。此书和他的《琅嬛文集》《陶庵梦忆》，都是汉文学的瑰宝，而绝不是如他所说的“仅堪覆瓮”的废纸。在这里，他不过开开玩笑罢了。

专制之一恶是开不得玩笑。审查文字有如看犯人供词，必须句句属实。瞿秋白临死说了句豆腐好吃，也被视为叛徒。欲人人都抄（肯定不可能人人做得出，故只能抄）两行“孔曰成仁，孟曰取义”再死，这死岂不也太难了吗？

自题小像

张岱

功名耶落空。富贵耶如梦。忠臣耶怕痛。锄头耶怕重。著书二十年耶而仅堪覆瓿。之人耶有用没用。

【三十八字】

○本文录自《文集》卷五。
○「功名耶落空」的「空」字读作「钻空子」之「空」。

人和狼

【念楼读】 中山狼的故事大家都熟悉，却不知道当东郭先生帮狼藏起来，骗走猎人以后，狼立刻龇牙露齿，要吃东郭先生，这时在人狼之间，还有如下一番对话：

“唉，狼啊，你怎能忍心吃我这老头？也不想一想，我如果不救你，你自己的肉还不知会被谁吃呢？难道你连救命恩人都忍心吃吗？”

“不错，你是救了我。但你是人，我是狼啊。狼饿了，就是要吃人的，哪有心思分别你是老是小，是恩人还是仇人呢？”

“唉，看来你真要吃我了，残忍的狼啊，你真是一头狼啊！”

【念楼曰】 《伊索寓言·农夫与（冻僵的）蛇》末云：

这故事说明，邪恶的人是不会变的，即使人家对他十分慈善。

不过咱们添上了后面一节，终于又骗得狼重新钻入袋中，结果依然是善有善报、恶有恶报，或曰“公理战胜”。

我们教小孩子唱打倒野心狼唱了许多年，这种教训我看是终归无用的。还是狼说得对：“你是人，我是狼。”价值判断本自不同，道德标准怎能一致。至于迦尔洵说：

狼不吃狼，人却欣然地吃人呢。

则是另类文章，又当别论。

中山狼操

张岱

东郭先生匿中山狼．绐猎者去．狼磨牙欲食之．悔而有作．

吁嗟狼兮．尔乃食予．予不尔救．尔将食谁．狼曰余饥．所见惟食．不问恩仇．不择肥瘠．狼兮．终忍食余兮．终忍食余兮．狼兮．

【六十八字】

○本文录自《文集》卷六。

○中山狼，明马中锡著寓言《中山狼传》，后康海又作杂剧《中山狼》演其事。

○操，琴曲名。

茶壶酒壶

【念楼读】 宜兴陶艺最讲究制茶壶，龚春所制的当然是第一，其次是时大彬，再其次就要推陈用卿了。

锡工精制酒壶，则以王元吉称第一，归懋德数第二。

茶壶不过是一种陶器，酒壶不过是一种锡器。可是上面这些人制作的壶，一脱手每把就要值五六两银子，陶土和锡的价格，竟相当于同等重量的白银，岂不是天大的怪事么。

不仅如此，这些茶壶酒壶，有的还上了收藏鉴赏家的橱架，居然与商周青铜古物并列，一样地受到珍重。这就充分说明，它们和它们的制作者，在人们的心目中占有怎样的地位。

【念楼曰】 为文介绍创作，最怕胡吹乱捧，形容词满天飞，“大师”帽子随便戴。当写武侠、言情通俗小说的人都被捧成了“大师”，这类吹捧文字便堕落成了街头巷尾的小广告，自爱者决不屑为，也不会看。

本篇对龚春诸人亦可谓极致倾倒，却通篇无一形容词。“绝代的散文家”（黄裳语）的笔墨，真不可及。更重要的是，他介绍的龚春、时大彬……都是真正的大师。如今一把供春壶的价格好几十万，比“五六金”又高出了几千倍。此全靠其本身的“品地”，而断非文章之力，即使是绝代的文章。

砂罐锡注

张岱

宜兴罐以龚春为上．时大彬次之．陈用卿又次之．锡注以王元吉为上．归懋德次之．夫砂罐．砂也．锡注．锡也．器方脱手．而一罐一注价五六金．则是砂与锡与价．其轻重正相等焉．岂非怪事．一砂罐一锡注．直跻之商彝周鼎之列．而毫无惭色．则是其品地也．

【九十八字】

○本文录自《陶庵梦忆》卷二。

他读的书多

【念楼读】 张伯起印了一部集注《文选》的书，有位先生就问：

“书名叫《文选》，为什么却选了这么多诗？”

“都是昭明太子选的，总有他的道理吧。”

“昭明太子现在在哪里？”

“死了。”

“既然死了，就不找他的毛病算了。”

“就是没死，他的毛病也难找。”

“为甚么呢？”

“他的书读得多呀。”

【念楼曰】 刘勰《文心雕龙》说：“今之常言，有文有笔，以为无韵者笔也，有韵者文也。”此盖是南北朝时期对文体区分的共识。编《文选》的昭明太子萧统，比刘勰小三十五岁，早死一年，可算同时代人，故《文选》选韵文（当然包括诗）乃是最正常不过的事情。在刘勰和昭明太子他们那时候，如果不选诗，又怎能称《文选》？

“一士夫”却硬要质疑：“既云文选，何故有诗？”其实这和余秋雨硬要将读书人开始做官说成“致仕”也差不多，问题不过只是欠缺了一点知识。金文明忍不住要说话，像张岱这样极简单几句就行了，既可解人颐，也免伤和气。

不死亦难究

张岱

张凤翼刻文选纂注．一士夫语之曰．既云文选．何故有诗．张曰．昭明太子为之．他定不错．曰．昭明太子安在．张曰．已死．曰．既死不必究他．张曰．便不死亦难究．曰．何故．张答曰．他读得书多．

【七十一字】

○ 本文录自《快园道古》卷四。

○ 张凤翼，字伯起，明长洲（今苏州）人。

○ 《文选》，梁昭明太子萧统编撰，亦称《昭明文选》。

郑燮文十篇

对不住

【念楼读】 我知道自己的诗格调不高，尤其是七言律诗，大有陆放翁的毛病——浅，不止一次有老朋友提出批评。但也有人不知是出于错爱还是什么原因，还是建议我将它们印成集子。想来想去，觉得自己的本事只这么大，就是再做努力，也未必能写得更好。于是便没有听从批评，反而接受了建议，真是对不住读者了。

【念楼曰】 萝卜白菜，各有各爱，因为各人有各人的口味。萝卜白菜尚且如此，文学作品并不是实用的东西，就更不可能有什么统一的标准。所以作家的确不必太听批评家的话，只要自己想写想发表，写和发表便是了。

真正的文学批评，也是一种作品，作者同样有写作和发表的自由，不过不应该要求别人一定得听，正如文学作品不能要求别人一定得看，看了一定得说好。

板桥的诗，本来不如其文，也不如其词其道情，但也还是可读可存的。看来他当时没听批评，反而接受了出诗集的建议，并没有错。

陆放翁是伟大的诗人，但他有些诗境界浅露，含蕴不足，也是公认的。“六十年间万首诗”，写得太多，又哪能首首都是精品，有的也只能“对不住”他自己和读者。

郑板桥有此自知，把话先说出来，似乎更高明一点。

前刻诗序

郑燮

余诗格卑卑，七律尤多放翁习气，二三知己屡诟病之，好事者又促余付梓，自度后来亦未必能进，姑从谀而背直，惭愧汗下，如何可言。

【五十二字】

○此九篇均录自郑燮《板桥全集》（以下简称《全集》）。本文录自《全集·诗集》，文末原署『板桥自题』。

○郑燮，号板桥，江苏兴化人。（以下不再注明）。

鬼打头

【念楼读】 郑板桥的诗，勉强能够刻印出来呈献给读者的，全都在这里了。

在我身后，无论用什么名义“增编”“补辑”，将我平日为了交差应请，胡乱写出来的东西，勉强杂凑再来出版，都是违背我的意愿的。死若有知，我一定会为此气得发狂。硬要干这事的混蛋，难道就不怕我的鬼魂会来打你的头么？

【念楼曰】 从上一篇《前刻诗序》看，郑板桥不听批评，坚持要刻印自己的诗，还是很有发表欲的。从这一篇《后刻诗序附记》看，他又很怕身后别人将他的“无聊应酬之作”拿来印行，要化“为厉鬼以击其脑”。其实坚决要印和坚决不印，都是为了珍重作品，珍重读者，前后一致，并不矛盾。

作者一生中所写的东西，未必都有发表的价值。无聊应酬之作不必说了，还有奉命来作的表态文章、应景文章、大批判文章，不仅艺术上未必能给本人增光，政治上事过境迁也多半过时了。作者如果悔其前作，或者爱惜羽毛，不愿意再翻旧衬衣，也应予以理解。

当然，为了研究人和史，有时也有搜辑遗文的必要。若只是为了牟利，把爷娘亲自删去的房帷私语搬出来充卖点，将先人日记任意改动后再卖钱，就太不堪了，难道就不怕鬼打头么？

后刻诗序附记

郑燮

板桥诗刻．止于此矣．死后如有托名翻板．将平日无聊应酬之作改窜阑入．吾必为厉鬼以击其脑．

【三十八字】

○本文录自《全集·诗集》。

不求人作序

【念楼读】 我出书向来不喜欢求人作序。请领导同志写吧，不免有拉大旗作虎皮的嫌疑，想沾光反而丢脸；请专家学者写吧，又得热脸挨冷脸，忍受那种居高临下、爱理不理的样子，还不如不要那几句表扬。

写几封家信，本不是做文章，当然更写不出什么好的文章来。如果有人对它还感兴趣，也许可以看一看，不感兴趣便当作废纸处理好了，那就更加无须请人作序了。

【念楼曰】 出书求人作序，如今在书评报刊上遭讥讪荼毒的，已经够多了，看起来实在可怜。我倒觉得，讥讪的锋芒不必老是对着可怜巴巴的求序者，而应该对着“好为人序”的名家大家们。若天下没这么多人好为人序，好当主编（主编往往和作序者一身二任），泡沫书、垃圾书起码要少一半，真正做了好事。

其实我完全不反对书前有序，而且还很喜欢读写得好的序文，而且还不一定同时要读序后的正文。序文比所序的书有更强更久的生命，这样的例子真不少。这就必须：（一）序文对所序的书有真正独特的见解；（二）作序者对书作者其人其事有真正深厚的感情；（三）是篇好文章。这样的序，只读它不读其书，也不会吃亏；问题就是这样的序文实在难得一见，恐怕也不是“求”能够求得到手的。

家书自序

郑燮

板桥诗文．最不喜求人作序．求之王公大人．既以借光为可耻．求之湖海名流．必致含讥带讪．遭其荼毒而无可如何．总不如不序为得也．几篇家信．原算不得文章．有些好处．大家看看．如无好处．糊窗糊壁．覆瓿覆盎而已．何以序为．

【八十九字】

〇 本文录自《全集·家书》。文末原署「郑燮自题，乾隆己巳」。

胸无成竹

【念楼读】 晁补之为文与可画竹作诗，云：

> 与可画竹时，胸中有成竹。

苏轼在《文与可画筼筜谷偃竹记》中说得更好：

> 故画竹必先得成竹于胸中，执笔熟视，乃见其所欲画者，急起从之，振笔直遂，以追其所见，如兔起鹘落，少纵则逝矣。

这是大作家对大画家作画经验的总结，文章也写得气势生动，读之正如看文氏的画，活灵活现，动人极了。

但我画竹，却和文氏完全不同。他画竹时胸中有成竹，我画竹时胸中却无成竹，几竿几丛，枝枝叶叶，全凭意之所向，兴之所至，自由挥洒而成。往往信手画出，神气反而更加具足，至少我自己看来是如此。

在绘画艺术上，我是后辈，怎么敢妄比前代名家。我想说的不过是，只要真理解竹子，真爱竹子，全心全意想画好竹子，作画时胸中有成竹也好，没有成竹也好，都是能够画得出来的。

【念楼曰】 文同是画竹名家，苏轼更以"三绝诗书画"而兼旷代文豪，其权威性自不待言。若在现代，绝对的权威如是说，跟着做阐释，做详解，立学派的人，真不知会有多少，怎么敢公然立异？此其所以为郑板桥乎。

题画竹一

郑燮

文与可画竹，胸有成竹；郑板桥画竹，胸无成竹。浓淡疏密，短长肥瘦，随手写去，自尔成局，其神理具足也。藐兹后学，何敢妄拟前贤。然有成竹无成竹，其实只是一个道理。

【六十五字】

○ 本文录自《全集·题画》。

○ 文与可，名同，宋画家。

文与画

【念楼读】 住在江边，秋天早晨起来看竹。初阳刚照上竹林，露气化成缕缕轻烟，正在慢慢升起。晨光在枝梢间投下了或浓或淡的影子，竹叶上间或有露珠闪烁发光……眼中的景象，觉得很有画意，心中便起了作画的冲动，但是我心中的竹子，却要比眼中的更高雅，更潇洒，更美……

回到屋里，磨好墨，铺开纸，动起笔来。纸上立刻出现了竹的形象。我极力想画出我心中的竹子，可是笔下画出来的，却又总是跟它有距离，总还不够完美。

看来，创作永远也难以达到理想的境界，艺术永远也难以将人的感觉完全表现出来。感觉永远是第一位的。只有凭着感觉，凭着对大自然的美的领悟，才有可能超越笔墨的局限，画出自己能力以上的作品来。

这里说的是作画，难道只有作画是如此吗？

【念楼曰】 中国画是文人画，不通文即不通画理，也不能成为画家。郑板桥的画名高，也是得力于他的文名和书法，至少是相得益彰的，画匠画师是写不出他这样的文字的。

西洋画路子不同，但我想文学和美学的修养，对于所有的画家，恐怕一样重要。画西画的也有画师和画匠，他们的收入可能高于梵高，但毕竟只是画师和画匠。

题画竹二

郑燮

江馆清秋.晨起看竹.烟光日影露气.皆浮动于疏枝密叶之间.胸中勃勃遂有画意.其实胸中之竹.并不是眼中之竹也.因而磨墨展纸.落笔倏作变相.手中之竹.又不是胸中之竹也.总之.意在笔先者.定则也.趣在法外者.化机也.独画云乎哉.

【九十三字】

○本文录自《全集·题画》。

润格

【念楼读】 作画：八尺银六两，六尺银四两，四尺银二两。

书法：条幅、对联银一两，斗方、扇子银五钱。

板桥书画，只收白银。诸君惠顾，无任欢迎。礼品食物，请勿费心。非我所好，概不领情。白银兑现，其乐融融。画会画得好，字更有精神。近乎不必套，赊欠更不行。闲话请尽量少讲，留下时间给老夫写字画画是正经。

【念楼曰】 润格便是文人卖文，画家鬻画的价目。他们既然以此为业，取酬便是理所应当。不过以前润格由作者自定，愿者上门；如今则标准由买方掌握，爱给多少给多少罢了。

此文于风趣中表现出清贫画家的耿直和无奈。他定的润格其实相当低。清末林琴南的画，八尺润金四十八两；顾鹤逸每尺二十五两，八尺高达二百两。顾、林的画品，其实尚不及板桥 。如果还任人揩油，或以少许礼品食物来套取，板桥道人岂不会揭不开锅盖？

民国郭守庐卖文小启，也貌似取笑，实为讽世，后二节云：

妻不会卖乖鬻俏，子不会得势拿权。一支秃笔，与我生命相连。没甚新鲜，为的金钱。

当不上旧式名流，交不上时髦政客。没字招牌，哪里有人认得。管甚黑白，出张润格。

板桥笔榜

郑燮

大幅六两．中幅四两．小幅二两．书条对联一两．扇子斗方五钱．凡送礼物食物．总不如白银为妙．公之所送．未必弟之所好也．送现银则中心喜乐．书画均佳．礼物既属纠缠．赊欠尤为赖账．年老神倦．不能陪诸君子作无益语言也．

【八十八字】

○本文录自《全集·杂著》。

○笔榜，润格（取酬标准）。传世文后有诗，『画竹多于买竹钱，纸长六尺价三千。任渠话旧论交接，只当秋风过耳边』，末署『拙公和上（尚）属书谢客，板桥郑燮』，乃是为和尚画竹的题诗，笔榜则是临时添写的。

难得糊涂

【念楼读】 难得糊涂，难得糊涂。

人要聪明，难。人要糊涂，我看也难。聪明的人，要学得糊涂，那就更难了。

人生还是糊涂一点好啊。要挖空心思应付的问题，先将它摆一摆再说吧。出现了升官发财的机会，让别人先去争取吧。凡事不必抢，不必争，也不必信先吃亏后占便宜的鬼话，只图眼前少费劲少伤脑筋。正如《沙陀搬兵》中李克用唱的，“落得个清闲”，岂不好么？

【念楼曰】 《苦竹杂记》中有《模糊》一篇，讲郝兰皋、傅青主，云：

> 模糊与精明相对，却又与糊涂各别。大抵糊涂是不能精明，模糊是不为精明。

但板桥明谓“由聪明而转入糊涂更难”，那么原不是说天生的糊涂虫难得，企慕的也正是知堂所喜欢的郝傅一流也。

郝君的家奴散出后入县衙充书役，相逢“仰面径过”，置之不理；善本书、端石砚不知为谁携去，亦遂置之。傅君家训云：

> 世事精细杀，只成得好俗人，我家不要也。

知堂接着说道：

> 目前文人多专和小同行计较，真正一点都不模糊，此辈雅人想傅公更是不要了吧？

读之不禁会心一笑，啊，这讲的是谁呢？

题额

郑燮

难得糊涂.

聪明难.糊涂难.由聪明而转入糊涂更难.放一着.退一步.当下心安.非图后来福报也.

【三十七字】

○本文录自《全集·杂著》。文末原署『乾隆辛未秋九月十有九日，板桥』。

雪婆婆

【念楼读】 民间俗信，十月二十五是雪婆婆的生日。过了这一天，就有可能下雪了。

我的生日，正好也是十月二十五，于是便请杭州身汝君给我刻了“雪婆婆同日生”这颗闲章。

有人说，闲章上几个字，虽说是小玩意，也要有出典，才能不失风雅，你这是什么典故啊。

我说，古来民间的俗话，后代成了典故的，实在很不少。《后汉书·马援列传》云，马援子廖为卫尉，上疏劝诫奢靡，引长安语曰：

> 城中好高髻，四方高一尺。城中好广眉，四方且半额。

唐李贤注云：“当时谚也。”谚就是民间俗语。可是后来李后主形容大周后之美，说什么：

> 修眉范月，高髻凌云。

文人马祖常作诗，还有这样的句子：

> 已知京兆夸高髻，不信章华斗细腰。

这“高髻”也就成为文人笔下的典故了。那么，今天老百姓口头上的“雪婆婆”，难道后世就不会成为典故么？

【念楼曰】 “五四”后胡适写《白话文学史》，郑振铎写《中国俗文学史》，从民谣俗谚里寻文学的源流，开了一代风气。二百年前的郑板桥，已是他们的滥觞。

题印一

郑燮

雪婆婆同日生。杭州身汝刻。俗以十月廿五日为雪婆婆生日。燮与之同日生。故有是刻。或以不典为诮。予应之曰。古之谚语今之典。今之谚语后之典。宫中作高髻。四方高一尺。真俗语而今为典矣。

【七十六字】

○本文录自《全集·杂著》。「雪婆婆同日生」六字为印文，以下则是「边款」即刻在印石边上的文字，下同。

○「宫中作高髻西方高一尺」，见《后汉书》卷二十四，但郑燮将「城中好高髻」写成「宫中作高髻」了。

郑为东道主

【念楼读】 《左传》僖公三十年的《烛之武退秦师》是篇精彩的好文章。烛之武说秦伯曰：

> 若舍郑以为东道主，行李之往来，共（供）其困乏，君亦无所害。

我正好姓郑，于是将“舍郑以为东道主”拿来，去掉一个“舍”字和一个“以”字，成了“郑为东道主”，又请朱君为我刻了一颗闲章，用于招友同游，邀人叙话，岂不正好。

《春秋左传》为五经之一，将传文撩头去尾，使之为我所用，也许有人会觉得不妥。其实不管是什么经典，用它时都不必字字照搬。凡作文，无论大小长短，都得自己做主。

自己作主，才是自己的文；不然的话，就只能算奴才之文了。

【念楼曰】 人民个个做了主人，奴才早该没有了。但戏台上的影子却常常挥之不去，亦未必个个青衣小帽，尽有《法门寺》《审头刺汤》里锦衣玉带的角色，但终于还是石秀所骂的“与奴才做奴才的奴才”。

奴才的特点便是不能自作主张。尽管他有时候吆三喝四，威风十足，却全是主子命令他讲的话。

郑板桥区区“七品官耳”，却能自作主张，所以他写的都是主子文章，不是奴才文章。当然也只有在他不当县太爷以后才能如此，不然吃了朝廷的俸禄，便不得不归朝廷管，说话写文章也不得不遵朝廷功令。

题印二

郑燮

郑为东道主．朱青雷刻．

舍郑以为东道主．板桥割去舍字以字．

便是自作主张．凡作文者．当作主子文

章．不可作奴才文章也．

【四十八字】

○本文录自《全集·杂著》。

○『舍郑以为东道主』，见《左传·烛之武退秦师》。

博爱

【念楼读】 早就有人说，“一走进摆设兰花的屋子，立刻会嗅到浓烈的芳香；但若是在屋里待得太长久，嗅觉饱和便不会觉得香了”。

人们为了闻香，为了审美，从野外山中挖来兰草，移植作为盆景。这样做，赏玩兰花的人，自然会感到快乐；但是，被赏玩的兰花会不会快乐呢？

我爱兰，爱的是深山幽谷中的兰。我不愿损伤它，夺取它，只愿在大自然中跟它做伴，为它写生，并向它献上这样一首小诗：

深谷中悬岩下栖息着寂寞的兰，
稀疏几枝竹叶遮不住多少风寒。
不害怕冷清只要能自由地生长，
我也愿来此处远离吵闹的尘寰。

【念楼曰】 只有郑板桥这样的艺术家，才会想到兰花会不会快乐，才会将兰草视为和人类一样的生命。周作人《山中杂信》也曾对笼中鸟表同情：“为要赏鉴，在它自由飞鸣的时候，可以尽量地看或听，何必关在笼里擎着走呢？”又引佛经戒律禁盗空中鸟，“（鸟）纵无主，鸟身自为主，盗（罪）皆重也”。他接着说道：“鸟身自为主——这句话的精神何等博大深厚，然而又岂是那些提鸟笼的朋友所能了解的呢？”

草木虫鱼，一切有情，都是博爱的对象啊！

画兰竹石

郑燮

昔人云．入芝兰之室．久而忘其香．夫芝兰在室．美则美矣．芝兰弗乐也．我愿居深山巨壑之间．有芝不采．有兰不掇．各全其天．各乐其命．乃为诗曰．高崖峻壁见芝兰．竹影斜遮几片寒．便以乾坤为巨宅．与君高枕卧其间．

【八十四字】

○本文录自《全集·集外诗文·题画》，为《画兰竹石》最后一则。

○有上款『绣华老长兄亲翁政画』，下款『板桥居士姻弟郑燮拜手』。

○芝兰，芝通芷，芷兰在此处即指香兰。画的本也只是兰竹石，并未画属于菌类的灵芝。

王闿运日记九篇

儿女读书

【念楼读】 正月初七日，雪。

杨慕李、孙翼之二人来访。

我督促儿女们读书，诵读声中，不知不觉打了个盹，一觉醒来，读书的孩子们早散了。比起二十年前用功的情形来，真是不同的两代人啊。

【念楼曰】 日记成为文体的一种，早在宋朝就出现了，范成大和陆游都留有史料性和文学性都很强的作品。明朝以后，作者渐多，这大概和写作中个人主体意识的加强有关。

王闿运的《湘绮楼日记》，为清季四大日记之一（其馀三种的作者为曾国藩、翁同龢、李慈铭），都是作者生前宣传众口，死后很快成书的。这里的九篇均选自壬辰（光绪十八年，即一八九二年）卷，时王闿运已五十八岁，居衡阳。

钱基博《现代中国文学史》开头第一句便是：

> 方民国之肇造也，一时言文章老宿者，首推湘潭王闿运云。

可见王氏在当时文坛上的地位。于日记，他自言“皆章句饾饤、闾里琐小之事”，前句指个人读书心得，后句指日常生活、社会见闻，所以更有价值。

《湘绮楼日记》生动地记载了清朝最后一辈文人的生活。王闿运死于一九一六年即民国五年，再过四年五四运动开始，老一辈就进入历史了。

人日　王闿运

人日.有雪.杨慕李孙翼之来.儿女读书.

余昏昏睡去.比醒.已散去矣.校之廿年

前.真成两代也.

【三十六字】

〇此九篇均录自王闿运《湘绮楼日记》壬辰卷（下简称《日记》）。

〇人日，正月初七。

〇王闿运，号湘绮，清末民初湘潭人（以下不再注明）。

清明

【念楼读】 三月十三日，阴雨天气，又有风，颇觉凉爽。

昨晚上下大雨，睡了个好觉。

安排学生课程作业后，外出散步。只见新涨的湘水，满江呈现出去年的黄色，映带着两岸的嫩绿，显出浓浓的春意。野地上的山兰开满了白花，几株通红的马缨点缀其间。树林全换上了青翠的新装，从中传出求偶斑鸠急迫的啼唤声，已是一派清明时节的光景了。

【念楼曰】 三月十三，正是清明时节。此时王闿运在衡州（今衡阳）主讲船山书院，“督课”便是督书院诸生的课。课馀稍作行散，所见应是书院外郊野的风景，而文笔萧散，自然流丽，甚为可读。

清代的文章向以桐城派为“正宗”，殿军便是曾国藩和“曾门四子”——吴汝纶、张裕钊、薛福成和黎庶昌，都走唐宋八大家的路子，讲气势，重声调，读起来好听，但总是强调“载道”即为主流意识形态服务，道学气浓，生气就少了。

王闿运“人物总看轻宋唐以下”（吴熙挽王联），文宗魏晋，不做韩柳派的“古文”，亦不做道学门面语。所作《秋醒词序》《到广州与妇书》等文，看得出上至六朝郦道元、徐陵，下洎汪中、龚自珍诸人的影响，本文不过是一个最小最小的例子。

因为语体替代了文言，清末民初不少好文章渐少人知，在文体研究上未免有缺憾。

三月十三日　王闿运

十三日．阴雨．风凉．督课一日．夜大雨．沉酣．湘流复黄．新绿映水．饶有春意．湘兰满花．马缨红缀．杂树皆碧．鸠啼甚急．正清明景物也．

【五十字】

〇本文录自《日记》『壬辰三月』。

杀人与要钱

【念楼读】 七月廿二日，晴。

刘某某来，也说吴抚台新官上任头把火，就会要在长沙修洋船码头，我则以为未必。

照我想，他的头一件事，一定会抓紧在中秋节前杀一批犯人。先杀人，再创收，这才是既突出了政治又能搞活经济的得力大员嘛！

书房当西晒，今日移房，未做别事。

【念楼曰】 文人论政，未必要登庙堂之上，私底下评说时事，有时更值得注意，这就只有求之于日记、书信等纯粹属于私人的文字了。

王闿运“平生帝王学”（杨度挽联中语），虽然是名士，是文人，却也曾有政治抱负，也参与过政治。他先后入肃顺、曾国藩幕，对晚清军政人物都很熟悉；还一度热衷“游说”，积极论政。所作《湘军志》，评议当轴人物，更是毫不留情，表现出一种跅弛自雄的姿态。这时已入老年，更有点倚老卖老了。

这里说的吴抚台吴大澂，是一位“名臣”，光绪十八年（一八九二）六月起任湖南巡抚。“立洋马头”为当时新政，“杀人”和“要钱”则是历来政府必抓的两手，越是“能员”自然抓得越紧。其实湘绮亦未必实有所指，不过文人积习，谈到做官尤其是做大官的，至少也要调侃他几句，不会轻易放过。要是在如今，不闯祸才怪。

七月廿二日　　王闿运

廿二日．晴．刘心葵来谈．亦云吴大澂欲立洋马头．余独以为不然．节前将至矣．以余度之．必先杀人．而后要钱．乃为文武之材也．外斋日灼．移内．未事．

【五十七字】

○ 本文录自《日记》『壬辰七月』。

○ 吴大澂，清末吴县(今苏州)人，时任湖南巡抚。

张之洞来信

【念楼读】 八月二十九日，阴。

收到张之洞的来信，看字迹，已经不像早年，大概是师爷代笔的。不然的话，总督大人后来一定又练过颜字——也不像是杨锐的笔墨。

【念楼曰】 王闿运此时只是衡州（阳）船山书院的山长，论地位顶多相当于如今市属大专学校的校长；张之洞则官居湖广总督，等于管大区的中央局书记。但是，看他们二人之间书信往来，王闿运可以布衣傲王侯，在日记中漫称张“红顶”，无所用其恭敬；张之洞对他恐怕还得客气一些，才能显出“礼贤下士”的风度来。

清制：总督为正二品，帽顶用红珊瑚（起花与不起花者有别）；但如加了“右都御史”衔，则为从一品，帽顶视同正一品用红宝石了。红珊瑚，红宝石，帽顶都是红的，故王以“红顶”称之。

这些制度、仪注方面的细节，如今许多人都不太明白了，在电影电视里常常弄错。比如说，一堂顶戴全是红顶，或全是金顶，大小文武官员补子上全绣仙鹤，事实上这都是绝不可能的。

很希望有人将这类制度、名物方面的知识，分别撰写成书，亦不必很厚很详细，简单明了便行。

八月廿九日　　王闿运

廿九日．阴．得张孝达书．笔迹不似早年．盖幕客所为．不然则红顶必学颜书也．亦不似杨锐之作．

【三十七字】

○本文录自《日记》『壬辰八月』。

○张孝达，名之洞，晚清直隶南皮（今属河北）人。

○杨锐，戊戌六君子之一，时在张之洞幕中。

祭奠亡妻

【念楼读】 九月八日，晴。

今天是亡妻梦缇的生日，为她举行祭奠。全家素食默哀，女儿们个个流泪。孩子们对亡母的深情，使我得到了安慰。我也停止了一切活动，整天沉浸在悲哀中。

【念楼曰】 钱基博《现代中国文学史》说，王闿运“夫人蔡氏名菊生，亦知书，能诵《楚辞》”。其伉俪之笃，从闿运《到广州与妇书》长达二千馀言，文情并茂中，便可以看得出来。蔡亡故以后，王的哀思确是很深沉，很真切的。

但王闿运并不是一个“从一而终”的男子，梦缇在时他即已纳妾，还有这个妪、那个妪（周妪即有名的周妈），日记中不止一次记有“某妪侍寝”，都是公然行之。这在多妻时代本不是稀罕之事，看来亦与其家中夫妇之道无多抵触。

动物中一夫一妻制遵守得最好的是大雁，失偶后即终身不再交配，传说如此，实际情况是不是这样的呢？恐尚有待证明。其实顶贞节的动物大约还当推“偕老同穴”，这是一种小鱼，体小时结成对子，通过小孔进入海葵腔内，长大后即无法出来，终生在里面交配繁殖，借流动的海水获得食物并排出受精卵，一雄一雌，绝不可能有“第三者插足”。但人类的近亲猿猴从来都是多妻的，在进化树上的位置却比鱼、鸟高多了。动物行为学和人类学的专家，对此一定进行过不少研究，可惜我原文看不懂，译文又不想看。

九月八日　王闿运

八日．晴．梦缇生辰也．设奠．小儿能哀．尚有可取．诸女皆垂涕．余亦素食思哀．竟日无营．

【三十三字】

〇本文录自《日记》「壬辰九月」。

〇梦缇，王闿运妻，姓蔡名菊生。

和合二仙

【念楼读】 十月十六日，阴雨。白天的课没讲完，开灯后才结束。

易中硕的诗，个性鲜明，形象生动，读时作者的面目和神态如在眼前。他和曾震伯这两个风流才子，乃是我平生所见到的顶聪明的人，只可惜不够稳重，迹近轻浮。二人都信托我，愿和我结交，我却没有能力来规范他们，心中颇为歉仄。

幕布拉开时锣鼓喧天，场面精彩，登台的和合二仙妙相庄严，令人欢喜；可是一眨眼变成了一对蚌壳精，正剧变成了调笑的闹剧，给观众的印象便差得多了，这也是无可奈何的事情。

珰儿今日去彭家。

【念楼曰】 易顺鼎（中硕，号哭庵）和曾广钧（重伯），都是很有才华的世家子弟（顺鼎父易佩绅累官山西布政使，广钧则是曾国藩之孙），他们作诗做得好，做人则毛病颇多，王闿运曾写信给易云：

> 海内有如祥麟威凤，一见而令人钦慕者，非吾贤与重伯耶？然亦惹非笑，不尽满人意者，重伯好利，中硕好名故也。……故吾为仙童之说，谓夫仙童有玉皇香案者，兄日姊月，所见美富，……一旦入世，则老虎亦为可爱，金银无非炫耀，乃至耽着世好，情及倡优，不惜以灵仙之姿为尘浊之役，物欲所蔽，地狱随之矣。

王闿运比易顺鼎大二三十岁，故能如此直言相劝。但“和合二仙”不能接受规劝，终于成了一对蚌壳精，成就都十分有限。

十月十六日　　王闿运

十六日．阴雨．讲课不能毕．改于灯下完之．看易中硕诗．如与对面．易与曾震伯．皆仙童也．余生平所仅见．而不能安顿．有傀焉之势．托契于余．无以规之．颇称负负．大锣大鼓之后．出一对和合．俄成蚌蛤精．戏亦散矣．奈何奈何．珰往彭家．

【九十字】

○ 本文录自《日记》『壬辰十月』。

○ 易中硕，名顺鼎，湖南龙阳（今汉寿）人。

○ 曾震伯，即曾重伯，名广钧，湖南湘乡（今双峰）人。

做生日

【念楼读】 十一月二十八日，下雪了。明天是我的生日，今日家中办饭，提前为我“做生”。

小程打发人通知说，道台明天要来拜寿。实在觉得不便接待，连忙写信阻止，并且请城里的客人都不要来。

我向来不太怕“做生”，只怕“做生”客太多，要“躲生”更麻烦。现在则觉得“做生”还不如“做死”，死后开吊，客人来得再多，自己躺着任他们磕头作揖，无须答礼迎送，倒比“做生”省事得多。

书院学生二十一人来祝贺送礼，止也止不住。大雪，又冷，招待简单草率，不免好笑。到了晚上，点起灯烛，放起鞭炮，总算热闹一场。

【念楼曰】 庆贺生日，本意应该是高兴本人又活过了一年的意思，这只有在家庭之中对年纪大的才须如此，也才有意义。但不知怎么推广开来，居然成为社会礼俗，似乎非办不可；若是“做”的借此招摇，“来”的有心趋奉，事情就更加复杂。王闿运本不怕“做生”，但道台硬要来，“院生贺礼，亦不可止”，也就觉得“生不如死”了。

王闿运说他“向不喜躲生”，“躲生”便是在自己生日前离家躲开。不见了寿星，来拜寿的自然就会散去。先父“躲生”躲了一世，直到他老人家八十八岁撒手归西，这件事我一直十分同情，所以自己从来不“做生”。

十一月廿八日

王闿运

廿八日.雪.家人治具餪祝.程郎遣报.道台欲来.甚窘.与书程生阻止之.兼止城中客.向不喜躲生.今乃知生之不如死也.死而客来.吾但偃卧待之.何所畏哉.院生贺礼.亦不可止.冰雪严寒.仓皇吝啬.甚可笑矣.夜烛爆热闹.诸生来者廿一人.

【九十二字】

〇本文录自《日记》『壬辰十一月』。

〇餪，音暖，喜庆前请吃。

做年糕

【念楼读】 十二月廿二日，雨。派佣人到城里买年货，准备过年。自己整天都在家中，没有外出。

家里本该打年糕，却都说不会。什么东西都要买，渐渐显出做官的派头来了。

王迪安来，谈话甚久。

【念楼曰】 《东京梦华录》记述北宋时汴梁居民生活，说在重阳节前一两日，“各以粉面蒸糕遗送”。唐刘禹锡重阳作诗，想写糕，“以六经无糕字”，便不写了。这说明糕的起源虽不很“古”，但唐宋时即已常见，大概此与米麦粉碎的技术普及有关，也与人们的饮食逐渐精细化有关。

湖南为稻米产区，过去乡村中等以上人家，重阳节未必蒸糕，年糕却是家家户户都要“打”的。腊八以后，将糯米蒸熟，置石臼中用碓舂或杵捣，使之融烂成团，然后制成方块，再切成糕。如制成饼状，则称糍粑。这既是年节的食品，而以冬至日冷水泡之，更可以保存到来年春天插田时。

王闿运认为不知做糕便“不成家”了，这与他的家庭出身不无关系。其祖父为乡村医生，父亲是小商人，并不富裕，更不是官宦人家，日常吃用没有条件动辄用“买”的办法解决，只能靠“家中”妇女自己动手做，如今却不做了。其实此时他早已续妾，雇佣的“妪”亦不止一二，人手并不短缺。

十二月廿二日　　王闿运

廿二日.雨.遣僮入城办年事.因居内未出.家中不知作糕.遂罢之.渐不成家.有官派矣.王迪安来.谈半日.

【四十字】

○本文录自《日记》『壬辰十二月』。

走夜路

【念楼读】 十二月二十三日，阴。

陈家办丧事，请我去“点主”，早饭后便动身前往，到了那里，才知道吊客都还没有到。原来衡州的风俗，丧礼得在晚上举行。于是只好留下，等到题写了铭旌才走。

回来的路上，轿子到白鹭桥，渡船泊在对岸喊不过来。路上遇到另一户江西商家出殡，许多灯笼火把，却不能为我们照明。幸好求得一户村民帮助，才得回家。

【念楼曰】 读前人日记，可以赏其才情，可以了解社会，我则更注意其中的土风民俗。这里所说，衡州（今衡阳）的丧礼要在晚上举行，出殡也在晚上，打着灯笼火把抬棺材上山，便是非常有价值的材料。日记只用几十个字，便将过河“呼渡不得”，炬火“未能照我”，求助路旁村民等走夜路的尴尬写出，却仍不失风趣，写作上是很成功的。

那时出葬要请名人“点主”、写“铭旌”，这本来是两件事。点主是用笔在死者“神主”（主位牌）的“主”字上填上预先留空的一点，写铭旌则是在长条白布（绸）上写出死者的姓名头衔，都是隆重的仪式，都得由有地位有名望的人当着众人来做。《儒林外史》里的鲍文卿是个戏子，若不是向太守念旧，便找不到人题铭旌。但一主不烦二客，这两件事通常便只请一位名人兼任。王闿运这时已是大名人，等到晚上题了铭旌，坐上轿子却还得摸黑回家，岂不怪哉。

十二月廿三日　王闿运

廿三日．阴．朝食毕．临陈丧．客尚无一至．衡俗成服以夕．为写铭旌而还．舁至白鹭桥．呼渡不得．几困于夜．江西客夜葬．炬火甚盛．而未能照我也．乞于路旁一村民．乃仅得还．

【六十六字】

〇本文录自《日记》『壬辰十二月』。

苏轼的短信九篇

何必归乡

【念楼读】 从我住的临皋亭往下走，只几十步，便到了长江边。日夜奔腾的江水，至少有一半，是从我们四川的雪山上融化后流下来的。住在这里，每日烧茶煮饭、洗脸洗脚用的全是它，我时时刻刻都在亲近故乡的山水，何必还要想着回乡呢？

江中的水，眼中的山，天上的风云，世间的景色，本来属于所有的人。无论是谁，无论在什么地方，只要有闲适的心情，便都可以享受这一切，做它们的主人。

子丰君，住在新置的花园住宅中，你的感觉不知比我在此地如何？依我看，你还在做着京官，总不至于春秋两季要完税，更不会要交什么免役钱，这我就无论如何也比不上了。

【念楼曰】 东坡的文章好，所写的短信尤其出色。

写此信时，他谪居在临皋亭下，怅望着“犹自带，岷峨雪浪，锦江春色”的江水，怎不会忆及出川前后的历历往事？怎不会感慨比汹涌的峡江更险恶的宦海波澜？而他却能以旷达的胸怀化解常人难解的郁结，满足于在此地能饮食沐浴故山之水……

像东坡这样，一个人只要能享受、会享受“本无常主”的风月江山，他乡也就是故乡了。

信末不忘对“两税”和“助役钱”略加嘲讽，显示出他的旷达并不是出于怯懦而假装出来的，大概还因为范子丰是彼此理解和同情他的友人，所以才无须顾忌。

与范子丰

苏轼

临皋亭下．不数十步．便是大江．其半是峨眉雪水．吾饮食沐浴皆取焉．何必归乡哉．江山风月．本无常主．闲者便是主人．问范子丰新第园池．与此孰胜．所不如者．上无两税及助役钱耳．

【七十一字】

○东坡的短信九篇，均据中华书局本《苏轼文集》（下简称《文集》）选录，次序则按作者生平经历，未尽依原书卷次。本篇录自《文集》卷五十。

○苏轼，见页一二九注。

○临皋亭，在黄州（今湖北黄冈），苏轼四十五岁至四十八岁时谪居于此。

○范子丰，华阳（今属四川）人。

田家乐

【念楼读】 我在东坡上修了陂塘，开了五十亩水稻田。自己参加耕作，家眷种桑养蚕，生活马马虎虎，总算过得下去。

前几天有头耕牛发病，快要死了。叫牛医来诊，搞不清楚是什么病。老妻过去一瞧，说是发“豆斑疮”，用青蒿熬粥灌它便能救治。照她所说的做，果然将它治好了。

请老友放心吧！不要以为我苏轼下放到了黄州，就只在泥巴里头盘，成了纯粹一个老农夫。——不，我太太还有雅兴侍弄“黑牡丹”，安逸着呢！

老远地写信讲这些，你一定会觉得好笑，不是吗？

【念楼曰】 体力劳动有时确能给人带来快乐。《安娜·卡列尼娜》中的列文，和农奴一起干大活流大汗后，躺在干草堆上晒太阳时，说了句颇含哲理的话：

> 最有意义的事情是劳动，而报酬就在劳动本身。

我相信这是真诚的话，虽然流大汗的农奴未必如是想。

苏轼从文酒生涯中被搞到东坡上来“躬耕”，在这里也显得快乐。但他的心情和列文还有所不同，这是一种东方式的生活之艺术，即所谓黄连树下弹琴。特别是对章惇这位很可能有点幸灾乐祸，或者正在等待被遣谪者认错的“老朋友”，恐怕还有幽他一默的一层意思。

与章子厚

苏轼

某启．仆居东坡．作陂种稻．有田五十亩．身耕妻蚕．聊以卒岁．昨日一牛病几死．牛医不识其状．而老妻识之．曰．此牛发痘斑疮也．法当以青蒿粥啖之．用其言而效．勿谓仆谪居之后．一向便作村舍翁．老妻犹解接黑牡丹也．言此发公千里一笑．

【九十三字】

○本文录自《文集》卷五十五，作者时在黄州，于故营地之东得废圃躬耕，名之曰『东坡』，因而得了『东坡居士』这个外号。

○章子厚，名惇，浦城（今属福建）人。

○黑牡丹，水牛的戏称。唐五代时以赏牡丹为雅，刘训有次请客，故意牵来水牛，指着它对客人说：『此刘家黑牡丹也。』

黄州风物

【念楼读】 一想起李六先生的死，应付人事的心情便越来越索然了；再读到他的诗，更不禁心中难过。

黄州这里的风土人情，和我还算相安；居家日用所需，也都容易弄到。家住长江边，窗下即是陡峭的江岸，坐在书桌旁，可以望见滚滚波涛，水天一色。对岸武昌一带的名胜，我也常常独自一人，坐渡船过江去游览。

老兄此次北行，能够绕点路，花几天工夫，来此地一游吗？

【念楼曰】 李六先生承之非常同情苏轼等“元祐党人”。唐介被贬谪，他赠诗云：“去国一身轻似叶，高名千古重如山。”吕献可去世，他又写道：“奸进贤须退，忠臣死国忧。吾生竟何益，愿卜九泉游。”皆传诵一时。难怪苏轼“一览其诗，为涕下也”。

好朋友走了一个便少了一个，还在的便更加值得珍重，能邀约来相见自然是极为企盼的。但这也反衬出作者是多么渴望朋友，是多么寂寞。

被贬黄州，对苏轼来说是不公平，但他能欣赏黄州的风土人情，笔下的江山是如此可喜，真可说是“此心安处，便是吾乡”。“此心”当然不会忘记朝廷的不公和权臣的阴险，但那是“人事”，属于现实政治的世界，而他却有另一个世界，一个读朋友的诗、看江天一色的世界，容得他在其中写写信，写写诗，享受一点在现实政治生活中无从享受的自由。

答吴子野

苏轼

每念李六丈之死，使人不复有处世意。复一览其诗，为涕下也。黄州风物可乐，供家之物亦易致。所居江上，俯临断岸，几席之下，风涛掀天，对岸即武昌诸山，时时扁舟独往，若子野北行，能迂路一两程，即可相见也。

【八十二字】

○本文录自《文集》卷五十七，作者时在黄州。

○吴子野，名复古，揭阳(今属广东)人。

○李六丈，即李师中，字诚之或作承之，北宋应天府楚丘(今山东曹县)人。

青灯

【念楼读】 年将尽时，天气越来越冷，加上刮风下雨，蛰伏在家中，即使没什么特别不顺心的事，也不免会无端地觉得凄凉。

只有到夜深人静时，在糊着纸的窗户下面，点上一盏油灯，让那青荧的灯光照亮摊开的书卷，随意读几行自己喜爱的文字，心情才会开朗起来，慢慢便觉得寂居的生活也自有它的趣味。只可惜无人与共，只能由我独享了。

你知道了，也会为我开颜一笑吧。

【念楼曰】 文人写读书生活，如宋濂之自叙苦读，顾炎武之展示博学，都很令人佩服，却不使人感到亲切。“绿满窗前草不除”“仰视明月青天高”之类又嫌做作，总不如东坡此寥寥数语，写得出夜读之能破岑寂也。

东坡说“灯火青荧”，后来陆放翁又有诗云“青灯有味似儿时”，如今在电灯光下很难想象此种境界。抗战以来我一直在平江乡下，夜读全靠油灯，如果用的是清油，外焰便会出现青蓝色，正如炉火纯青时。三根灯芯的亮度略等于十支烛光，读木刻大字本正好。可惜我那时还不够格读东坡全集，只在《唐宋文醇》中接触过前后《赤壁赋》和《快哉亭记》等几篇。有光纸石印本的小说倒偷着看了不少，比七号还细的牛毛小字真把一双眼睛害苦了，弄得抗战胜利后进城读高中，就不得不戴上一副近视眼镜。

与毛维瞻

苏轼

岁行尽矣．风雨凄然．纸窗竹屋．灯火青荧．时于此间．得少佳趣．无由持献．独享为愧．想当一笑也．

【三十七字】

○本文录自《文集》卷五十九，作者时在黄州。
○毛维瞻，西安（今浙江衢州）人。

谢寄茶

【念楼读】 惠寄的茶叶，风味极佳，数量也不少。自从来到岭南之后，我还从来没有得到过这么多这么好的茶叶，不禁为之惊喜。

我正在慢慢品味它。此地还有几个懂得喝茶的人（有在家的读书人，也有出家的和尚），有时也同来品尝。一时间吃不了的，便包好收起来了。

谢谢你的情谊，这是值得永远珍重的。

【念楼曰】 知堂《五老小简》文极赏此篇，称其：

> 随手写来，并不做作，而文情俱胜，正恰到好处。

以为孙、卢、方、赵诸人俱不能及。题《尺牍奇赏》时又云：

> 尺牍唯苏黄二公最佳，自然大雅。

“自然大雅”和“并不做作”，就是一个意思。

雅和不做作的反面，即是俗气的梳妆打扮和装模作样，这本是一切文章的大忌，尺牍乃私人之间的通信，不是写给大众看的，当然更怕这样。能够用简简单单几句话，把自己的意思或情愫朴素地传达给对方，那就很好了。

如今用手机发短信，简简单单几句话也许不成问题，但要不俗气、不做作却不容易，这关乎人的修养、气质和风度，也不是看几篇苏东坡、黄山谷的尺牍便学得到的。但看总比不看好，这一点却可以肯定。

答毛泽民

苏轼

某启．寄示奇茗．极精而丰．南来未始得也．亦时复有山僧逸民．可与同赏．此外但缄而藏之尔．佩荷厚意．永以为好．

【四十四字】

〇本文录自《文集》卷五十三，作者时在惠州（从五十九岁到六十二岁谪居于此）。

〇毛泽民，名滂，江山（今属浙江）人。

〇『缄而藏之』，『藏』别一本作『去』。

谢饭

【念楼读】 流落到了海边这个人生地不熟的处所，笑谈欢会的快乐本就十分稀罕，何况能和既是至亲又是故交，如您这样的人相聚呢？真是高兴极了。但款待太殷勤，席面太丰盛，却又使我多少有些紧张，感到惭愧。

竟夕交谈，精神极佳，足见贵体康健逾恒。听说您第二天就开船走了，很抱歉竟来不及备酒饯行，唯愿旅途多多保重，早日平安回府。

谨致祝福，言不尽意。

【念楼曰】 程之才虽是苏轼的姨表兄，又是苏轼的姐夫，但苏轼姐姐四十二年前在程家被虐待而死后，两家便绝交了。程之才此时是以提刑官的身份，被派到岭南来巡视的，他“很想弥补过去的争端，和这位出名的亲戚重修旧好”（林语堂《苏东坡传》第二十五章）。程也是位文人，能诗文，苏轼接受了他的好意，“从此他们的关系日见真诚，彼此互寄了不少书信和诗篇”（同上）。两个六十多岁的老者“相逢一笑泯恩仇”，也是颇有意思的事。

这只是一封应酬信。应酬本是尺牍的主要功能之一，能用平淡的语言写出真挚的意思，便是文情俱胜的好尺牍。收信人虽是老相识，却是新相知，故不能不讲客气；但东坡讲客气并无虚文，一样现出了真性情、真面目。

与程正辅　　苏轼

某启．漂泊海上．一笑之乐固不易得．况义兼亲友如公之重者乎．但治具过厚．惭悚不已．经宿尊体佳胜．承即解舟．恨不克追饯．涉履慎重．早还为望．不宣．

【五十九字】

○本文录自《文集》卷五十四，作者时在惠州。

○程正辅，名之才，是苏轼的表兄，又曾是苏轼的姐夫，此时在朝为官，奉派来岭南视察。

苦涩的孤独

【念楼读】 收到了来信，很高兴地得知，别后你生活得很有意思，我的心也就放下了。

近几天晚上的月色极佳，正好在月下举杯同饮，可惜却无法做到。想必你也只能和我一样，呆呆地望着自己在月光下的影子，在没有朋友的难堪的寂寞中，默默地吞下这一杯苦涩的孤独。

此境此情，一时无法尽行倾诉，只能匆匆写下这几行。最要紧的是，务必请多多保重。

【念楼曰】 现存最早的诗文选集《文选》，六十卷中有三卷“书”，李陵《答苏武书》、太史公《报任少卿书》便列在第一和第二。这些都是好文章，却不叫尺牍。谢在杭《五杂组》卷十四云：

> 古人不作寒暄书，其有关系时政及彼己情事，然后为书以通之，盖自是一篇文字，非信手苟作者。……自晋以还，始尚小牍。

这小牍便是尺牍，是信手写来叙寒暄通情愫的东西，完全属于私人性质，写得好更能表现个人的风格。它的第一个著名的作者便是晋朝的王羲之，《全晋文》卷二十二至二十六差不多全是他的尺牍（杂帖）。

但尺牍之入本集，有专本，却是宋人才有的事，苏东坡要算是写得最多也最好的。从此文学便越来越成为个人的事业，直到二十世纪五十年代以后，强调文学“为人民服务”“为政治服务”，才又有了变化。

与林天和

苏轼

某启．近日辱书．伏承别后起居佳胜．甚慰驰仰．数夕月色清绝．恨不对酌．想亦顾影独饮而已．未即披奉．万万自重．不宣．

【四十六字】

〇本文录自《文集》卷五十五，作者时在惠州。

〇林天和，时在增城为县令，馀未详。

邀饮茶

【念楼读】 雨过天晴，最是令人高兴。饭后我准备烹天庆观的乳泉，来泡极品福建新茶，好好地享受一回。

想来想去，除你之外，再没有人可以请来同饮了。

不过今天早市上买不到肉，只能吃素菜饭。如果不嫌弃，就请早些过来。

【念楼曰】 柴米油盐酱醋茶，过去人家开门七件事，茶列最后，可有可无。但它在文人生活中却重要得多，有许多讲究。比如用水，唐人有谓扬子江心水第一，无锡惠泉水第二；有谓庐山水帘洞水第一，无锡惠泉水第二。谁是第一到清朝还在争论，“天下第二泉”倒是举世认同，有瞎子阿炳的《二泉映月》可证。

苏轼谪居儋耳，那里“百井皆咸”，只有天庆观中有一孔泉，甘如“醪醴湩乳”。他尝“中夜而起，挈瓶而东”，到那里汲水回来烹茶，作有《天庆观乳泉赋》。这就是他诗中写的“活水还须活火烹”和“大瓢贮月归春瓮”了。

有好茶好水，还须有人。《遵生八笺》云：

> 煮茶得宜，而饮非其人，犹汲乳泉以灌蒿莱，罪莫大焉。

喝茶虽是个人的事，若得一二解人同饮，佐以言谈，更有意味。如《岩栖幽事》所云，“一人得神，二人得趣，三人得味”，这真是“得半日清闲，可抵十年的尘梦”（《雨天的书·喝茶》）。

与姜唐佐秀才　苏轼

今日雨霁.尤可喜.食已.当取天庆观乳泉.泼建茶之精者.念非君莫与共之.然早来市中无肉.当共啖菜饭耳.不嫌.可只今相过.某启上.

【五十二字】

○ 本文录自《文集》卷五十七，作者时在儋耳（地在今海南儋州市，苏轼从六十二岁到六十五岁谪居于此）。

○ 姜唐佐，字公弼，琼山（今属海南）人。

八载重逢

【念楼读】 八年来，远隔岭外海南，和亲朋好友断绝交往已经太久，说老实话，慢慢地也就不大关心了。

时常念想着的，只是米兄你那豪迈出群的才气，举世难及的文章，妙不可言的书法，什么时候才能让我重新领略，帮助我洗脱这八年来沾染的荒烟瘴呢？

盼望的已经盼到了，其他的一切一切，也就用不着再多说了。

【念楼曰】 古人尺牍几十年来我读过不少，尺牍的实物却到不久前才见到一回。它是一块长一尺多宽约寸半厚不过两分的木板，上写着：

弟子黄朝再拜问起居　长沙益阳　字元宝

墨写的黑字还很清楚，木的本色则已变成棕褐。因为它是东吴嘉禾年间的作品，在长沙地下埋藏了一千七百多年，一九九六年才出土。

见后的感想，第一便是墨写的字真耐久，Parker（派克）、Waterman（华德曼）诸名牌蓝墨水断不能及。第二就是难怪古人行文简短，一尺多长的木板顶多宽两三寸，才便于投递，上面又能写多少字？和木牍竹简同时使用的还有帛书，汉魏以后又用上了纸。“载体”变了，后人写信于是越写越长。

但什么也不如电脑方便。据说有人在网上征异性朋友，日发信百封，长者千言。如要他削木板写毛笔，本领再大也不行。

与米元章　　苏轼

某启。岭海八年。亲友旷绝。亦未尝关念。独念吾元章迈往凌云之气。清雄绝俗之文。超妙入神之字。何时见之。以洗我积年瘴毒耶。今真见之矣。馀无足言者。不一一。

【六十三字】

○本文录自《文集》卷五十八，作者时已北归（苏轼六十六岁才从岭外回江南）。

○米元章，名芾，润州（今江苏镇江）人。

○岭海八年，苏轼于绍圣元年（一〇九四）贬岭南，建中靖国元年（一一〇一）始北归。

邀约的短信十一篇

不知会晴不

【念楼读】 不知近况如何？怎样打发这漫长的日子？

初九日去不去采菊花呢？到时很想和你同去，只不知道天会不会晴。

【念楼曰】 《全晋文》从卷二十二后半起，一直到卷二十六的一大半，收的全是王羲之的“杂帖”也就是短信。写信当然不会另外再取题目，《采菊帖》这个题目，跟《狼毒帖》《鹰嘴帖》一样，都是后人取的。

蔡元培挽鲁迅，称赞他的“托尼学说，魏晋文章”。将鲁迅比托尔斯泰也许不伦，但魏晋文章的简淡萧远的确比后世有的“古文”好得多。

字写得好的人，文章亦赖此得传。王羲之的书法，在当时便人见人爱，寸楮尺素，都被珍重收藏。在《全晋文》中，他共占了五卷，五卷中“杂帖”又占了四卷多。后世苏东坡、黄山谷、郑板桥等人的零笺片语，也都能收入全集，流传后世，就是这个缘故。

王羲之的信也确实写得好。周作人称其“文章与风趣多能兼具”，又“能显出主人的性格”，所以得与书法同样见重。像这本只是一封普通的约会信，而娓娓道来，自然亲切，尤其最后一句“但不知当晴不耳”，活生生写出了想去采菊的心思，抑又何其有情致耶。持与今人约会的短信相较，真不禁有今不如古之叹。

采菊帖

王羲之

不审复何以永日．多少看未．九日当采菊不．至日欲共行也．但不知当晴不耳．

【三十字】

○ 本文录自《王右军集》卷二。

○ 王羲之，字逸少，东晋琅邪临沂（今属山东）人，后定居会稽山阴（今浙江绍兴），曾为右军将军。

人生如寄

【念楼读】 时刻挂念着你，听说你想去剡溪养病，我放心不下，更是整天郁闷。所闻所见，徒增伤感，觉得人生真如匆匆过客，再也没有什么赏心乐事。甚盼与你相见，快谈一日，便可消千载之愁。

吴兴是一山城，十分闲静，疗养环境不比剡溪差，医药方面还有特色。所以希望你能前来，既可弘扬佛法以结善缘，又可畅叙友情慰我长想。

【念楼曰】 这是谢安从吴兴写给好友支遁和尚的一封信，约他来吴兴会面畅谈，同时疗养治病。

支遁这时想去剡溪，这可是一处文化上相当著名的地方。李白诗：

> 湖月照我影，送我至剡溪。
> 谢公宿处今尚在，绿水荡漾清猿啼。

此谢公指谢灵运，乃是谢安的侄曾孙。在《世说新语》中，谢氏诸人屡屡出现。他们逃禅游仙，和支遁这样的高僧交朋友，充分表现了六朝人物精神生活的多方面。

在写给支遁的这封信中，谢安完全放下了当宰相，任征讨大都督的架子，他先说“人生如寄”，当求快意，继言吴兴有知己，可以晤言消愁。一句话，就是要懂得“风流得意之事”的和尚快点来。这和他指挥淝水大战，得胜后淡淡地说“小儿辈顷已破贼”，正是同一风度。

与支遁书

谢安

思君日积．计辰倾迟．知欲还剡自治．甚以怅然．人生如寄耳．顷风流得意之事．殆为都尽．终日戚戚．触事惆怅．惟迟君来．以晤言消之．一日当千载耳．山县闲静．差可养疾．事不异剡．而医药不同．必思此缘．副其积想也．

【八十三字】

〇本文录自《高僧传》卷四。

〇谢安，字安石，东晋阳夏（今河南太康）人。

〇支遁，即支道林，东晋僧人。

〇剡，地名，在剡溪（曹娥江上游），今浙江嵊州南境。

且住为佳

【念楼读】 天气真不好，是不是一定得走？眼看就要过节了，如果还能够多住几天，我看也好吧！

【念楼曰】 此信全文不过二十二字，是留人（称之为“汝”，应是他的晚辈，或是年轻的朋友）多住几天再走的，也属于邀约的性质。

古时行路难，故很重去留。而人生也就是一次漫长的旅行，同为过客，总是聚少离多，“且住为佳”实在是一种艺术的生活法。

颜鲁公此篇，也是因书法流传下来的。二十二个字的寥寥数语，又何其深情雅致，真像是一首小诗，不能不令人倾心拜倒。

后来辛稼轩作了一首《霜天晓角·旅兴》：

> 吴头楚尾，一棹人千里。
> 休说旧愁新恨，
> 长亭树、今如此。
>
> 宦游吾倦矣，玉人留我醉。
> 明日落花寒食，
> 得且住、为佳耳。

“明日落花寒食”和“寒食只数日间”同一意思，“得且住、为佳耳”更全用颜文，都可以打一百分。

寒食帖

颜真卿

天气殊未佳.汝定成行否.寒食只数日间.得且佳.为佳耳.

【二十二字】

○本文录自《全唐文》卷三百三十七。

○颜真卿，字清臣，唐京兆万年（今西安）人，祖籍临沂（今属山东），封鲁郡公。

请来奏琴

【念楼读】 我从尘嚣纷攘中逃出来，一进入山林泉石的佳境，四壁的图书任我披览，心神立刻清爽了。渴盼上人能在午前抱琴而来，为我一挥手，让你的琴声，使这里的一切更加美好和生动。

【念楼曰】 王维为部长级高官，“闲爱孤云静爱僧”，富贵中人偏爱跟和尚来往。这位素上人的琴艺能得到王维赏识，并得王维发信请到尚书右丞的辋川别墅来“挥弦”，肯定是一位有文化懂艺术的高级和尚。

此信只三十三字，要言不烦，毫不掩饰自己“乍脱尘鞅，来就泉石”的快乐心情，又很细致地照顾到了僧家的生活习惯。“禺俟”，就是在午前敬候；因为和尚过午不食，要设素斋款待，当然得请上人午前来。

王维是大诗人、大画家，非常懂得生活的艺术。他又是大官僚，有钱财，有园林，也有条件营造“艺术的生活”。这一切，被三十三个字表现得淋漓尽致。

都说王维“诗中有画，画中有诗”，又说他的作品有禅味，信中也充分体现了这种独特的风格。它营造和追求的，是一个恬静清寂的世界。这和他的诗句“松菊荒三径，图书共五车”“松风吹解带，山月照弹琴”，可以互为表里。

招素上人弹琴简

王维

仆乍脱尘鞅．来就泉石．左右坟史．时自舒卷．颇觉思虑斗然一清．禺俟挥弦．写我佳况．

【三十三字】

〇本文录自《全唐文》卷三百二十五。

〇王维，字摩诘，唐河东（今山西永济）人。

〇素上人，一位和王维交好的僧人。

一碗不托

【念楼读】 天气终于放晴，而且晴得这样令人高兴，出城的计划一定要实行了吧？不过路上的泥泞还没全干，少不了劳累。

清明节来我处小聚，切盼你和唐公不要失约。不过想请你们吃一碗汤饼罢了，十分简单的。

请一定来，见面再畅谈，这里就不再多说了。

【念楼曰】 欧阳修约请客人，比起王维来，气派便很不同。两人都是大官、大文豪，都有文人雅兴：王显得潇洒，欧却显得朴素，此即个性与风格的差异。

不托是什么，欧阳修自己在《归田录》中说："汤饼唐人谓之不托，今俗谓之馎饦矣"。那么馎饦又是什么呢？据《齐民要术》的介绍，它应当是面片；而汤饼本可指所有水煮的面食，我看还该是饺子或馄饨才对。

饺子和馄饨都是产麦食面的地方普通待客的食物，并不奢华。欧公此时早已为官，此等均系厨中应有之物。苏颂学识渊博，官也做得更大，如果只是请他和唐公来吃一碗面片，未免有点装寒酸，一装，也就不朴素了。

其实唐宋时士大夫的生活已日益精致化，段成式《酉阳杂俎》云，"萧家馄饨，漉去汤肥，可以瀹茗"，某宋人笔记中也说，某名士家厨之饼可映字，馄饨汤可注砚。六一居士并不是不讲究生活的人，我想他家的那"一碗不托"，总也与此相去不远。

与苏子容

欧阳修

某启．晴色可佳．必遂出城之行．泥泞窃惟劳顿．清明之约．幸率唐公见过．吃一碗不托尔．馀无可以为礼也．专此．不宣．

【四十五字】

○本文录自《欧阳文忠公全集》卷一百四十五。

○欧阳修，见页七注。

○苏子容，名颂，北宋泉州（今属福建）人。

○唐公，疑或是唐介（子方）。

○不托，汤饼的别名。

邀住西山

【念楼读】 山上正在陆续盖房，已经建好了一个亭子。我晨起后先读几卷佛经，倦了便往亭中坐坐。

从亭中闲看西山，青蓝的底子上渲染着别的颜色，笔意近似米家父子一派。午后又散步到钟乳石窟那里去听泉，自觉精神一天比一天好，各种病都没有再发。

两弟有意来游，极是好事。到三月初，花会开得更好，鸟儿也会啼唱得更有精神。那时欢迎你们来小住几个月，享受一下山里的烟云、林泉的合奏。

【念楼曰】 晚明文字能别开生面的，多推“公安三袁”。中道长兄宗道（伯修）、二兄宏道（中郎），皆以文章名世，其“四五弟”则并不知名。

“三袁”之中，伯修居长，又先中进士入翰林，当然是带头的；中郎著作最多，影响最大，是“公安派”的主将；小修“有才多之患”（钱牧斋语），成绩虽稍逊中郎，文采则不遑多让。其《游西山十记》，好像在有意和伯修《西山五记》比高低，可读性实在更强；写人物的《回君传》，持与中郎有名的《拙效传》相较，也有青出于蓝的表现。

约弟来游，为述山中景物，堆蓝设色，花鸟新奇，信中文字，亦可谓“烟云供养，受用不尽”矣。

寄四五弟

袁中道

山中已有一亭，次第作屋，晨起阅藏经数卷，倦即坐亭上，看西山一带，堆蓝设色，天然一幅米家墨气，午后闲走乳窟听泉，精神日以爽健，百病不生。吾弟若有来游意，极好。三月初间，花鸟更新奇，来住数月，烟云供养，受用不尽也。

【八十八字】

○ 本文录自施蛰存《晚明二十家小品》。

○ 袁中道，字小修，公安（今属湖北）人，与兄宗道、宏道合称『三袁』。

去木末亭

【念楼读】 秦淮河已经成了澡堂子，浊秽不堪。夫子庙前更是人流混杂，实在无法停留。那里的什么“包酒”，闻都闻不得，更不要说进口了。

还不如去木末亭玩吧，在那里可以吃高座寺的饼，叫一份鱼一份肉，喝上两斤惠泉酒，那才叫快活哩。

【念楼曰】 王季重的文章，喜欢用诙谐的口气进行调侃，这是许多人喜欢他或不喜欢他的原因。

有人说：“季重滑稽太甚，有伤大雅。”从他自己选入《悔谑》的下面这一则看：

> 陈渤海有丽竖拂意，斥令退后，此僮恧然。谑庵曰：“你老爷一向如此，用人靠前，不用人靠后。”

“丽竖”即长相好看的幼年男仆，是供主人发泄变态性欲用的。谑庵曰“用人靠前”，即暗示男性间的性行为。他以男色为谑，的确很不“雅”。但从整体上看，他开的玩笑里头，可以看出对于病态社会的针砭，与大多数黄色笑话仍有区别。

此信邀姓赵的朋友去游木末亭，其实是阻止他去游秦淮河。木末亭不知在什么地方，总不会在南京闹市吧，我想。

简赵履吾　　王思任

秦淮河故是一长溷堂.夫子庙前更挤杂.包酒更嗅不得.不若往木末亭吃高座寺饼.饮惠泉二升.一鱼.一肉.何等快活也.

【四十七字】

○ 本文录自周亮工《尺牍新钞》卷十。

○ 王思任，字季重，号谑庵，明末山阴(今绍兴)人。

○ 赵履吾，未详。

○ 秦淮河、夫子庙，都在南京闹市区。

○ 惠泉，酒名，出无锡惠山。

游秦淮

【念楼读】 普普通通几样小菜，本地出产的一瓶白酒，招待实在太寒碜。可是趁着毛毛雨，你我二人，一叶小船，自斟自饮，娓娓清谈，在争喧斗艳的秦淮河上，亦未尝不可以另外创造一个小小的清静世界。

那些劲歌金曲、陪酒女郎，本来就庸俗喧嚣得讨厌，我们对其是不会感兴趣的，不是吗？

【念楼曰】 王思任说秦淮河已经成了个大澡堂，不要去游；丁雄飞却说在这里躲在船中“自有一种清境”，邀叔叔去泛舟。如此脱略，大概是“少年叔侄如兄弟”，不必拘泥礼数吧。

王丁二人，可以有不同的看法。其实，王思任未必那么怕挤杂，丁雄飞也未必只喜欢野蔬村酿。文人气性，想怎么说就怎么说，至少在晚明还有这么点自由。

秦淮艳地，本是公子哥儿、富贵闲人流连的地方。直到今天，写董小宛、冒辟疆、李香君、侯方域他们的作品，还在大肆美化这种“牙板金樽”的生活。殊不知当时就有丁家叔侄这样的人，宁愿追求“一种清境”，十分鄙视河上的俗气。

而在“现代”作品中，妓女和嫖客被写成了朱丽叶和罗密欧，桨声灯影里早就没有丁家叔侄此类书呆子的座位了。

邀六羽叔泛秦淮　丁雄飞

野蔬村酿．不足道也．第微雨飘舟．小杯细语．觉秦淮艳地．自有一种清境留与我辈．牙板金樽．徒增俗气耳．

【四十一字】

○本文录自周亮工《尺牍新钞》卷八。

○丁雄飞，字菡生，晚明江浦(今南京市浦口区)人。

莫负此清凉

【念楼读】 小船早已停泊在绿阴深处，酒菜也预备好了，你这位主角请赶快动身来吧。别人在这里已经等得够久了。

真希望你快来，用这里充满荷香的冷风，来扇醒大家的瞌睡，不然的话，岂不白白辜负了这夏日中难得的一片清凉。

【念楼曰】 读晚明人的文字，总有一种和读唐宋古文不同的感觉，那就是他们并不一定想讲什么道理，只是把自己想讲的话讲出来，而又总是讲得那么别致，那么不落俗套。张惣在“绿阴深处”停船待客，是宁愿摒弃俗艳繁华，想从清静中得到点安闲，正是晚明读书人常有的一种生活态度。

《儒林外史》是写明朝读书人的小说。小说中的杜少卿，即属此类人物，也是作者吴敬梓的影子。吴敬梓在小说末尾的词中写道：

> 记得当时，我爱秦淮，偶离故乡。
> 向梅根冶后，几番啸傲；
> 杏花村里，几度徜徉。……

虽说“我爱秦淮”，可是“偶离故乡”来到此地，喜欢去的却是梅根冶、杏花村这类“一片清凉”之处，并不想到秦淮河房的风月场中去凑热闹。

可见吴敬梓虽是清朝人，其精神气质却是晚明的，甚可爱也。

与周栎园

张　惣

绿阴深处．舣舟载酒．相待久矣．主人翁须亟来．借芰荷风泠然醒之．否则一片清凉．恐彼终付瞌睡中耳．

【四十字】

〇本文录自周亮工《尺牍新钞》卷十。

〇张惣，字僧持，明江宁（今南京）人。

〇周栎园，名亮工，明末清初祥符（今开封）人，即《尺牍新钞》的编者。

一醉方休

【念楼读】 园里的莲花已经盛开，成片成堆红色的、粉红色的花朵下面，许许多多鱼儿在往来游戏。因为莲花多而且密，田田的莲叶则更多更密，鱼儿又游得相当快，古乐府所写的：

> 鱼戏莲叶东，鱼戏莲叶西，
>
> 鱼戏莲叶南，鱼戏莲叶北。

在这里就只见鱼儿在游，却说不出鱼的东西南北了。

欢迎你来此一游。如果能来，会为你切好雪白的藕丝，剥出新鲜的莲子，还备有绍兴的女儿酒，一定会让你喝个一醉方休。

【念楼曰】 吴锡麒和张问陶，都是乾嘉时诗坛的领军人物。他们的诗，当时传诵极广，至今的清诗选本中也还在选，如吴锡麒的《雨中过七里泷歌》中写船上饮酒：

> 玉壶买春雨堪赏，尺半白鱼新出网。
>
> 饮酣抱瓮卧船头，听得舟人齐拍掌。

张问陶的《阳湖道中》写江南春色：

> 风回五两月逢三，双桨平拖水蔚蓝。
>
> 百分桃花千分柳，冶红妖翠画江南。

诗人请诗人来喝酒的短信，写出来不是诗也是诗。我只能借梁晋竹一句现成的话来形容："甚矣，文人之笔足以移情也。"

简张船山　　吴锡麒

园中荷花已大开矣．闹红堆里．不少游鱼之戏．惟叶多于花．浑不能辨其东西南北耳．倘能来．当雪藕丝．剥莲蓬．尽有越中女儿酒．可以供君一醉．

【五十六字】

○本文录自叶楚伧《历代名人短笺》。

○吴锡麒，号穀人，清钱塘（今杭州）人。

○张船山，名问陶，清遂宁（今属四川）人。

明年再见

【念楼读】 在关外“帮闲”了三年，建议不被采纳，提意见也没人听；如果还继续待下去，脸皮就太厚了。因此我决定回南边，腊月初就雇车动身。

远离好友，不免伤感。明年冬天，我仍将北上。韩文公说，“燕赵多慷慨悲歌之士”，朋友正应该在这里结交。后会有期，用在这里并非套话，那我们就约定明年再见吧。

【念楼曰】 后会之期，约定在“明岁之冬”，时间显得长了点，但仍然是约会。古时生活节奏慢，从关外到江南，单程就要一个来月（回家过年得腊初起程），那么为期也并不太远吧。

在关外“淹滞三年”，龚君似乎并不得意。他的身份是一名幕友（俗称师爷），即被官员聘请去办文案的人，在明清两代，这也是读书人考试不利后的一条出路。其中虽出过左宗棠那样的人物，但大多数都是在橐笔佣书，用今天的话说就是受雇的文员，得看东家的脸色行事，自己做不得自己的主的。

《雪鸿轩尺牍》和《秋水轩尺牍》，在晚清社会上相当普及，几乎成了写信的范本，民国时期仍馀风未泯，这当然是抬高了它们。但平心而论，它们的文辞还比较讲究，所反映的中下层士人的生活，也有一些社会文化史的价值，亦不必一笔抹杀。

与孙星木

龚联辉

居庸关外．淹滞三年．谏不行．言不听．而犹未去．则可愧之甚矣．兹已决意南旋．腊初买车起程．惟与知己远违．未免怏怅．明岁之冬．仍作北游．慷慨悲歌之士．总在燕南赵北之间．后会正可期耳．

【七十四字】

〇本文录自龚联辉《雪鸿轩尺牍》。

〇龚联辉，字未斋，清会稽（今绍兴）人。

〇孙星木，未详。

问候的短信十一篇

喜见手迹

【念楼读】 所遣奴仆来送书信，见到了你的手迹，十分高兴，差不多等于执手晤面了。

信纸虽然只有两张，每张上有八行，每行七个字，七八五十六，也就得到你的一百一十二个字了。

【念楼曰】 马融是著名学者，又做过不小的官。据说他“绛帐传经”，听讲的生徒常有千人，绛帐后设女乐，看得出是一个有学问、富感情、广交游的人。窦章出身名门，史称其“少好学，有文章”，正是适合交朋友的对象。从此信看，他们二人的友情是很真挚的。

在此信中，马融别具一格地一个字一个字地数出来信的字数，这既说明他对友人窦章手迹的珍重，又显出一种书呆子式的幽默，读来风趣盎然。

窦章的来信写了一百一十二个字，马融的去信更短，只写了三十七个字。那时纸刚发明，原来信写在尺把长的木牍上(故称“尺牍”)，一百一十二字要算是一封长信了。

孟陵当然不会是“奴”的名字，那么是不是帮窦章送信给马融的人也就是“奴”主人的名字呢？如果它不是人名而是地名，这地方又在哪里呢？难道是广西苍梧吗？

与窦伯向书

马融

孟陵奴来。赐书见手迹。欢喜何量。次于面也。书虽两纸。纸八行。行七字。七八五十六字。百十二言耳。

【三十八字】

○本文录自《全后汉文》卷十八。

○马融，字季长，后汉茂陵（今陕西兴平东北）人。

○窦伯向，名章，后汉平陵（今陕西咸阳）人。

○孟陵，广西苍梧的古称。

如何可言

【念楼读】 自与吾兄话别，于今已二十六年。虽常通信，亦未能尽吐胸怀。读先后两次来书，不禁伤感。

近日大雪严寒，五十年来所未有，不知吾兄体气如常否？明年夏秋，希望仍能再得来信。

悠悠往事，实在一言难尽。我服药已久，效果也只平平，无非过一年算一年，只要今年不比去年太差就算不错了。吾兄可要多多爱护自己的身体。

暂时就写了这些，忆念老友的怅惘之情，却是写也写不尽的。

【念楼曰】 王羲之这封信，在明代张溥所编的《汉魏六朝百三名家集·王右军集》卷一中，是分作两封信的。“如何可言”以上题作《积雪凝寒帖》，以下题作《服食帖》，而统归于《十七帖》。从文义看，这样似有割裂之嫌，于是便依《全晋文》卷二十二作为一封信了。

关于《十七帖》，张彦远《法书要录·右军书记》云：

> 十七帖长一丈二尺，即贞观中内本，一百七行，九百四十二字，是烜赫著名帖也。十七帖者，以卷首有“十七日”字，故号之。

原来这是唐太宗叫人将王羲之二十多封信接起来裱成一个长卷，作为书法的标本，故号之“帖”；称“十七帖”，则因第一行开头为“十七日先书……”，并不是只有十七封。

与周益州书

王羲之

计与足下别．廿六年于今．虽时书问．不解阔怀．省足下先后二书．但增叹慨．顷积雪凝寒．五十年中所无．想顷如常．冀来夏秋间．或复得足下问耳．比者悠悠．如何可言．吾服食久．犹为劣劣．大都比之年时．为复可耳．足下保爱为上．临书但有惆怅．

【九十四字】

○本文录自《全晋文》卷二十二。

○王羲之，见页三八一注。

○周益州，名抚，字道和，东晋浔阳（今江西九江）人，永和三年（三四七）为益州刺史。

苦雨

【念楼读】 这雨落个不停，落得人的情绪低到了极点。路上又全是泥泞，不能前往书局相见，只能写信问好了，想必你的身体和精神，一定都很佳胜。

我的手指痛得厉害，如今执笔写字都感困难，恐怕会要成为残废。难道是老天爷怜惜我写字写得太苦，想用这个办法让我休息吗？

真是闷得受不了啊！

【念楼曰】 “苦雨”这个题目是周作人的，文章则发表在民国十三年（一九二四）七月二十二日的《晨报副镌》上，乃是写给“伏园兄”的一封信，一开头就说：

> 北京近日多雨，你在长安道上不知也遇到否，想必能增你旅行的许多佳趣。雨中旅行不一定是很愉快的，我以前在杭沪车上常遇雨，每感困难，所以我于车上的雨不能感到什么兴味……

人们在雨天的情思总是抑郁的，泥深路烂无法出门会见朋友，当然更加抑郁，再加上病痛，就只有靠写信来排遣了。

现代化减少了气候对人们生活的影响，“苦雨”的感觉在城市里便不太强烈。若只从“实用主义”的角度看，这当然是文明进步带来的好处，对于古人的这类情怀，今人却不免越来越感觉有隔膜了。

周氏信中又诉说雨水对他的生活带来种种不便，故而称“苦雨”。这种心情，和欧阳修与梅圣俞信中所写的，我看差不多。

与梅圣俞

欧阳修

某启．雨不止．情意沉郁．泥深不能至书局．体候想佳．某以手指为苦．旦夕来书字甚难．恐遂废其一支．岂天苦其劳于笔研．而欲息之邪．闷中谨白．

【五十六字】

○本文录自《欧阳文忠公全集》卷一百四十九。

○欧阳修，见页七注。

○梅圣俞，名尧臣，宣州宣城（今属安徽）人。

悲士不遇

【念楼读】 头发白了，牙齿也松动了，还得带着一支秃笔，走上几千里路，夜夜在冷炕上滚来滚去。这就像一头老牛，趺趺绊绊拉不动犁，眼泪流淌在磨破了的肩膀上，够惨的了。

每到菱角笋子上市时，我常常一个人呆坐着，一颗心却奔向远方，奔向了故乡，只想着故乡的朋友和风物。想得最多的，便是策之你那里了。

架上的书，请好好收拾保存着。回乡后如果我身体还好，就来和你同读，好吗？

【念楼曰】 董仲舒作《士不遇赋》，他自己倒是“遇”到汉武帝，得到皇帝赏识，做了大官。赋中提到的“不遇”之士六人，卞随、务光、伯夷、叔齐、伍员、屈原，或则不愿为君王服务，或则愿为君王服务而不可得，都走上了绝路。中国的士人（读书人）的命运，全得看是“遇”还是“不遇”，确实可悲。

士（读书人）一多，官有限，“遇”的机会越来越少，“不遇”者自然越来越多。如果你能乐天知命，也还罢了；如果不安分，在不允许独立、不给你自由的政治社会条件下，偏想追求自由独立，像徐文长这样，那就只得“营营一冷坑上”，靠“一寸毛锥”向策之倾诉自己“不遇”之悲了。

但徐文长的文字好，他漂泊在异乡，将萦绕心头的故乡友人、儿时食物和读过的旧书娓娓道来，仍能传之后世。

与马策之

徐渭

发白齿摇矣。犹把一寸毛锥，走数千里道。营营一冷坑上，此与老牯踉跄以耕，拽犁不动，而泪渍肩疮者何异？噫，可悲也。每至菱笋候，必兀坐神驰，而尤摇摇者，策之之所也。厨书幸为好收藏，归而尚健，当与吾子读之也。

【八十四字】

○本文录自施蛰存《晚明二十家小品》。

○徐渭，字文长，明山阴（今绍兴）人。

○马策之，未详。

南京风景

【念楼读】 雨花台的一大片草坪，又密又软又整齐，像一床厚厚的绿色的毯子，坐卧在上面都看不见泥土，这是别处难得见到的。

栖霞山往祖堂去的那条石级路，两旁的风景十分幽静，也大可流连。

清凉寺前的山坡上，视野开阔，给人的感觉则非常旷远。

我常去这几处地方走走，深深地感觉到了大自然无穷无尽的美。这对于孤寂空虚的心灵，的确是一种洗涤，一种抚慰。告诉你，相信你一定会为我高兴。

【念楼曰】 给朋友讲自己的生活，讲自己开心的事，讲此处的风光，讲此处可以游目骋怀的地方，也是一种问候的方式，往往更能引起对方的兴趣，增进彼此的感情。因为问候本是关心，自己要关心对方，对方也在关心自己，报告这些，比一般问讯更为具体，也更显得亲切。

陈磐生给何彦季讲的是南京风景，是雨花台的草坪，栖霞山的磴道，清凉寺的前坡，是他自己对这几处风景的感觉。古人写风景，无论用韵文，用散文，多是写自己的感觉，将物（客观世界）与我（主观精神）结合得很好。

与何彦季　陈衎

雨花台细草.绵软如茵.坐卧其上.不见泥土.他山所无也.摄山往祖堂.磴道幽甚.清凉寺前草坡平旷.极宜心目.弟于数处.皆时游憩.内养不足.正借风景淘汰耳.

【六十二字】

○本文录自周亮工《尺牍新钞》卷一。

○陈衎，字磐生，明侯官（今福州）人。

○何彦季，未详。

酒杯花事

【念楼读】 与公别后，我的春天，都从书页中悄悄翻过去了，再也没有闻过门外的花香和酒气。

回想起那次同游佛寺，在鸟鸣草绿、生机盎然的环境中，我们的兴致是多么高，谈论得多么畅快。这种美妙情景，恐怕只能从梦中再去追寻了。

【念楼曰】 前面说过，士有“遇”有“不遇”。“遇”本来只有遇得君王的赏识，才能“出仕”（不是余秋雨说的“致仕”）做官。但到后来，又有了第二条路——像陈眉公这样做“山人”。

“山人”不必做官，只要做“翩然一只云间鹤，飞去飞来宰相衙”便得了。信是写“与王元美”的，此王公即当朝刑部尚书王世贞，“追随杖履之后”，“酒杯花事”便可以尽情享受。当然这得有本事，才写得出这样的信来。

“从句读中暗度春光，不知门外有酒杯华（通‘花’）事”，对于“行乐须及春”的人来说，的确是很大的损失。但是，生活中看来仍有“从句读中”寻求快乐的人，陈眉公自己倒不一定是这样的。

有人说周作人不问世事，整天面前摊着一本书，院子里花开花谢全不知道，这就简直是连门内的花事也不关心了。试问：若书中无乐趣，又怎能达到此种境界？而能不知花事但知读书，无论是对社会还是对个人，又究竟是好事还是不好呢？

与王元美

陈继儒

别来从句读中暗度春光，不知门外有酒杯华事。每忆祇园昙观，草绿鸟啼，追随杖履之后，笑言款洽，如此佳况，忽落梦境矣。

【四十八字】

○本文录自施蛰存《晚明二十家小品》。

○陈继儒，号眉公，晚明华亭（今属上海）人。

○王元美，名世贞，明太仓（今属江苏）人。

西风之叹

【念楼读】 住在城中，被这里的一班关系户包围着。真像那个当了丞相府长史官的张君嗣，人们都来找长史官，却不知道张君嗣本人已经累得要死，烦得要死了，真不知该如何才能应付得好，应付得了。

和你相距得这么远，无法像从前那样，以自由之身在山野中随时晤谈，纵情欢笑。想想张季鹰西风起时为了故乡的莼菜鲈鱼弃官回家，的确可以理解；但比起他的决心和毅力来，又只能自愧不如。

【念楼曰】 士人侥幸得“遇”，做上了官，若能完全融入官僚政治的体制，无论升降浮沉，都会各得其所。如若不能或不完全能够如此，则苦恼就难得避免。此陶潜（渊明）之所以赋“归去来”，张裔（君嗣）之所以“疲倦欲死”也。

此信中最后两句，用了《晋书》中的典故。张翰（季鹰）原在外为官，以秋风起，思吴中鲈鱼莼菜之味，叹曰：

> 人生贵得适意，何能羁宦数千里以要名爵乎。

遂辞官回家了。

张君嗣的故事见页四五二至四五三。此时的陈际泰已经和张翰一样动了乡思，却还和张君嗣一样被名利场中人从早到夜包围着，心情不免更加烦躁，“每有西风，何能无叹”，正是理所当然。

复张天如

陈际泰

人居城中．友生嬲之不置．如男子张君嗣附之．疲倦欲死．奈何奈何．相隔既遥．不能如山间麋鹿常相聚．每有西风．何能无叹．

【四十八字】

○本文录自周亮工《尺牍新钞》卷三。

○陈际泰，字大士，晚明临川（今属江西）人。

○张天如，名溥，晚明太仓（今属江苏）人。

寂寞

【念楼读】 春雨虽然好，妨碍你我好朋友之间的交往就不好了。

这几天来，总在想着你因为这雨被困在家中，该在做些什么事情呢？

如果明后天还不晴，总不能老不见面吧？你正在读哪些书，也该让我知道知道了。

【念楼曰】 欧阳修因“雨不止”而情意沉郁，莫廷韩说“春雨虽佳”，断相知往还便可恨了。天象与人心未必相关，亦视人的主观感觉如何为转移耳。

欧莫二人“苦雨”，都是因为雨阻断了知心朋友之间的往来；这在现代生活中已经不成问题，但现代也还有别样的“雨”吧。雨本身无所谓好不好，讨嫌不讨嫌，但如果它阻断了朋友间的往还，就会使人觉得不好，觉得讨嫌了。常说情随境迁，但“境”在心中引起的感受，也是因“情”而异的。

人总是需要友情，需要朋友的。俗话说，“在家靠父母，出外靠朋友”，这是纯粹从实用价值上着眼。知识分子不会这么说，那么恐怕就是为了排解寂寞了。雨天带来了寂寞，寂寞中更加渴望朋友的友情，于是才有了这些信。

与徐文卿

莫是龙

春雨虽佳．恨断吾相知往还耳．不审斋头作何事也．旦夕不晴．须当一面．案上置何书．且愿闻之．

【三十七字】

○本文录自周亮工《尺牍新钞》卷二。

○莫是龙，字廷韩，号秋水，明华亭（今属上海）人。

○徐文卿，未详。

举火不举火

【念楼读】 谢谢你的关心，来问我家困难生活的情形是否有了变化。应该说，变化还是有的。

从前别人家生火做饭时，我家总是不生火做饭，不免使人觉得奇怪。如今别人家生火做饭时，我家偶尔也生火做饭，就更加使人觉得奇怪了。

这也算是有了变化吧。

【念楼曰】 此信写法奇特，绝无多语，只从“不举火为奇”到“举火为奇”说明变化。从前穷得有时缺米缺柴，只能“不举火”；现在穷得只能偶得柴米，才会“举火”。如果所说属实，杜君真是穷得不能再穷了，怎么还有纸笔来写信呢？

《颜氏家训·勉学篇》云朱詹家贫，累日不爨，即不举火：

> 乃时吞纸以实腹。寒无毡被，抱犬而卧。犬亦饥虚，起行盗食，呼之不至，哀声动邻。

累日不举火，便不能不“吞纸以实腹”；杜家“以举火为奇”，家贫更甚，又如何维持一家人生命？莫非文人会哭穷，言过其实了？焦广期《此木轩杂著》谈到家中最多而无用者是别人一定要送来的时文集子，然后举朱詹为例云：

> 不幸遭值荒岁，此几上累累者，庶可备数月之粮乎。

难道说杜君他也是“吞纸以实腹”的吗？

复王于一　　杜濬

承问穷愁何如往日．大约弟往日之穷．以不举火为奇．近日之穷．以举火为奇．此其别也．

【三十四字】

○本文录自周亮工《尺牍新钞》卷二。

○杜濬，字于皇，号茶村，明末清初黄冈（今属湖北）人。

○王于一，未详。

告罪

【念楼读】 谢谢您一连三次来访，我却一次也没能回步，真正对不起。

暑天酷热，大太阳底下实在去不得。三次游湖，两回访友，我都中了暑。老病之躯，被迫整天躲在屋里，无法出门，只能请您恕罪了。

【念楼曰】 别人来访过三回，自己未能答访一次，确实说不大过去。此信落款"板桥弟郑燮"，可见这位光缵四哥原是位朋友，朋友称哥，交情自然不浅，那么"谅之"总是没有问题的。

我也是一个不喜欢去"奉看"或"答访"的人。朋友来倒是很欢迎，但也得有话可谈，至少是"相看两不厌"的。不好办的是那些"不速之客"，有的一次又一次来"枉顾"，使你觉得不能不去答访，但是又实在不能去或不愿去，简直成了精神上的一大压力，生活中的一大痛苦。

古时通信不便，古人只能以书简互相通问，才为我们留下了这些美妙的文字。如今电话拿起便等于晤面，用手机发短信更为方便，真不知有的老同志何以还要如此不惮地走访，难道真是为了锻炼身体，想保持"老来腰脚健"吗？

专靠电话和电脑联系，不能留下纸面文字也不大好，有时还是写一写信吧。

与光缵四哥

郑燮

承三枉顾而不得一回候。罪何如也。溽暑炎熇。蒸耳灼目。三游湖而三病。两拜客而两病。老朽残躯。惟裹足杜门为便耳。高明谅之。

【五十字】

○本文录自影印墨迹。落款云『板桥弟郑燮顿首光缵四哥足下』。

○郑燮，见页三一九注。

○光缵四哥，未详。

节序怀人

【念楼读】 元宵之夜，结伴看灯，你呼我赶，真是一段快乐的记忆。时间匆匆过去，如今已是秋天，有时仍不免想起那次同游的朋友。

家兄的信，迟迟没有奉答。希望你不要生气——这里拖沓的没复的信还有一大堆呢。

中秋节我准备回省城一趟。想想那里香甜的月饼和新鲜的藕吧，能不能又一次结伴同行啊？

【念楼曰】 周作人在《再谈尺牍》文中评论许葭村的尺牍道：

> 《秋水轩尺牍》与其说有名还不如说是闻名的书，因为如为他作注释的管秋初所说，"措词富丽，意绪缠绵，洵为操觚家揣摩善本"，不幸成了滥调信札的祖师，久为识者所鄙视，提起来不免都要摇头，其实这是有点儿冤枉的。秋水轩不能说写得好，却也不算怎么坏，据我看比明季山人如王百谷所写的似乎还要不讨厌一点，不过这本是幕友的尺牍，自然也有他们的习气，……不会讲出什么新道理来，值得现代读者倾听。但是从他们谈那些无聊的事情可以看出一点性情才气，我想也是有意思的事。

做幕友是"士不遇"的另一条出路，即为得"遇"的官们去帮忙或帮闲，而山人则只帮闲不帮忙。其实二者并无高下之分，选读他们的尺牍，也只是欣赏一点性情才气，无论如何，总比看效忠信或随大流表态的各种公开信好一些。

复钱绳兹　　许思湄

元夜连袂看灯，极一时征逐之乐，流光如驶，忽届新秋，节序怀人，何能已已。承寄家兄一函，为理积牍，裁答久稽，或不罪其疏节耶。弟拟中秋返省，饼圆似月，藕大如船，三五良辰，何堪虚度，不知足下亦作思归之计否。

【八十三字】

○本文录自许思湄《秋水轩尺牍》。

○许思湄，字葭村，清山阴（今绍兴）人。

○钱绳兹，未详。

赠答的短信十一篇

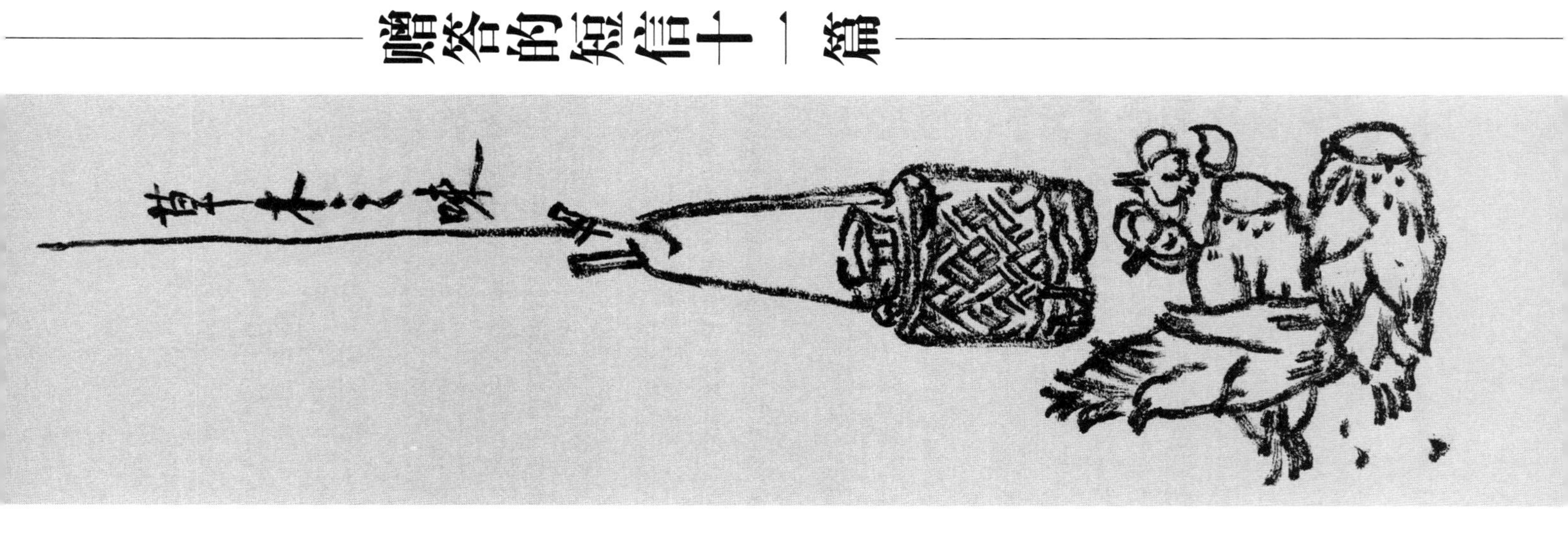

毋相忘

【念楼读】 春君：你好！

这枚绿玉佩送给你，它代表着我的一片真心，愿你能永远珍重它，视如你我的情意。

【念楼曰】 琅玕珍重奉春君，绝塞荒寒寄此身。

竹简未枯心未烂，千年谁与再招魂。

此系周作人《苦茶庵打油诗补遗》之二十，原注：“《流沙坠简》中有致春君竹简。”

《流沙坠简》是一部出土简牍集，收二十世纪初期从甘肃汉代烽燧遗址中发掘出来的简牍。“致春君”十四字写在两支竹简上，乃是两千年前的一件情书。顾廷龙有临本，为其书法代表作。我有《千年谁与再招魂》一文云：

> 两千年前的烽燧，早已夷为沙土……可是这件用十四个字(是墨写的还是血写的呢?)热烈恳求春君“幸毋相忘”的情书，历经两千年的烈日严霜，飞沙走石，却仍然保持了美的形态和内涵，表现出那番血纷纷的白刃也割不断，如刀的风头也吹不冷的感情，使得百世而下的我们的心仍不能不为之悸动，从中领受到一份伟大的美和庄严。
>
> 有实物为证，这件汉简，真可以称为不朽的情书了。

长沙近年也出土了一批吴简，其中却找不出如“致春君”这样有意思的。看来那时我们长沙人即已鄙视浪漫注重实际，心思和笔墨都用在问候长官和记明细账上面了。

致问春君　　　　　　　　　奉

奉谨以琅玕一，致问春君，幸毋相忘。

【二十四字】

〇本文录自罗振玉、王国维编《流沙坠简》。

〇奉，人名，汉时戍守居延者，其姓氏已不可考。

橘子三百枚

【念楼读】 送上橘子三百枚，因为此时天还没有打霜，暂时只能有这么些，无法更多了。

【念楼曰】 橘子本来要蓄在树上，等到打霜以后，才能熟透，才最好吃。抗战以前，父亲在岳麓山下湖南大学旁边一处叫朗公庙二号的地方，买过一座橘园，带有几间瓦屋。每年将橘子“判”给别人时（“判”就是在挂果后由买主踏看后估定价格，采摘运走时付钱），都要留下一两树自家吃，因此我从小便知道了这一点关于橘子的常识。

橘子熟透的标准，一是真正红透，二是皮不附瓤，极易剥离。只有这样的橘子，才真正好吃，这是自家有橘园的人才能享受得到的口福。市上出售的橘子，都是皮色青青时下树，那红色都是“沤”出来的。王羲之当然不会吃这种橘子，也不会拿来送人，这三百枚，应该是从向阳的枝丫上头选摘下来的早熟果吧。后来韦应物有诗云：

> 怜君卧病思新橘，试摘犹酸亦未黄。
> 书后欲题三百颗，洞庭须待满林霜。

也就是说橘不见霜不能摘下送人，用的正是王羲之的典故。

奉橘帖

王羲之

奉橘三百枚．霜未降．未可多得．

【一十二字】

〇本文录自《王右军集》卷二。

〇王羲之，见页三八一注。

几张字

【念楼读】 您今天一定要走吗？我不能出城相送，心中十分抱歉，谨祝一路平安。

您想要的字，勉力写成十来张送上。近来腕力孱弱，实在写得不成样子，请不要嫌弃。

匆匆作信，许多事情都来不及缕陈，只能言不尽意了。

【念楼曰】 颜真卿在朝为殿中侍御史（后升至尚书，封鲁郡公），外放为太守，也是地方主官。仓曹只是州郡管粮谷事务的小官，却能和颜真卿交朋友（《全唐文》收有颜氏《与卢仓曹》的另一封信），还能要他写字相送，一送就是“十馀纸”。由此可见当时士大夫相交感意气，不太重功名，有才艺者亦不以才艺相矜，今人实在应该觉得惭愧。

卢仓曹一次竟能得到十多张颜鲁公的法书，在今天看来真是天大的幸事，在当时却只是普通的人情。我想颜真卿写过《乞米帖》，也许他生活困难常常缺粮，因此不能不对管粮库的人特别客气一点也说不定。

唐人真迹，如今若能存世，一张的价值，至少也要上亿元。但鲁公当时写送给卢君的十几张，在彼此心目中的价值，大概最多亦不过一两石米。时移事易，读古人文字，于笔墨之外，的确还能寻得许多趣味。

与卢仓曹　颜真卿

足下今日定成行否.不得一至郊郭.深用怅然.珍重珍重.所欲拙书.今勒送十馀纸.望领之.勿怪弱恶也.不具不具.

【四十四字】

○本文录自《颜鲁公文集》卷四。

○颜真卿，见页三八五注。

达头鱼

【念楼读】 连日阴雨，不知贵体如何？

北边有人送来一些“达头鱼”，乃是一种海鱼，我原来不曾听说过的，尝尝味道还可以，便分送一点给你，充当大菜可能不够一餐，只是请尝尝新罢了。

天晴以后，书局再见。

【念楼曰】 梅圣俞《宛陵先生文集》卷二十二中有《北州人有致达头鱼于永叔者，素未闻其名，盖海鱼也，分以为遗，聊知异物耳，因感而成咏》一首云：

> 孰云北河鱼，乃与东溟异。适闻达头干，偶得书尾寄。
>
> 枯鳞冒轻雪，登俎为厚味。向来昧知名，渔官疑窃位。
>
> 有如臧文仲，不与柳下惠。从兹入杯盘，应莫惭鲍肆。

欧阳修集中也有诗《奉答圣俞达头鱼之作》，开头四句是：

> 吾闻海之大，物类无穷极。虫虾浅水间，羸蚬如山积。

末八句是：

> 嗟彼达头微，偶传到京国。干枯少滋味，治洗费炮炙。
>
> 聊兹知异物，岂足荐佳客。一旦辱君诗，虚名从此得。

“达头鱼”这种海鱼，现在好像没听到谁提起了，大概是给它改名字了吧。从古至今，编注欧公诗文集者很多，好像却没见谁认真考究一下“达头鱼”，注明它的形态、产地和异名。

与梅圣俞　欧阳修

某启．阴雨累旬．不审体气如何．北州人有致达头鱼者．素未尝闻其名．盖海鱼也．其味差可食．谨送少许．不足助盘飧．聊知异物耳．稍晴．便当书局再相见．

【五十九字】

○本文录自《欧阳文忠公全集》卷一百四十九。
○欧阳修，见页七注。
○梅圣俞，见页四〇九注。

谢赠酒裘

【念楼读】 我受您的恩赐已经够多的了。今日下雪，您又送来酒和皮衣，正是时候。酒一次喝不了，又无器物可以贮存，我只好将酒器一同留下，待喝完后送回。羔皮背心不是“布衣”能够常穿的，寒冬过后，亦当晒过奉还。

杭州对岸西兴码头上的脚夫常说：“风在老爷家过热天，在我家过冷天。”皮衣之于我，看来情形亦是如此，哈哈！

【念楼曰】 张元汴状元及第，成了翰林院修撰，后来又升为侍读，故称“太史”。他好读书，多著述，能惜才爱才。《明史·文苑传》云：

> （徐渭）击杀继妻，论死系狱，里人张元汴力救得免，乃游金陵，抵宣辽，……入京师，主元汴。元汴导以礼法，渭不能从，久之，怒而去。后元汴卒，（渭）白衣往吊，抚棺痛哭，不告姓名去。

“主元汴”，即是做客住在元汴家，所以元汴才给他送酒与裘。

但徐渭仍然一怒而去了。他穷虽穷，脾气还是挺大的。不过张元汴的好他不是不记得，于是“白衣往吊，抚棺痛哭”，生死见交情。

这封短信写得十分俏皮，引用了“西兴脚子”的话。码头上从事搬运的“脚子”，夏天在骄阳下羡慕老爷们坐在水阁凉亭里吹风，冬天在北风中羡慕老爷们穿着皮袍子烤火，于是用这句笑话自嘲，苦笑中隐藏着无奈。

徐文长一代奇才，却“不得志于时”，得靠张太史赠酒赠裘。以此自嘲，更可哀矣。

答张太史　徐渭

仆领赐至矣．晨雪．酒与裘．对证药也．酒无破肚脏．罄当归瓮．羔半臂．非褐夫所常服．寒退．拟晒以归．西兴脚子云．风在戴老爷家过夏．在我家过冬．一笑．

【五十八字】

〇本文录自施蛰存《晚明二十家小品》卷一。
〇徐渭，见页一三九注。
〇张太史，名元汴，字子荩，号阳和，与徐渭为绍兴同乡。

两件棉衣

【念楼读】 送上粗布棉衣两件，聊供御寒。知道你的脾气，不敢用绸缎之类做面料。务请先收下，有话见面时再说。

【念楼曰】 朱舜水现在少有人提起了，其实他倒真是个不屈的遗民，明亡后据舟山抗清；失败后，亡命越南、暹罗、日本等地，力图复国，多次潜回内地进行活动，知事不成，才留居日本以终老。

舜水只是一"诸生"，但学问文章都不错，居日本二十馀年，讲学、著作不辍，对日本汉学有相当大的影响，所以他又是中日文化交流史上的一个相当重要的人。他在日本靠讲学维生（事实上是水户侯在供养他），却还有力量帮助像三好安宅这样的日本学者。可见他的境况，比起身处海外的"民运人士"来，大约还要宽裕些，这也是蛮有意思的一件事。

舜水能留在日本是很不容易的。他曾说过：

> 日本禁留唐人已四十年……乃安东省庵苦苦恳留，转展央人，故留驻在此，是特为我一人开此厉禁也。

前有朱舜水，后有梁启超、孙中山诸人，再后又有茅盾、郭沫若一辈。中国政治流亡者在国外的历史，包括他们当时留下的文字，收集起来，加以研究，似乎亦有价值，不过现在大概还不是时候。

与三好安宅　朱之瑜

奉上粗布棉衣二件．聊以御寒而已．以足下狷洁．不敢以细帛污清节也．诸面谈．不一．

【三十三字】

○本文录自中华书局版《朱舜水集》。
○朱之瑜，号舜水，明馀姚（今属浙江）人，明亡后流亡日本。
○三好安宅，朱之瑜在日本的友人。

谢赠兰

【念楼读】 送来的兰花，开得多么漂亮啊，真要谢谢你啦！

【念楼曰】 这封信只有六个字，要算是最短的了。

开始学做文章，总是怕做不长。有笑话说，某人参加“小考”，规定文章要上三百字，结果他写不出来，交了白卷。回到家里，妻子问他：“一天到晚只见你抱着书在读，书上头尽是字，难道你肚子里头连三百个字都没有？”

他哭丧着脸回答道：“肚里的字倒不止三百个，只是我无论如何也没办法把它们串起来啊！”

辛辛苦苦学会了把字串起来以后，又总是“下笔不能自休”，一写便写得很长很长。其实值得写，应该写，非得写的东西，哪里会有那么多。

明明一句话可以说明白的，偏要说上好几句，十几句，岂不是给自己和别人添麻烦？这封回信如果换一个人来写，真不知又要浪费多少笔墨。

契诃夫说过，“写作的技巧，就是删掉一切多馀字句的技巧”，并且谈到他在一本小学生练习簿上看到的对大海的描写，只有两个字：

海，大。

他以为，描写海是很难的，这两个字，形容得最好。

与王献叔

沈守正

蕙何多英也．谢．

【六字】

○本文录自周亮工《尺牍新钞》卷四。

○沈守正，字无回，明武林（今杭州）人。

○王献叔，不详。

谢赠墨

【念楼读】 向你讨要墨的人极多，你却单单给了我，讲老实话，这是我原来完全没有想到的。

有人对我说："陈君看重你，就像你看重墨啊。"看来事实确是如此。

那么，就请让我将他的这句话，拿来作为对你的答谢吧。

【念楼曰】 文房之物，文人也有拿来互相馈赠的。纸和笔属于易耗品，不很宜相赠；砚普通的太便宜，除非是古董；比较适合作礼品的，便只有墨了。

用来馈赠的，当然不会是普通的墨。要么就是古墨，要么就是自制的或者别人为自己专门定制的墨，这些自然都得加上斋名题记。《风雨谈·买墨小记》谈到的"曲园先生著书之墨""墨缘堂书画墨"等，便可以作为例子。还有一种上有题字如：

> 故乡亲友劳相忆，丸作隃麋当尺鲟。
>
> 仲仪所贻，苍珮室制。

更一看便知道是专门制来送人的了。

陈君"独以赠"宋祖谦的墨是什么样子，现在已不得而知了。当时求墨于他者"众矣"，可见其名声相当大，想必不止一锭两锭，应当也是专制的墨。文人像苏东坡那样亲自动手的可不多，一般都是自定款式、题词，交给苍珮室之类专门制墨的地方去做。

与陈伯玑

宋祖谦

求墨于足下者．众矣．而独以赠予．此不可解也．或曰．伯玑之嗜子．犹子之嗜墨也．此语可为吾两人写照．敢持以献．聊当报琼．

【四十八字】

○ 本文录自周亮工《尺牍新钞》卷一。

○ 宋祖谦，字去损，明末清初莆田（今属福建）人。

○ 陈伯玑，名允衡，清初建昌（今江西永修）人。

笋和茶

【念楼读】 送上些笋干和茶叶，实在不成敬意。好在我们本是村夫野老的交情，分享这些山乡土产还是合适的。

【念楼曰】 茶树属山茶科，是灌木或小乔木；竹子属禾本科，则是草类了。茶树原产中国，竹子也主要产于中国，中国人实在是吃笋和茶的老祖宗，如今倒要向日本人学什么“茶道”，说起来真丢人。

在吃笋上中国人却始终保持了特殊的地位，不仅历史悠久，可以举《诗・大雅》“其蔌（蔬菜）维何？维笋及蒲”做证明，而且吃法多种多样。美食家李笠翁论植物类食物之美，曰清，曰洁，曰芳馥，曰松脆，曰鲜。竹笋在这五个方面都能得高分，故笠翁评之曰：

> 此蔬食中第一品也，肥羊嫩豕，何足比肩？但将笋肉齐烹，合盛一簋，人止食笋而遗肉，则肉为鱼而笋为熊掌可知矣。……《本草》中所载诸食物，益人者不尽可口，可口者未必益人，求能两擅其长者，莫过于此。

竹笋最好是吃“山中之旋掘者”，但干制若能得法，也很不错。袁子才《随园食单・小菜单》，开头所列笋脯、天目笋、玉兰片、素火腿、宣城笋尖、人参笋六种，便全是笋干。这和茶叶一道送给康小范的，我想也可能是笋干，不大可能是“山中旋掘者”。那是“惟山僧野老躬治园圃得以有之”的滋味，即使名士高人，在城市中也难得领略到。

与康小范

胡介

笋茶奉敬。素交淡泊。所能与有道共者。草木之味耳。

【二十字】

○本文录自周亮工《尺牍新钞》卷五。

○胡介，字彦远，号旅堂，清钱塘（今杭州）人。

○康小范，名范生，清安福（今属江西）人。

故乡的酒

【念楼读】 故乡的酒，给你送上一壶。今天是五月初五，隔墙同饮菖蒲酒，就算一同过了端阳节，也算是你和我结伴回了一趟老家吧。

趁着热，赶快喝啊！

【念楼曰】 节日是传统风俗习惯借以保存下来的一块“根据地”。四时八节，除了过“年”（春节），重要的便是端午和中秋了。

过端午的活动，现存记载最早的，当然是吃粽子和赛龙舟，挂艾叶、菖蒲也可以算一宗，从宋朝起就有人把端午节叫作菖蒲节，但饮菖蒲酒的习惯似乎早已消失，过节时最多买一把菖蒲叶挂在门上，应应景。

此信中所说的“泛蒲”，便是饮菖蒲酒。“泛”的意思是饮完酒后把酒杯倒翻过来扣在桌上，表示干了杯。但请黄济叔“趁热急饮”的一壶里，究竟浸没浸菖蒲叶或菖蒲根，我仍不免存疑。菖蒲叶大家都见过，那么长而光滑的东西，怎么好浸入酒坛，也难浸出什么味来。而菖蒲根则非常苦，亦非城市中人所易得。小时五月五日吃雄黄酒，其实也没人真用酒吞服雄黄（雄黄亦不溶于酒），不过在酒杯中调点雄黄粉，用指头蘸起给小孩额上画三横一竖。

与黄济叔　　周坼

故乡酒．奉一壶．同济叔隔墙泛蒲．亦是我两人一端午．亦当我两人一还家也．趁热急饮．

【三十四字】

○本文录自周亮工《尺牍新钞》卷十二。

○周坼，字百安，清抚州（今江西临川）人。

○黄济叔，名经，号山松，清如皋（今属江苏）人。

谢送花

【念楼读】 天气真使人没劲，你的信却带来了一股生气。那么多玫瑰花，使我的全身心和整个书房都充满了色香和快乐。

我爱这玫瑰，希望它能长在。于是买来一坛好酒，将花朵浸泡其中，不时喝上一小口，品味它的色和香；又将零散的花瓣装入枕囊，让它伴随我入梦。——于是我和它永不分离了。

【念楼曰】 周作人《瓜豆集·关于尺牍》引《芸香阁尺一书》中《复李松石》中论岳飞，《致顾仲懿》中论郭巨埋儿事，谓：

> 对于这两座忠孝的偶像敢有批评，总之是颇有胆力的，即此一点就很可取。……文虽未免稍纤巧（因为是答校书的缘故吧？）却也还不俗恶，在《秋水轩》中亦少见此种文字。不佞论文无乡曲之见，不敢说尺牍是我们绍兴的好也。

韵仙是一位“校书”即高级妓女。现在的妓女，还有没有跟客人做文字交流，互相送花的呢？但韵仙能以“玫瑰万片”饷人。从回信看，芸香阁（即朱熙芝）对待她，也像如今的人对待自己的女朋友，不大像“嫖小姐”。

社会史上的这种现象，需要做一种文化上的解释。如今的人去找妓女，只是为了解决性的需要，妓女也被正名为“性工作者”了。而古时本阶级的男女没有社交的自由，恋爱对象只能到妓女中去找。辜鸿铭说得好：“中国人的狎妓，有如西洋人的恋爱；中国人的娶妇，则如西洋人的宿娼。”在朱熙芝的时代，情形的确是这样。

答韵仙　朱荫培

困人天气．无可为怀．忽报鸿来．饷我玫瑰万片．供养斋头．魂梦都醉．因沽酒一坛浸之．馀则囊之耳枕．非曰处置得宜．所以见寝食不忘也．

【五十三字】

○本文转录自周作人《关于尺牍》。

○朱荫培，字熙芝，清无锡人，有《芸香阁尺一书》。

倾诉的短信十一篇

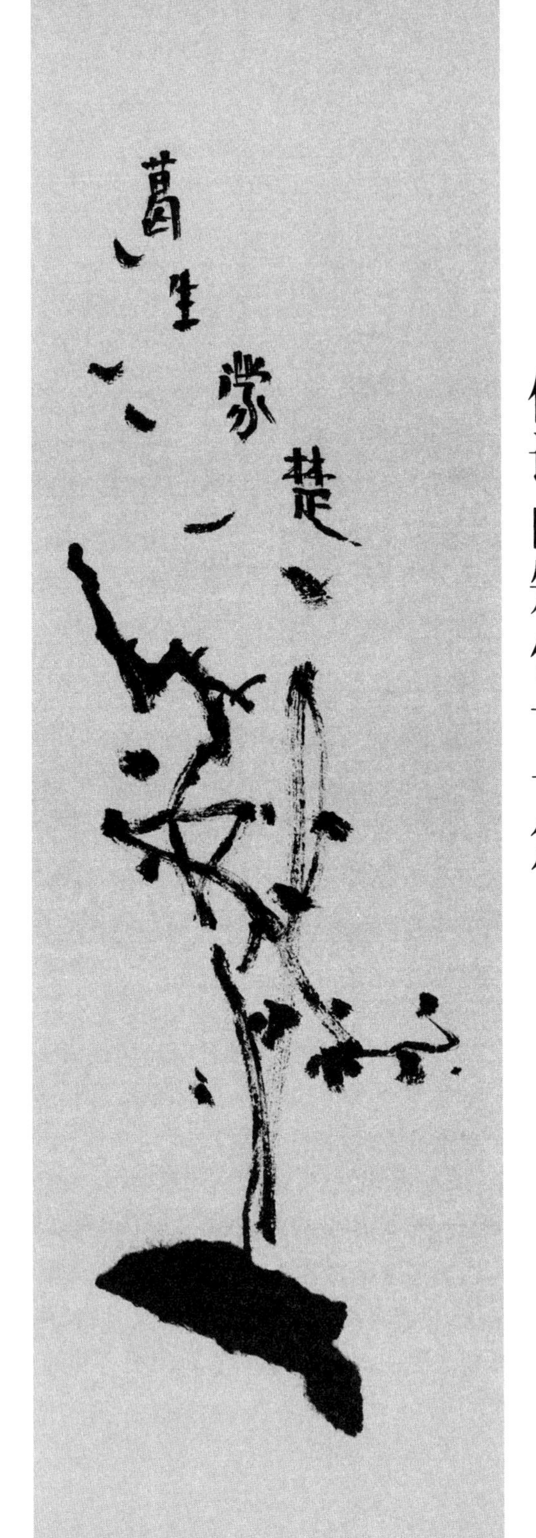

不失自我

【念楼读】 此次北上去见丞相，一路忙于应酬，日夜得不到半点休息。

人们热烈奉迎丞相府长史官，我张君嗣顶着这个头衔，却累得要死，简直苦不堪言，烦着哪！

【念楼曰】 张裔原为巴郡太守，诸葛亮先是提拔他为益州治中从事，后来出师北伐，又任他为留（丞相）府长史。《三国志》蜀书卷十一云：某年张裔“北诣亮谘事，送者数百，车乘盈路。裔还，书与所亲曰……”，就是这封有名的信。

如果说诸葛亮是蜀国的总理，那么张裔（君嗣）便是国务院秘书长。秘书长去见总理，商量军国大事，谁不想趁此献一献殷勤，探一探口风呢？于是张氏不能不被热烈迎送的人弄得“疲倦欲死”，只好向“所亲”诉苦。

秘书长是大官，当秘书长的张君嗣却同别人一样是个普通的“男子”。有些当大官的，却往往只记得自己是个大官，忘记了自己也是个普通的人，沉湎于应酬，忘记了疲倦，于是纵情享受，甚至腐化贪污，把人的尊严和责任都忘记得一干二净。“男子张君嗣”却心知肚明，欢迎欢送，恭维奉承，这些都是冲着“丞相长史”来的，自己不过是躬逢其胜，赶上了这一趟。

富贵中人，很容易忘乎所以。“男子张君嗣”能够对争先恐后来敬丞相府长史的人觉得烦，可算是不失自我的了。

与所亲书

张裔

近者涉道．昼夜接宾．不得宁息．人自敬丞相长史．男子张君嗣附之．疲倦欲死．

【三十字】

〇本文录自《全三国文》卷六十一。

〇张裔，字君嗣，三国时成都人。

刀与绳

【念楼读】 我在齐王府里做官，知道齐王有野心，时刻担心这会给我带来杀身之祸。见了刀子和绳子，甚至连死的心都有，觉得还不如早点寻死的好，死了就摆脱了，不过旁人未必知道我这种心情。

【念楼曰】 顾荣是吴丞相顾雍之孙，后与陆机兄弟同时归晋，时称三俊，算是士大夫中的上层人物。他生逢乱世，很会保身。赵王伦得势时，他当大将军长史，多所保全。有次他——

> 与同僚宴饮，见执炙者貌状不凡，有欲炙之色。荣割炙啖之，坐者问其故。荣曰："岂有终日执之者而不知其味者乎？"及伦败，荣被执将诛，而执炙者为督率，遂救之，得免。

后来顾荣又被齐王冏弄去当了大将军长史，他却不愿充当齐王的工具，知道这会带来奇祸。

这封信充分流露出顾荣"恒虑祸及"的忧虑之情，也可以说是他为齐王政争失败、自己脱身埋下的伏笔。

当然顾荣并未自杀，他找到了一个苟全性命的法子，就是每天"纵饮伪醉"，尽量使自己"边缘化"，不挨王爷"核心"的边。后来"八王之乱"七个王被杀，齐王亦在其中，而顾荣又一次幸免于难。

古时读书人必做官，除非像陶渊明那样不怕贫穷吃苦，但这个官有时实在难做，甚至还得带上准备自杀的刀与绳。

与杨彦明书

顾荣

吾为齐王主簿．恒虑祸及．见刀与绳．每欲自杀．但人不知耳．

【二十三字】

〇本文录自《全晋文》卷九十五。

〇顾荣，字彦先，晋吴郡（今苏州）人。

〇杨彦明，未详。

〇齐王，司马冏，晋室『八王之乱』的八王之一，后为长沙王司马乂所杀。

一口气

【念楼读】 被赶出官场后，我便干脆放任自己，在歌场舞榭里玩了差不多二十年。人怕就怕没有自知之明，现在已经明白了自己不堪使用，如果还要去献媚争宠，岂不是更加不堪了？

有个丑女人被男人一脚踢开后，从邻居那里借来几件首饰戴上，又去找到男人说："原来我不会打扮，你不要我；如今我会打扮了，你总会要我了吧？"结果又被一脚踢开了。她的姐姐便骂她道："被赶出一回就够没脸了，还要去找第二回的羞辱么？"

这话虽然难听，但是也有道理，不是吗？

【念楼曰】 康对山被赶出官场，说来也够冤枉的。他本是弘治朝的状元公，学问文章和官声都不错的。刘瑾擅权时，有意拉拢他，多次请他上门去，他也没去。后来李梦阳被刘瑾一党关了起来，从牢狱中写了张纸条给他："对山救我。"为了朋友，他只好去找刘瑾，第二天李梦阳便出了狱。就为了这件事，刘瑾倒台后，他也"坐瑾党落职"了。

康氏所说丑妇人的故事，意味很是深长。在专制制度下做事，受冤枉总是难免的；受了冤枉，亦无法报复，一口气只能咽在自己肚子里。但总还要有这口气在，王国维所谓"义无再辱"是也。

答寇子惇

康海

放逐后．流连声伎．不复拘检．垂二十年．人苦不自知．仆既自知之．而又自忘之．此则深惑尔矣．有丑妇被黜者．借邻女之饰．更往谓夫曰．曩以不修．子故弃妾．今修矣．子何辞焉．其夫拒趋而出．其姊尤之曰．一出已羞．更复何求．其言虽鄙．可以理喻．惟万万念之．

【九十九字】

○本文录自叶楚伧《历代名人短笺》。

○康海，字德涵，号对山，明武功（今属陕西）人。

○寇子惇，名天叙，明榆次（今属山西）人。

梦想

【念楼读】 告诉你吧，在生活上，我并没有特别的嗜好，也没有过高的要求；只是每每见到流水边丛生着竹子和树木，竹树中露出一扇小小的窗户，便很想住到这扇窗户后面去。

【念楼曰】 莫是龙是一位画家，“竹树临流，小窗掩映”的描写，富有画意，很美。

人的日常生活，常被概括为“衣食住行”四个字。在这四个字中，“食”总被排在第一位，其实“住”恐怕更重要些。每天十二个时辰，总有一半以上“住”在自己的屋子里；如果能住在“竹树临流，小窗掩映”的环境里，当然好。

但这样的环境，不是想有就能有的，只有在梦想中它才可以随时浮现出来。于是，生活也就容易一些，并且有趣味一些了。

梦想是一个好东西啊，它使人生变得温馨，变得美好。

我也有过自己的梦想。解放前，梦想过“山那边”的“好地方”；三年困难时期拉板车的时候，梦想过满桌子的大鱼大肉；如今年已“望八”，便梦想着古希腊哲人说的“往者原”：

> 在那里没有雪，没有风暴，也没有烦恼人的别的事情，死后的人们可以在那里开怀畅饮……

如果那里也有“竹树临流，小窗掩映”，住在窗内又没人来叫去开会听报告，那就真的太好了。

与友人

莫是龙

仆平生无深好．每见竹树临流．小窗掩映．便欲卜居其下．

【二十二字】

○本文录自周亮工《尺牍新钞》卷二。

○莫是龙，见页四一九注。

不要脸

【念楼读】 来信全是赞誉我的好话，真是过于抬举了。

其实我是根本不值得抬举的。一大把年纪了，还要拿着几篇文章，跟着一班年轻人，老着脸皮去请不一定了解你，更不一定尊重你的人来评论好坏；这就像老姑娘嫁给奶妈的丈夫做填房，还有什么光彩，有什么可以炫耀的啊。

【念楼曰】 这封短信，诉说的是文人的无奈和屈辱。

古代社会是官本位的，学文也是为了做官，做了官才能有一切。若不能做官，则一切都没有。要想“持数行文字”谋求生活待遇，则不仅难得买主，脸色也够瞧的。

就是在今天，以文字被人雇佣，供人使用，势必要由“不必知己”的人来审定，叫你改就要改，也是十分耻辱的事情。

唐朝称乳母的丈夫为阿爹，乃是贱称。窦怀恩做了皇帝乳母的丈夫，自称国爹，传为笑柄。卖文维生，等于去跟窦怀恩这样的皇室家奴当二奶，那就成奴下奴了。

最近偶然见到一本“学术著作”，作者在后记中大讲本书得到了省委宣传部某部长的赏识，又承省新闻出版局某局长关照，才得以出版。“此正如老女嫁国爹”，不是什么光彩的事，作者却不知羞耻，反而得意扬扬，真是不要脸。使陈痴山见之，更不知会如何想，如何写。

答朱子强

陈孝逸

誉言匝楮．何宠之深也．弟年纪寖大．尚持数行文字．从少妙辈问妍媸于不必知己之人．此正如老女嫁国髫．言不辱者．强颜尔．

【四十九字】

○本文录自周亮工《尺牍新钞》卷三。

○陈孝逸，字少游，别号痴山，明临川(今属江西)人。

○朱子强，未详。

相知就好

【念楼读】 只隔一道河水，距离实在不远。只怪得我的住处偏僻，联系不便，很少和你通信，也就没有机会详谈，实在抱歉得很。

但是，依照我粗疏的性格，没谈不等于不愿谈，更不等于不可谈。

就是联系了、谈了，认识和态度，也不会跟没有联系没有交谈时有多大的区别。这是因为，你我二人的交情虽浅，我对你的了解却早就不浅，不但不浅，实在还相当的深哪。

【念楼曰】 古时朋友为“五伦”之一，排在最末了，倒更加值得珍重。君臣、父子、兄弟关系，都是不可选择的，尤其是君父，生下来就坐在你头顶上，拥有无限的权利，剩给你的只有一大堆义务。做夫妇本该是自由选择的结果，这自由也被取消，结果往往都成了怨偶。只有朋友，总还得两相情愿才做得成，所以比较起来更为难得。

朋友难得，最难得者则在相知。唯有相知，才能有交流。这种交流本应该是不带功利的，否则便不是交流，而是交易了。

卓人月与吴君来往甚稀，相知却不浅，是能知交友之道者。

常说“君子之交淡如水”，能相知就好。不香无味的水，其实正是生命所需的。多加糖油，反会腻味。

与吴来之　　　　　　　　卓人月

盈盈一水．相隔不遥．而以所居僻陋．鸿便甚稀．久不获布一语于左右．然弟生平廓落迂疏．当其不言．胸中未尝有不可言之言．及其既同而言．亦无以加于未有言之初．此虽与吾兄交甚浅．而亦有以知其深耳．

【八十一字】

○本文录自周亮工《尺牍新钞》卷四。

○卓人月，字珂月，浙江塘栖（今杭州）人。

○吴来之，不详。

吃惯了苦

【念楼读】 考试把人都考老了，这次又未能侥幸，真是苦也。但我就像苦菜上的虫，吃惯了苦味，反而不觉其苦。回回落榜，只当作春残花谢，秋深叶落，乃是应有的一幕了。

【念楼曰】 这又是一个诉苦的。他说“堇虫习堇，翻不觉苦”，既是旮旯里吊颈——自宽自解，也是无可奈何中的一种自嘲。其实卓君虽然科场不利，早已成为“有意出新，独辟生面”的诗人，“年年被放”，还年年要去，也是在自讨苦吃。

曾国藩把考试说成是“国家之功令，士子之职业”，情形确实如此。在科举时代，读书就是为了应考。连科皆捷的少年鼎甲只能是极少数，许多人的一生精力都消耗在考试当中了。《儒林外史》里的周进哭棚、范进中举，戏剧舞台上的《祭头巾》，写的便是这类悲喜剧。

这样，中国便成了公认的“考试大国”。

历史上的“考试大国”现在怎么样呢？各级升学考试姑且不说，只拿形形色色的“成人考试”“自学考试”“普法考试”……来说，就数也数不清，苦菜叶子真是吃都吃不完啊。据说俞理初临终前有言：

> 此去无所苦，但怕重抱书包上学堂耳。

看似滑稽，其实却是比苦菜还要苦的一句话。

与洪戴之　　卓发之

弟以老生落第．最是人间苦谛．然堇虫习堇．翻不觉苦．年年被放．只是春阑花堕．秋深叶陨耳．

【三十六字】

〇 本文录自周亮工《尺牍新钞》卷四。

〇 卓发之，字天星，号左车，明钱塘（今杭州）人。

〇 洪戴之，名吉臣，明仁和（今属杭州）人。

难忘的月光

【念楼读】 夜里，月光倾泻在院中空地上。地面仿佛成了水面，走近时几乎不敢将脚踏上去。

上床以后，大好的月光，竟使我通晚不能入睡。似乎没过多久，晨鸡便开始啼叫，远处的晓钟也敲响了……

【念楼曰】 大好月色不是常有的东西，所以人们对它的感觉也不寻常，而且总是偏于清冷。阴晴圆缺的变化，又容易使人联想到悲欢离合上去。望着月光睡不着觉的经历，在乡下住过的读书人多少总有过几回。我在“文革”中被长久拘禁，曾写过一首五古，也是被月光照得“通夕为之不寐”时写的，开头四句是：

明月照铁窗，铁栅映月色。不知我妻儿，可望今宵月？

最后四句则是：

地球转不停，月落一时黑。摸索起披衣，坐等东方白。

月光在我记忆中留下深刻印象的还有几回，从近往远说，一回是夜宿峨眉金顶，原为看日出，却看到了好月光，它投射在后山绝壁上的景象，竟使得穿棉大衣的我战栗不已。一回是十六岁时，初次为情所苦，半夜起来爬到岳麓山顶上，满山都沉浸在凄凉的月光中，自己的心也凄凉透了。一回是才下乡就走兵，七八岁的我跟着大人高一脚低一脚，月光照着的水田比泥土地更白，糊里糊涂地“蹈”上去，鞋袜全弄湿了。

与宋比玉

黄虞龙

夜来月色映空庭，如积水，令人至不敢蹈。弟通夕为之不寐，俄而鸡鸣钟动，怅然久之。

【三十三字】

○本文录自周亮工《尺牍新钞》卷七。

○黄虞龙，字俞言，明晋江（今属福建）人。

○宋比玉，名珏，明莆田（今属福建）人。

孤臣孽子

【念楼读】 翁兄离职之后，大局更加无望了。今日已大不如前日，看来明年还会不如今年。大厦将倾，麻雀燕子还能守得住自己的窝巢吗？

我本想弃职回家，见满朝文武，还在为私人和宗派的利益互相倾轧，无一人公忠为国，皇上真正成了孤家寡人，又不忍舍弃他决然离去。

明知自己虽然占有名义，其实不过是一名“伴食中书”，有我不多，无我亦不会少；但若是一旦发生变故，皇上要找个“伴食”的人也找不到了，那又怎么办呢？

【念楼曰】 写信向朋友诉说的，大都是个人的内心感受，还有个人生活中的事情。范景文写给黄道周的这封信，却是一位当朝高官，在国难当头时，表白他的一片孤臣孽子之心。

在明崇祯朝，范、黄二人都曾因直言极谏，被削籍为民。后来黄道周被“戍逐”到外地去了，范景文则于崇祯十五年（一六四二）又被重新起用，此信便是在这时写的。信中说的“翁兄”不知是谁，也许是翁正春，但正春在天启时即因反魏忠贤“乞归”了，时间早了些。

明朝的统治，到崇祯后期，已经无法不亡了。文武百官在平日高谈忠节，到头来卖主求荣，或起义（附闯）或投诚（降清）。只有范景文在闯王进京后投井自杀，实践了为崇祯“伴食”的诺言。

寄黄石斋

范景文

翁兄去后.时事不可言矣.今日既非前日.恐明年又非复今年.此堂非燕雀可处.急欲图归.奈满堂皆互向人.主上孤立无依.不忍恝然去国.明知伴食无补.然恐一旦有事.求一伴食者亦不可得耳.言之潸然.

【八十字】

○ 本文录自叶楚伧《历代名人短笺》。

○ 范景文，字梦章，明末吴桥（今属河北）人。

○ 黄石斋，名道周，明末漳浦（今属福建）人。

他得先来

【念楼读】 大人物那里，我是不会先去的。我现在这种情况，正在困难之中，如果是朋友，他就得先来看我啊。

【念楼曰】 文人不得志，则处于弱势。扶强不扶弱，本是人类的通病。但居于弱势者，再弱也不能弱了自己的志气，在强势者面前，更不能因己弱而自卑，因彼强而“伏软”。人势有强弱，人格却不能分贵贱。弱者能坚持自己的尊严，人格也就高贵了。

这封信能打动人的，就是作者的人格。

人格者，做人必有之“格”也。从信中看得出，作者正“在难”，也就是在困难之中。越是这样，就越要保持自己的人格，如上面所说的。

英国作家毛姆《在中国屏风上》中写到，他访问中国时，写信约辜鸿铭见面交谈。辜鸿铭却不肯去，说毛姆希望和他见面，就应当前来看他。

这封信的作者亦是如此。这并不是骄傲，而是为了保持自己的人格，故不能招之即去。

黄经即黄济叔，经是他的名，济叔是他的字。因树屋主人则是周亮工的别号。书信中自称用名，称对方和别人则只能用字或别号，这是过去的规矩。

答因树屋主人　　黄经

乃公处．经不可以先往．经在难．故人固当先经耳．

【十九字】

○本文录自周亮工《尺牍新钞》卷二。

○因树屋主人，即周亮工，见页二〇九注。

妻死伤心

【念楼读】 我回乡时，妻子病已濒危，没有几日，便故去了。

几十年同艰共苦的人，就这样突然从眼前消失；《葛生》诗中那些悲哀的句子，真像是为哭泣伤心的我而写的。

现在才知道，和顺夫妻一死一生，乃是人生最大的不幸，千古皆然，偏偏让我碰上了，这痛苦怎么承受得起。

【念楼曰】 和顺的夫妻，尤其是“数十年同艰共苦者”，先死去了一个，那另一个“目中忽无此人”，当然会十分痛苦。这种痛苦，本人当时是无法以语言文字表达的，因为语言文字无此力量，人亦无此力量。——但终究总不会没有一点流露，于是便有了潘岳的《悼亡诗》，元稹的《遣悲怀》，有了苏轼的“十年生死两茫茫”，有了归有光《项脊轩记》最末那使人读后久不能忘的一段。吴锡麒这封短信，还有他提到的“蒙楚一诗”即《诗经·唐风·葛生》，也都是此种倾诉：

> 葛生蒙楚，蔹蔓于野。予美亡此，谁与独处。

可以读作：

> 葛藤遮住了灌木丛啊，瓜蒌爬到了荒丘野外。
> 只剩下孤单的我一人，屋里的人啊已经不在。

这和下面四章一样都是悼亡诗，女悼男、男悼女都一样。郑笺云“刺晋献公也”，释作“夫从征役，妻居家而怨思”，未免太牵强了一点。

寄邹论园

吴锡麒

仆归里后．内子已自病危．乃不数日间．遽然化去．以数十年同艰共苦者．而目中忽无此人．觉蒙楚一诗．字字皆为我辈画出泪痕．方知此种伤心．固自同于千古．特仆不幸适然觏之．惨惨何已．

【七十四字】

〇 本文录自叶楚伧《历代名人短笺》。

〇 吴锡麒，见页三九九注。

〇 邹论园，未详。

文友的短信十一篇

小巫见大巫

【念楼读】 我到河北来后，与外间隔绝。这里文化落后，写文章的人少，山中无老虎，猴子自然容易出名。所以对我的吹嘘，请不必信以为真。

现在这里又来了一位王朗先生，在东吴则有您和张昭先生，都是文章高手。我同列位一比，就好像小道士在水陆道场上遇到了老道长，还敢出什么风头呢？

【念楼曰】 陈琳为“建安七子”之一，本有文名，倒不一定是在河北地方吹起来的。说做文章，他比王朗、两张，实在不能说是小巫见大巫，这里不过是在讲客气话。

小巫见大巫的比喻很新奇，增加了这封信的神气。陈琳说他的文章“神气尽矣”，其实大大不然。他在河北为袁绍草檄文骂曹操，骂得曹操大汗直流，头痛的老毛病都“好”了，可以为证。

陈琳靠着一支会写文章的笔杆子，先帮何进，后帮袁绍，袁绍败了，又帮曹操做记室（秘书）。曹操不愧为英雄，还笑问陈：“你骂人为什么骂得那样狠？”陈答道：“我的文章就像一支箭，谁的弓弦拉起来搭上了它，它就‘不得不发’啊！”

这句话说尽了为主子服务的文人的本领，也说尽了他们的无奈。箭虽铦利，控弦者才是主人。

答张纮书

陈琳

自仆在河北．与天下隔．此间率少于文章．易为雄伯．故使仆受此过差之谭．非其实也．今景兴在此．足下与子布在彼．所谓小巫见大巫．神气尽矣．

【五十六字】

○本文录自《全后汉文》卷九十二。
○陈琳，字孔璋，后汉广陵（今属江苏）人。
○张纮，字子纲，后汉广陵（今属江苏）人。
○景兴，姓王名朗，三国东海（今属山东）人。
○子布，姓张名昭，三国彭城（今徐州）人。

哀乐由人

【念楼读】 我作诗的理想很高，也很用心。并不追求形式的华丽，不跟随流俗的喜好；既不盲目师古，也不标榜新潮。虽然没有伟大诗人的才力，却也和他们一样不甘心平庸。写出来的诗，如果自己不满意，便毫不顾惜地将其扯碎烧掉。

这次录出一百五十首送上，希望您能够喜欢。虽然这可能只是一种单方面的痴心妄想，有如水中捉影、冰上琢花，却确实是我真诚的期待。

【念楼曰】 少时读新诗，诗集有题词献给自己爱人的，杜牧却是献给朝中的大官（当然是懂得诗可称文友的大官）。他还有篇《授司勋员外郎谢宰相书》，话说得更加谦卑，更加可怜：

> 相公拔自污泥，升于霄汉。……当受震骇，神魂飞扬，抚己自惊，喜过成泣。药肉白骨，香返游魂；言于重恩，无以过此。

其实司勋员外郎只是吏部所属司员，杜牧原为睦州刺史，品级不比员外郎低，不过从外任调回了朝中，便值得如此感恩，难道此《献诗启》也是献给这位宰相的吗？

唐人向大官呈献自己的作品，差不多是进身和升迁的必由之阶。有的巴结得太过分，像韩愈的《后十九日复上宰相书》和《与于襄阳书》，简直肉麻得读不下去。文人无法独立，只能哀乐由人，有才如杜司勋亦不能免，真是可怜。

献诗启　　杜牧

某启．某苦心为诗．惟求高绝．不务奇丽．不涉习俗．不今不古．处于中间．既无其才．徒有其意．篇成在纸．多自焚之．今谨录一百五十篇．编为一轴．封留献上．握风捕影．铸木镂冰．敢求恩知．但希镌琢．冒黩尊重．下情无任惶惧．谨启．

【八十七字】

○本文录自《全唐文》卷七百五十二。

○杜牧，字牧之，唐京兆万年（今西安）人。

难得洒脱

【念楼读】 去年冬天，我一家人赶着骡子，带上行李，住到此地东门外来了。朋友们见面时高兴，多喝了点酒，病了好些天，趁此休息了些时候。一休息下来，人便懒散了，许多来信堆在桌上都没有回复。

老兄也和我一样，懒得连信都不想写了，这样似乎也不太好。虽说朋友相交不必太热络，彼此知道些近况大概也还是必要的。

今将近作一束寄请吾兄和滕兄过目。如果让别的大人先生们见到，那就贻笑大方了。

【念楼曰】 这也是一封寄自己的作品去给别人看的信，以辞藻论似不如小杜，态度却比较自然，比较不做作。其所以能如此，原因只在于小杜是将诗文作为贽敬，去呈献给高高在上的人，希望得到他们的“镌琢”；范君则是在平等地和朋友交流，“非求存慰”，并没有什么功利的目的，正所谓“人到无求品自高”。

文人要保持独立的人格，最要紧的便是不要俯首求人，这在威权社会中似乎很难做到，不管这威权是君王，是宗法，还是别的什么东西。范仲淹也只有在干脆赋闲不求进取时，才会有这一分洒脱。

与石曼卿

范仲淹

某再拜．去冬以携家之计．驻赢东郊．朋来相欢．积饮伤肺．赖此闲处．可以伛息．书问盈几．修答盖稀．足下亦复懒发．绝无惠问．非求存慰．欲知起居之好尔．近诗一轴．寄于足下与滕正言．达于诸公．必笑我也．

【七十九字】

○本文录自叶楚伧《历代名人短笺》。

○范仲淹，字希文，北宋吴县（今苏州）人。

○石曼卿，名延年，北宋宋城（今商丘南）人。

○滕正言，即滕子京（宗谅），北宋洛阳人。

以诗会友

【念楼读】 阴雨天持续已久，总算开天放晴了，不知日来做何消遣？

雨天中想以《归田乐》为题作几首诗，作成两首以后，兴致忽然又没有了。圣俞老兄你也能来作两首不？我俩合作写一组诗，也是很有意思的事情。

明天饭后，盼能过来一见。

【念楼曰】 文人的好朋友，往往也是文人。因为同是文人，互相了解便比较容易，也容易找到共同的语言，这本是产生友谊、保持友谊的重要条件。欧阳修和梅圣俞，跟唐朝的白居易和元稹一样，乃是最要好的诗友，互相唱和的诗都很多，而且也都写得比较好。如此次所作的《归田乐》，欧之《夏》：

> 南风原头吹百草，草木丛深茅舍小。麦穗初齐稚子娇，
> 桑叶正肥蚕食饱。………………… 田家此乐知者谁，
> 我独知之归不早。乞身当及强健时，顾我蹉跎已衰老。

梅之《秋》：

> 秋风忽来鸣蟪蛄，豆叶半黄陂水枯。织妇夜作露欲冷，
> 社酒已熟人相呼。………………… 田家此乐乐有馀，
> 食肉缉皮裘岂无。我虽爱之乏寸土，待买短艇归江湖。

一唱一和，真是以诗会友。

与梅圣俞

欧阳修

某启．经节阴雨．犹幸且晴．不审尊候何似．闲作归田乐四首．只作得二篇．后遂无意思．欲告圣俞续成之．亦一时盛事．来日食后．早访及为望．

【五十四字】

〇本文录自《欧阳文忠公全集》卷一百四十九。

〇欧阳修，见页七注。

〇梅圣俞，见页四〇九注。

不欲作

【念楼读】 这篇送行文我实在不想写，是被逼着写出来的。自己一看，觉得有些犯讳，恐怕真的不合时宜。

你的文章却写得既得体，又漂亮。相形之下，更显得我的修养不足了。

敬请帮我认真把一把关，如果觉得拿出去不妥，我是可以重新再给他写几句的。

【念楼曰】 谁没有写过自己“不欲作”的文章呢？流沙河说：

恨平生尽写，宣传文学。早岁蛙声歌桀纣，中年狗皮卖膏药。

他说恨，而知恨亦即是知耻。知耻近乎勇，我还不够格。不过已赋遂初，恕不从命，这种“不欲作”的文章总算可以不作了。

但是还有另一类文字常常来要你“作”。请写书评呀，请赐大序呀，“拙作”请予指正呀……大都是自己作不好，不会作，因而“不欲作”的，但为了情面，为了应酬，为了敷衍，有时仍不能不勉强“作”之。结果当然只能写出一些旁人不愿看，自己不满意的东西来。真不如保留自家的“褊浅”，请他另找高明，把这类活计交给惯作“春容大雅之辞”的专家去做，实为德便。

与周淀山

归有光

送行文为诸友所强．极不欲作．而出语辄犯时讳．见昨所示春容大雅之辞．知其褊浅矣．乞高明裁示．如不可出．当别作数语酬之耳．

【五十一字】

○本文录自王士禛《池北偶谈》卷十三《前辈墨迹》所引。

○归有光，见页六七注。

○周淀山，未详。

请删削

【念楼读】 我的集子虽说编成了，却总是不放心，生怕滥收了不值得保存的文字，被人瞧不起。倒不如请爱护我的人审读一次，帮我删掉那些不该收入的。

现送上试印本一部，请将你认为应该删去的文字指出来。你是十分了解我的人，一定会帮助我的。

【念楼曰】 对自己的文章有点自信的人，不会怕别人提意见。曹植给杨修的信中说：

> 世人之著述，不能无病。仆常好人讥弹其文，有不善者，应时改定。

此种欢迎别人来“咬文嚼字”的精神，应该说是十分了不起的，尤其是才高八斗的曹子建。如今浪得虚名的作家，未必有子建之才，却容不得半点讥弹，气量未免太窄。

对于肯来“咬嚼”的人，的确应该感谢，因为他帮助你改掉了“不善”。咬嚼要用劲，还得防备硌了牙或者会反胃，不是人人都做得来或愿意做的。

皇甫子循的文集已经试印了，还能“惧有议之者”，先送一部给“深相知”“能益我”的表侄看看，请他将认为可以“删弃”的篇目指出来，这实在是很谦虚也很高明的态度。

与清甫表侄　　皇甫汸

鄙集虽完．甚不自满．惧有议之者．孰若爱我而删弃之乎．谨以一部奉览．足下深相知．必能益我也．

【三十八字】

○本文据王士禛《池北偶谈》卷十三《前辈墨迹》所引。

○皇甫汸，字子循，明长洲(今苏州)人。

○清甫，未详。

以泪濡墨

【念楼读】 我的《寒鸦赋》，真想请你给作一篇序文。

你是亲眼见到我写它的。除了你，还有谁能相信，我硬是流着眼泪把它写出来的呢？

【念楼曰】 作品希望能够得到一篇好序，大概是作者普遍都会有的一种心情。用一封二十三个字的短信求序，知道他一定会写，一定写得好，这人当然只能是自己的好朋友。如果不是好朋友，又怎么会守在旁边，目击自己“以泪濡墨”呢？

以泪濡墨，便是流着泪写文章。记得有人说过，一个能够流泪的人，总是好人；一首能够使人流泪的诗，总是好诗。《老残游记》的作者刘鹗，更把一切好的作品都视为人的哭泣，说：

> 《离骚》为屈大夫之哭泣，《庄子》为蒙叟之哭泣，《史记》为太史公之哭泣，《草堂诗集》为杜工部之哭泣；李后主以词哭，八大山人以画哭，王实甫寄哭泣于《西厢》，曹雪芹寄哭泣于《红楼梦》。

《寒鸦赋》既然是“以泪濡墨”写出来的，那便是宋祖谦的哭泣；吴冠五能陪着他哭泣，还能为他作序，肯定也是个“能够流泪的人”了。还是刘鹗说得好：

> 棋局已残，吾人将老，欲不哭泣也，得乎？

与吴冠五

宋祖谦

仆所作寒鸦赋，幸足下一序，非足下目击，不知仆以泪濡墨。

【二十三字】

○本文录自周亮工《尺牍新钞》卷一。

○宋祖谦，见页四四三注。

○吴冠五，字宗信，明末清初屯溪（今安徽黄山市）人。

选诗

【念楼读】 老人贪吃，叨扰过甚，多多得罪，深以为歉。

承不弃选拙诗为一集，甚盼吾兄要助手先誊录一份寄下，以便再做些调整。病躯日益不支，只要一口气上不来，我就会和吾兄永别，那时阴阳异路，我也就没有可能再参与了。

【念楼曰】 顾梦游的诗从明朝写到清朝，写了一世，直到晚年，才让龚贤给他选编了这么一本《茂绿轩集》。他去龚家吃饭，显然不是为了“口腹”，定是为了自己的集子，信中仍殷殷嘱托，请龚贤“先录一帙见示”，亦无非想早点见到选目，考虑要不要调整。

前人对“结集”的态度，多半都是十分谨慎的，《李长吉歌诗叙》注云：

> 乐府惟李贺最工，张籍、王建辈皆出其下，然全集不过一小册。杜牧叙曰：“贺生平所著歌诗，凡二百三十三首。”今二百三十三首具在，则长吉诗无逸者矣。其逸者，非逸也，皆贺所不欲存者也。

反观今人，则“在位”时便忙着出“全集”，不仅平日无聊应酬之作一体全收，连别人代笔的报告讲话都不割爱，文字上则任其芜杂，错字也懒得改。这不要说比不上李长吉，就是比起顾梦游来，也地隔天远。

与龚野遗　顾梦游

老病增馋．以口腹累高士．罪岂可忏耶．承选拙诗．幸侍者先录一帙见示．有未安处．及生前改窜也．一气不属．与仁兄异路矣．奈何奈何．

【五十二字】

○本文录自周亮工《尺牍新钞》卷二。
○顾梦游，字与治，清初江宁（今南京）人。
○龚野遗，名贤，字半千，清初昆山（今属江苏）人。

谈作诗

【念楼读】 我以为，诗的面目要自然，诗的内涵要深刻。

作诗的人，如果过于注重诗的形式，一味追求新奇，刻意雕琢，只想“创新”，就反而会削弱诗的思想，破坏诗的意境。这样“做”出来的诗，必然生涩隐晦，难于读懂。

但是，如果走向另一个极端，说是返璞归真，实是专事模仿，陈词旧调，敷衍成章，跟市场上搞批发零售的商贩一样，拿不出真正有吸引力的新货色，其诗则必然浅薄庸滥，千人一面，这就比生涩隐晦的更不如了。

【念楼曰】 诗不能写得太晦涩，也不能写得太浅露。施愚山自己写的诗，可以说是讲到做到的，如《天涯路》：

> 天涯望不远，尽是行人路。日日换行人，天涯路如故。
> 渺渺白云远，萋萋芳草暮。来者知为谁，但见行人去。

四十字中三见“行人”，却一点也不觉得重复。又如《书丁道人壁》：

> 山豆花开野菊秋，隔林茅屋是丹丘。
> 客来问道惟摇手，随意清泉绕屋流。

在钱谦益、吴伟业之后，施氏算是可与王士禛、朱彝尊齐名的诗人了。蒋虎臣也是个很有个性的人，他于顺治三年（一六四六）探花及第，入了翰林，四十几岁便“告老”辞官，却不回江南，西上峨眉山学佛，就死在那里。

与蒋虎臣

施闰章

夫诗以自然为至．以深造为功．才智之士．镂心刿肾．钻奇凿诡．矜诩高远．铲削元气．其病在艰涩．若借口浑沦．脱手成篇．因陈袭故．如官庖市贩．咄嗟辐辏．而不能惊魂虢目．深入人肺肠．浸就浅陋．其病反在艰涩下．

【八十二字】

〇 本文录自周亮工《尺牍新钞》卷十。

〇 施闰章，字尚白，号愚山，清宣城（今属安徽）人。

〇 蒋虎臣，名超，清金坛（今属江苏）人。

刻《文选》

【念楼读】 天天都没有一点空闲，不能与先生抵掌快谈，深以为憾。

得知文选楼刻印《文选》，此乃大大的好事。前有昭明太子，后有辟疆园主，我能追随你们之后，更多接触秦汉魏晋的好文辞，真好，真好！

【念楼曰】 昭明太子将“远自周室，迄于圣代”的文章，“都为三十卷，名曰《文选》”，时在南朝梁时，去王士禛已千二百年，“文选楼刻《文选》”，则是他眼前的事。那么，此信谈的显然不是《文选》，而是刻《文选》，有关出版事业了。

爱书的人，听到刻书印书的消息，都会十分欢喜的。倒不一定得是未曾见过的，或能归己所有。只要是好的书，印得又好，就足以使得他“良快良快”。

书要印得好，便须得有合适的人。《三科乡会墨程》也要有马二先生来选才行，如果都是萧金铉、季恬逸一流人选的，那就不堪领教。——如今替出版商选书的却大都如此，是可叹也。

在嘉兴请马二先生选书的文海楼，在杭州请匡超人选书的文瀚楼，都是书商。此文选楼则是文人刻书的地方，有如毛氏汲古阁，刘氏嘉业堂，二者不可同日而语。后来阮元在扬州又有一座文选楼，那却是王士禛死后多年的事。

与顾修远

王士禛

日日无暇．不得一把臂．奈何．文选楼刻文选．妙绝佳话．前有萧维摩．后有顾辟疆．弟得左顾右盼其间．良快良快．

【四十三字】

○本文录自周亮工《尺牍新钞》卷一。

○王士禛，号阮亭、渔洋山人，清新城（今恒台）人。

○顾修远，名沅，建有『辟疆小筑』，清长洲（今苏州）人。

○萧维摩，即梁昭明太子萧统，《文选》的编者。

读书之味

【念楼读】 我近年来精神越来越涣散，书当然还在读，可是读过便忘，记是记不住了，读却仍然不能不读。眼睛看着书，就像嘴里含着美味佳肴，倒不急于吞下肚里去，生怕一吞下去便没了。

现在读书，我真的只是为了品尝一点佳美的味道，至于对自己有没有补益，能不能够充实自己，这些已经不予考虑，也不能考虑了。

【念楼曰】 说到提倡学以致用，有副对联说得十分明白：

有功家国书常读；无益身心事莫为。

不能有功，便是无益，那就不必怎么读它。宋真宗《劝学篇》：

富家不用买良田，书中自有千钟粟。

安居不用架高堂，书中自有黄金屋。

娶妻莫恨无良媒，书中有女颜如玉。

出门不患无随从，书中车马多如簇。

“学以致用”想要“致”的项目虽然有可能变更，要求“有功家国”这一点却怎么也不会变的。

朱幼清所取的却是另一种态度，即是学不必致用，读不必有功，只求其有味便够了。他说“含美馔于两颊，而不忍下咽”，是能知味者，也是我十分忻慕的，虽然对他和那位陆三的情况一直未能详知。

与陆三

朱幼清

年来神散．读过便忘．然必欲贮之腹中．犹含美馔于两颊．而不忍下咽．我之于书．味之而已．

【三十五字】

○本文录自叶楚伧《历代名人短笺》。

○朱幼清，未详。

○陆三，未详。

说事的短信十一篇

说写字

【念楼读】 我家先世本是看重文化的南朝人，祖辈多人长于书法，各种字体在当时都颇有名声。到了我这一代，便大不如前了。虽说有幸得到张旭前辈的指点，懂得一些皮毛，但因自己天分太低，终究写不出满意的字来。

【念楼曰】 中国人习惯了谦虚。家宴请客，明明一桌子美味佳肴，也要说“没有什么吃得的，真对不起”。颜真卿在此帖（写给谁已不可考）中说自己的书法“不能佳”，也是谦虚，而态度真诚，绝非虚伪。他说他的祖上多善书法，确系事实。其《世系谱序》称颜氏先人有“巴陵、记室之书翰，特进、黄门之文章”，“巴陵”指刘宋时官巴陵太守的颜腾之，“记室”指南齐时官湘东王记室的颜协，都是著名的书家。真卿的曾祖、伯曾祖颜勤礼和颜师古，也都以学问、书法著名于唐初。及至真卿，并不是“斯道大丧”，而是“斯道大昌”了。苏轼称其书：

> 雄秀独出，一变古法，如杜子美诗，格力天纵，奄有汉魏晋宋以来风流，后之作者殆难复措手。

朱长文《续书断》列之为“神品”，谓其书法：

> 点如坠石，画如夏云，钩如屈金，戈如发弩，低昂有态，自羲、献以来，未有如公者也。

又岂是“不能佳”的？他却不仅不自满，还“自恨”不能佳，故能百尺竿头更进一步。

草篆帖

颜真卿

真卿自南朝来．上祖多以草隶篆籀为当代所称．及至小子．斯道大丧．但曾见张旭长史．颇示少糟粕．自恨无分．遂不能佳耳．

【四十八字】

○本文录自《颜鲁公文集》卷四。

○颜真卿，见页三八五注。

○张旭，字伯高，唐吴县（今苏州）人。

说挨整

【念楼读】 常说三十年为一世。柳宗元被降职下放，已经十二年，差不多就是半世了。惊雷闪电，是老天爷在发脾气，也不会发上一整天。下面的人讲几句话，惹得上面生了气，难道这下面的人就要被记恨一辈子，一世不得翻身吗？

【念楼曰】 柳宗元和刘禹锡等“八司马”参与“永贞变法”，议论风发；不巧的是唐顺宗即位即病，只八个月便退了位，八人遂全遭贬逐。柳氏被贬到永州，一待就是十年；后移至柳州，又待了五年，就死在那里了，得年才四十有七。

柳宗元是文人“参政议政”触霉头吃了大亏的一个例子。一九五七年因“争鸣”被划成“右派分子”的人，结果或劳动教养，或下放北大荒，境遇比柳氏更惨，而且右派的帽子一戴就是二十二年，比吴武陵说的十二年还多了十年，已经不止“半世”。像林昭那样要交五分钱子弹费的，更是“毕世”了。

柳宗元被贬，还有吴武陵替他鸣不平，公开写信对“圣人”表示不满。其实柳以礼部员外郎贬永州司马，仍旧是地方官，还可以自由创作《永州八记》，发一发“少人而多石”之类的牢骚，更远非“右派分子”可比。

在咱们历史上，政治自由和言论自由从来是很少的。争取自由需要付出的代价就是挨整，动辄半世、毕世，说起来真可怕，亦使人伤心。

与孟简书

吴武陵

古称一世三十年。子厚之谪十二年。殆半世矣。霆砰电射。天怒也。不能终朝。安有圣人在上。毕世而怒人臣耶。

【四十二字】

〇 本文录自叶楚伧《历代名人短笺》。

〇 吴武陵，唐信州（今江西上饶）人。

〇 孟简，字几道，唐平昌（今山西介休）人。

〇 子厚，即柳宗元，唐河东（今山西运城）人。

说苏洵

【念楼读】 天气暑热，又兼雨湿，谨祝贵体安好。

四川来了位能写文章的读书人苏洵，希望您能够接见他一次。他说这是出于对您的人格和名望的崇敬，并非个人有何希求。

他从远地而来，误以为我是您能够相信的人，先来找我介绍。一见之后，我觉得不能够拒绝他，也不能够不报告您，于是决定写这封信。行不行，见不见？一切听从裁夺。

【念楼曰】 欧阳修比苏洵只大两岁，比富弼只小三岁，三人当时的地位却相当悬殊，所以苏洵才需要通过欧阳修介绍去见富弼。说是说只“思一见而无所求”，其实“奔走德望”的目的，归根结蒂也还是希望有德望的人能够给自己以帮助，这本是士子们在考试之外的又一条出路。

“苏老泉，二十七，始发愤，读书籍”。但他发愤读书以后，仍然屡试不第，年近五十，才和两个儿子（苏轼、苏辙）同至京师谋发展。如果没有欧阳修的鼎力介绍，“三苏”凭自己的本事当然也会出头，但那就不一定会这么快，这么顺利。

介绍信总还是会要写的，无论到什么时候，只要能够像欧阳修这样写得恰如其分便好。

与富郑公书

欧阳修

某启。暑雨。不审台候何似。有蜀人苏洵者。文学之士也。自云奔走德望。思一见而无所求。然洵远人。以谓某能取信于公者。求为先容。既不可却。亦不忍欺。辄以冒闻。可否进退。则在公命也。

【七十二字】

○本文录自《欧阳文忠公全集》卷一百四十四。

○欧阳修，见页七注。

○富郑公，名弼，字彦国，封郑国公，北宋洛阳人。

○苏洵，字明允，号老泉，北宋眉山（今属四川）人。

说果木

【念楼读】 我在白鹤峰下的新房，最近已经建成了，想向你讨几样果木来栽上。

树太大难栽活，太小了老年人又等不及它结果子，所以请给我树龄大小适中的。

树蔸子带的土坨还得留大点，千万别伤了根。

啰里啰嗦，请多多原谅。

【念楼曰】 此信在《苏轼全集》卷五十五中，前面多出了二十几个字：

> 龙眼晚实愈佳，特蒙分惠，感怍不已。钱数封呈，烦聒，增悚。

在《东坡七集》里，这些却是另外一封信的最后几句。《全集》在后面还多出了两行：

> 柑、橘、柚、荔枝、杨梅、枇杷、松、柏、含笑、栀子，
>
> 漫写此数品，不必皆有，仍告，书记其东西。十二月七日。

从中可以看出苏东坡的生活趣味和生活态度。

啰里啰嗦不嫌烦聒地反复交代，树苗大小要适中，树蔸子带的土不能太少，说明他对栽树颇为内行，不是只知住花园别墅，双手不接触泥土的。

搞园艺本是亲近自然的好方式，可以满足自己的审美趣味，现代人也颇有向往于此的，只是难得有白鹤峰那样的地方来建屋栽树。

与程天侔

苏轼

白鹤峰新居成．当从天侔求数色果木．太大则难活．太小则老人不能待．当酌中者．又须土砧稍大．不伤根者为佳．不罪不罪．

【四十八字】

〇本文录自《东坡七集·续集》卷七。

〇苏轼，见页一二九注。

〇程天侔，名全父，馀未详。

说雅俗

【念楼读】 人的身心，若不常常接受古今好思想好文章的洗礼熏陶，必然染上庸俗的灰尘；一照镜子，便会发现自己的形象越来越猥琐，开口说话也不免带着越来越重的俗气。

【念楼曰】 黄庭坚是性情中人，诗词书法都极具特色，所作小文也清隽脱俗，很耐咀嚼，这封短信便是一个很好的例子。

黄庭坚不愿见庸俗的面目，不乐听庸俗的语言，自己更不甘于庸俗。他的办法便是时常“用古今浇灌之”，从古今书册中去亲近古人，使自己浸淫在他们的风格和气味里。这才能使人脱离庸俗，渐入佳境。

这佳境便是雅。雅是俗的对立面，从来是有志行的读书人所追求的境界。春秋时孟尝君田文是有名的贤公子，其父田婴却最多只能算是中材，王充著《论衡》便评论道：

> 夫田婴俗父，而田文雅子也。……故婴名暗而不明，文声贤而不灭。

到底是雅比俗好，还是俗比雅好，千百年来，人们心里都是雪亮的。但不知怎么搞的，近几十年来，却一反故常，偏要提倡“通俗化”。大众本多俗人（我亦其一），若要提高全国全民的文化素质，正患其不能渐进于雅。原已俗不可耐的演义小说，还要统统拿来重新“戏说”；赵本山那样“面目可憎”，还要加上“小沈阳”那样的故作媚态，黄庭坚若生于今世，恐怕只能向阴曹地府去办移民了。

答宋殿直

黄庭坚

人胸中久不用古今浇灌之，则尘俗生其间，照镜觉面目可憎，对人亦语言无味也。

【三十二字】

○本文录自叶楚伧《历代名人短笺》。

○黄庭坚，字鲁直，号山谷道人，北宋分宁（今江西修水）人。

○宋殿直，殿直乃是官名，馀未详。

说大伯

【念楼读】 从贵处借用的那个人，问他的名字他不说，只要人喊他“张大伯”。

什么老东西，居然一来就要做别人父亲的老兄，也未免太托大，太不自量了吧。

如果他谦逊一点，叫他声大叔还差不多，“大伯”嘛，休想！

【念楼曰】 一个借用的“剩员”，居然敢在御前书画博士面前自称“大伯”，料想他不会有这样大的胆子。据我看，一定是方言或者谐声引起的误会。碰上米芾这个颇有几分“癫”气的人，于是留下了这封很有特色的短信。

米芾的字画都极有名，文章却少见。这封信实际上只是一张便条，若不是大书法家的墨迹成了“帖”，恐怕不会流传下来。寥寥三十三字，全是脱略诙谐的口吻，算得上一篇幽默短文，与“米颠”的形象正相吻合。

前三十年容不得幽默。朋友间写个便条，也得注意莫犯错误，怕别人拿去“上纲上线”。及至“文化大革命”开始，更是动笔之先必恭录一段“最高指示”，最有风趣的人亦不敢开玩笑。要叫大伯就叫吧，如果他是三代贫农或者老革命，谁还敢讨价还价啊。

曾国藩做京官时，有张姓医生自称“张大夫”，曾氏记作“张待呼 ”，在家书中表示奇怪，也是因方言谐音引起误会之一例。

与人帖

米芾

承借剩员．其人不名．自称曰张大伯．是何老物．辄欲为人父之兄．若为大叔．犹之可也．

【三十三字】

○本文录自叶楚伧《历代名人短笺》。

○米芾，字元章，人称『米南宫』，北宋襄阳人。

说借书

【念楼读】 魏老八家藏有苏东坡笺释的《易经》和《书经》，我向他借看，他不肯。这是个只认官衔不认人的人，唯有请吾兄出面。因为你在都察院做官，“察”的就是他们这些人；你开了口，他是不敢不借的。

此外还有什么好书，也千万先寄给我看看。

【念楼曰】 自己的面子小，得求面子大的人帮忙，古今一样，此不足奇。奇的是想方设法求人，求的却是借两本书看，倒是读书人才有的脾气。

从古就有“借书一痴，还书一痴”之说。还有藏书家告诫儿孙，将书“鬻及借人为不孝”的。所以也不能因为别人不肯借书，便说他“俗恶”。

但如果肯不肯借书的标准是“只认官衔不认人”，对读书人不肯，对做官的便肯，那么说他“俗恶”也不冤枉。

为什么说，王子敬“作科道”，那位魏老八就不敢不借呢？

清朝的中央监察机关都察院，内设吏、户、礼、兵、刑、工六科给事中，又按全国行政区划设十五道监察御史，对口稽查各部各省的政事和刑名案件。六科给事中和十五道监察御史，即所谓“科道官”，有检举揭发和公开批评各部各省官员的权力，“乃朝廷耳目之官”（张居正语），故人皆畏之。

与王子敬

归有光

东坡易书二传．在家曾求魏八．不与．此君殊俗恶．乞为书求之．畏公作科道．不敢秘也．有奇书．万望见寄．

【四十字】

○本文录自《震川先生别集》卷七。

○归有光，见页六七注。

○王子敬，归氏门生。

○魏八，不详。

说交友

【念楼读】 与君结识，可谓奇缘；用套话来形容，真是相见恨晚。但如果在十年前就结识了，那时你我的见解都不如今日，知心的程度便不会如此之深，观点也不会如此一致了。

能够结识一位朋友当然是十分难得的。我则以为，不愁不相识，只愁相识了却又不能互相理解，彼此切磋。只要能达到这种境界，相见晚一些，又有什么不好呢？

【念楼曰】 都说竟陵派的作品“幽深孤峭”，大约是他们太不愿意说前人说过的话，语语必出于己，求之过深处，便不免显得有点做作，不十分自然了。

在待人接物上，钟惺也有一点“拗”，《明史》本传说他“为人严冷，不喜接俗客”，县志说“无酬酢主宾，人以是多忌之”。这种性格，自然和喜交游会做客的陈眉公大异其趣。

朋友难得的确实是都有见识而又彼此相知，能够在理解的基础上交流。抵掌畅谈固佳，静默相对亦自不恶，也不必要斤斤计较有益无益。钟惺这样说，未必是跳不出孔圣人设下的圈子，也可能是有意“严冷”一下，给眉公一个软钉子。

走在人生的道路上，所怕的便是寂寞。有一二人结伴，走起来觉得不那么冷清，就轻松多了。朋友就是这可以结伴同行的人，正不必还要他提供什么益处。这一点，钟惺自然是懂得的。

与陈眉公

钟惺

相见甚有奇缘，似恨其晚。然使十年前相见，恐识力各有未坚透处，心目不能如是之相发也。朋友相见，极是难事。鄙意又以为不患不相见，患相见之无益耳。有益矣，岂犹恨其晚哉。

【七十字】

○本文录自施蛰存《晚明二十家小品》。

○钟惺，字伯敬，明竟陵（今湖北天门）人。

○陈眉公，即陈继儒，见页四一五注。

说借钱

【念楼读】 想到芳野地方走走，请借五钱银子给我做用费。既说是借，自当奉还。——说是这么说，不过我这老头子的话，也不一定能够兑现呢。

【念楼曰】 这是日本诗人松尾芭蕉用汉文写的一封向人借钱的短信。周作人说它“在寥寥数语中，画出一个飘逸的俳人来”，确实如此。文章、气质，均可入明人尺牍，称为上品。

松尾芭蕉，日本正保至元禄（清顺治至康熙）时人。《中国大百科全书》说，他把俳谐发展为具有高度艺术性和鲜明个性的庶民诗，他的作品被日本近代文学家推崇为俳谐的典范。近代杰出作家芥川龙之介盛赞芭蕉是《万叶集》以后的最大诗人，至今他依然被日本人民奉为“俳圣”。

芭蕉擅长的俳句是日本独有的只有十七音的短诗，比中国的绝句还短，例如这一首：

古池呀，——青蛙跳入水里的声音。

还有一首：

望着十五夜的明月，终夜只绕着池走。

都明白如话，而意味悠远。如今有些中国人着意造作的“汉俳”，在报刊上发表出来的，我却看得一头雾水，简直比“走到大托铺，壁上画只富”更加不知所云。

与去来君　　松尾芭蕉

欲往芳野行脚．希惠借银五钱．此系勒借．容当奉还．唯老夫之事．亦殊难说耳．

【三十字】

○本文录自周作人《日记与尺牍》。

○松尾芭蕉，日本十七世纪的俳谐诗人。

○去来君，松尾芭蕉的一位门人。

说荻港

【念楼读】 到达荻港时,已是向晚时分。船泊在岸边,只有一片芦苇,在风中轻摇轻响。

近处再无旁人,但见一叶渔舟,在夕阳中缓缓而去。“欸乃一声山水绿”,猛然觉得,这不是柳子厚诗中的画面吗?

如果由你挥毫,用倪云林、黄子久的笔法,将这幅小景画下来,我相信,一定会成为不朽之作的。

惠赠手杖谢领,会面之后,随你去哪里,都可以追随了。

【念楼曰】 吴、奚二人是画友亦是文友,吴写信告奚,已舟抵荻港,文笔颇有画意。

这荻港在什么地方呢?郑板桥《道情十首》咏老渔翁,“沙鸥点点轻波远,荻港萧萧白昼寒”,使荻港一词更带上了诗情。但那只是泛指,并不是实有的地名。

辞典上共有三处荻港:一处在安徽滁州西北,并不近水,当然不是;一处在安徽繁昌的长江边上,是个水陆码头,发达已久,恐亦不会“芦风萧萧,四无行人”;还有一处则只能在民国二十年(一九三一)商务印书馆出版的《中国古今地名大辞典》中找到,在浙江吴兴县(今湖州市)南,临苕溪,最为近似。因为吴和奚都是钱塘(今杭州)人,活动多在浙西苏南一带,这里应是他们往来之地,当然这亦只是我的猜测。

柬奚铁生　　吴锡麒

舟抵荻港．芦风萧萧．四无行人．渔子拏小舟而出．遥赴夕阳中．欸乃一声山水绿．此时此景．得足下以倪黄小笔写之．便可千古．奉到青藤一枝．伏听驱使．

【五十九字】

○本文录自叶楚伧《历代名人短笺》。
○吴锡麒，见页三九九注。
○奚铁生，名冈，清钱塘（今杭州）人。
○拏，驾船。

说官司

【念楼读】 打官司双方举证陈词，都会力求有理有据。如何判断是非呢？我的经验是，只有从准备最充分、组织最严密的说辞中去发现他的破绽。

人们打官司，都有他们自己的目的。凡是他特别用心的地方，便是他特别需要罗织或掩饰的地方。振振有词，反而容易露出马脚，他的巧也就成为他的拙了。

至于有理的一方，通常并不会多说话。话也总是简单平实，不会有过多的增饰，甚至还会出现口误或记错。诚实和虚伪，有经验的人本可一望而知，因为诚实者总是不需要特别做作的。

【念楼曰】 此信只取其说事明白，这是观察入微、分析合理的结果，看似容易，却也难得。

人世上的事，说简单也简单，说复杂也复杂，就看人们怎样去对待它。一切事物无不有其情理，若能原其情推其理，本应该是不复杂的；怕就怕不讲情理，故意矫情言理，或者硬搞一套古往今来从未有过的歪理出来命令大家“照办”。

就说打官司吧，两造相争，当然得依法判断，而这法首先得是公平的。可是有的法官成为右派，其“错误”却是“主张依法办案”的单纯司法观点。一句“最高指示”，即可推翻所有法律，践踏一切公权，“和尚打伞，无法无天”，那就毫无情理可讲了。

复友人

李石守

凡两讼者.各据所见.无不凿凿.听讼之耳.何由鉴别.惟从其弥缝极工处.便知其极破绽处.盖天下之人.无故而多一语.此语必有所为.其极工处.乃其极拙处.若夫理直者.其言自简.了无曲折.反有拙漏.故望而知其诚伪也.

【八十六字】

○本文录自叶楚伧《历代名人短笺》，作者及其友人俱不详。

劝勉的短信十一篇

赶快走啊

【念楼读】 天道往还，有春的生机，就有冬的杀气；人事反复，有得志之日，就有失意之时。能掌握时机，决定进退，而又能堂堂正正行之，就算得大智大勇的贤者。我当然不行，不过略微能知道自己该怎么做罢了。

勾践这个人，只看他雄视阔步指点江山的样子，便可知只能共患难，不能同安乐。过去他打猎，你我是他的弓箭和猎狗；如今猎物已尽，弓箭便没有用处，猎狗也可以杀来吃了。这样的事，他这种心狠手辣的人是一定做得出来的，你还是和我一样，早点离开他吧。

如果还不快走，大祸必会临头。千万别再迟疑了，赶快走啊！

【念楼曰】 两个楚国人，辛辛苦苦进入越国，帮勾践"十年生聚，十年教训"，好不容易才灭了吴国。范蠡知道兔死狗烹、鸟尽弓藏的道理，赶快离开勾践，下海当大老板去了。文种却要帮忙帮到底，不听范蠡这番忠言，结果被勾践赐死，请他到地下去帮先王。结局反差之大，故事性之强，无逾此二人者矣。

此二人都是心想事成高明得很的人，结局不同只因知不知"进退"。当然，如果更高明一点，一开头就不进，不去与"鹰视狼步"的领袖共患难，早些下海早发财，西施也省得去陪夫差那么些年，岂不更妙。

自齐遗文种书

范蠡

吾闻天有四时，春生冬伐；人有盛衰，泰终必否。知进退存亡而不失其正，惟贤人乎！蠡虽不才，明知进退。高鸟已散，良弓将藏；狡兔已尽，良犬就烹。夫越王为人，长颈鸟喙，鹰视狼步。可与共患难，而不可共处乐；可与履危，不可与安。子若不去，将害于子，明矣。

【九十八字】

〇本文录自《全上古三代文》卷五。

〇范蠡，春秋时楚国宛（今南阳）人，助越灭吴后离去，经商致富，称陶朱公。

〇文种，春秋时楚国郢（今湖北荆州西北）人，助越灭吴后反被越王赐死。

阿房即阿亡

【念楼读】 被我国征服的原六国地区，到处都造反了，皇上还在大建阿房宫。这阿房啊，恐怕要成为“阿亡”了。

您过去一直不向始皇帝讲真话，无非是为了迎合他的意旨，以为这样才能永保富贵。可是，如今的二世皇帝已经好几次斥责您了，您也该想到自己的危险了吧！

【念楼曰】 范蠡说“狡兔已尽，良犬就烹”。文种是良犬讲良心，才死于丧良心主子之手。李斯则本是条没良心的恶犬，焚书坑儒等万恶之事都是他助成的，后来又伙同赵高害死扶苏、蒙恬，奉承秦二世大修阿房宫，残民以逞，结果被腰斩，死亦不足蔽其恶。

焚书坑儒，是想叫天下人都不敢说话；殊不知焚书坑儒以后，还有冯去疾这样的人。正史未载冯去疾其人其事，有可能出于虚构，但人们虚构出来的也就是人们希望有的，更何况“坑灰未冷山东乱，刘项原来不读书”啊！

“阿房者，阿亡也。”统治者将大兴土木作为粉饰门面维持统治的手段，而浪费民力国力的结果反而是统治更快地垮台，阿房即阿亡，一点不错。

秦皇和李斯倒行逆施自食恶果，报应来得和“四人帮”一样快。“阿房者，阿亡也”的警告对他们并没有起作用，也起不了作用，但对天下后世竭天下之力想扬国威、行霸道的小秦皇、小李斯，仍不失为一服清凉散。

与李斯书

冯去疾

山东群盗大起，而上方治阿房宫。阿房者，阿亡也。君前以不直谏阿上意，谓爵禄可以永终。然今上数诮让君，君其危哉。

【四十六字】

○本文录自王符曾《古文小品咀华》。

○冯去疾，秦人，馀未详。

○李斯，战国楚国上蔡（今属河南）人，入秦为丞相，后死于赵高手中。

积极与消极

【念楼读】 我认为，人的成就主要表现在三个方面：最重要的是道德，其次是事功，再次是立言。

伯陵先生您的个人修养和操行的确十分高尚，连生活小节都无瑕可指，这当然可贵。但道德不该只限于一身，它可以并且应当通过著作和事功表现出来，这一点希望您能更加注意。最好能在上述三个方面都做出成绩，您就可以达到更高的境界了。

【念楼曰】 挚峻和司马迁是从少时起就交好的朋友，两人对现实的态度却并不相同。

司马迁抱着入世的态度，修身立德以周公孔子为法，著述立言争文采表于后世，治事立功日夜思竭其才力，乃至给挚峻写信，为李陵游说，亦莫非想积极地帮助朋友，以为这样就可以“自我实现”。而事乃有大谬不然者，积极的结果是“佴之蚕室”，连睾丸阴茎都被割掉了。

挚峻却抱着出世的态度，他回答司马迁道：

> 能者见利，不肖者自屏，亦其时也。《周易》：“大君有命，小人勿用。”徒欲偃仰从容，以送馀齿耳。

自居于“不肖”“小人”，将立德立功立言的事业让给“能者”和“大君”去做，于是终身不仕，老死山林，至少保全了传宗接代的器官。

与挚伯陵书

司马迁

迁闻君子所贵乎道者三．太上立德．其次立功．其次立言．伏惟伯陵．材能绝人．高尚其志．以善厥身．冰清玉洁．不以细行荷累其名．固已贵矣．然未尽太上之所繇也．愿先生少致意焉．

【七十字】

〇 本文录自《全汉文》卷二十六。

〇 司马迁，见页三注。

〇 挚伯陵，即挚峻，西汉长安（今西安）人。

〇 繇，同「由」。

戒阿谀奉承

【念楼读】 君房先生：被选任宰辅大臣，当然是极好的事。但只有心中想着施仁政，辅佐君王行义道，才会使天下百姓高兴。

千万别阿谀奉承。如果君王不对时也一味顺从他，完全放弃了自己的责任，那就会害国害民，最后还会害了自己。

【念楼曰】 严子陵是不愿做官的人，如今富春江上还留有一座钓台，作为他“独向清江钓秋水”的见证。

侯霸却是个很会做官的人，在汉成帝时为太子舍人；王莽篡国后反得提升，最后当上了淮平（临淮）郡的太守，很能保全地方；王莽败灭，又被光武帝征为尚书令，旋即升任司徒，“位至鼎司”了。

鼎司指国之三公，即司徒、司马、司空，又称太师、太傅、太保，为古代朝廷中最重要的大臣，相当于宰相。后来官制变迁，这些渐渐都成了虚衔。侯霸能历事三朝，成为不倒翁，一是比较能干，二是十分听话，一直能得皇帝的欢心。他的下任韩歆，即因顶撞光武帝，被责令自杀。

严光给侯霸打预防针，不为无见。后来侯霸视事九年，并没有“阿谀顺旨”到“要领绝”的程度，也许是严光的劝勉起了作用。

口授答侯霸　严光

君房足下．位至鼎司．甚善．怀仁辅义天下悦．阿谀顺旨要领绝．

【二十四字】

○本文录自《全后汉文》卷二十七。

○严光，字子陵，汉馀姚（今属浙江）人。

○侯霸，字君房，汉密县（今河南新密市）人。

绝交

【念楼读】 还记得吗？我到丰县做县令时，你母亲刚去世，你便脱下孝服，前来见我。后来我当了侍书御史，你又忙不迭跑到御史衙门来。

如今你的官做大了，便派办事员来召见我这个降了职的郎官。难道你真以为自己就要当丞相、廷尉，我真成了你的下属，会以你的传见为荣吗？

刘伯宗呀刘伯宗，你对待老熟人，是不是太无情无义了啊？

【念楼曰】 朱穆二十来岁便当了县级官，因被举高第，桓帝时又当上了侍御史；数年后又升任冀州刺史，秩二千石，是位次九卿的高官了。可是因为查办宦官葬父逾制开棺陈尸（不开棺陈尸又怎能查明逾制的程度？），他被征诣廷尉问话，结果降作“左校”。这是管理制造工徒的“将作大匠”属下的小官，秩六百石（县令秩六百石至一千石），被一撸到底了。给刘伯宗的绝交信，大约便是这时写的。

刘伯宗的表现，现在来看亦属寻常。也可能他自己为“部民”时，去谒县令、见御史，态度太谦卑，太巴结了；如今成了秩二千石的高官，传见郎官也是按规矩行事，自然而然摆起了上级的架子，却忘记此郎官原来是自己卑躬屈膝巴结过的人。

与刘伯宗绝交书

朱穆

昔我为丰令．足下不遭母忧乎．亲解缞经．来入丰寺．及我为侍书御史．足下亲来入台．足下今为二千石．我下为郎．乃反因计吏以谒相与．足下岂丞尉之徒．我岂足下部民．欲以此谒为荣宠乎．咄．刘伯宗．于仁义之道．何其薄哉．

【八十七字】

○本文录自《全后汉文》卷二十八。

○朱穆，字公叔，东汉南阳郡宛（今河南南阳）人。

○刘伯宗，未详。

勿禁渔

【念楼读】 天地之间的水面宽得很。人去搅动它，不会使它显得更浊；不去搅动，也不会让它显得更清。人在江湖水面上本来是完全自由的。

现在政府却不许老百姓下江湖捕鱼了，撒一网，装一笱，都要扣留他们的渔具，不交罚款便取不回。听说有时罚款高达上十四布，老百姓怎么负担得起？

我真有点不明白：以前管漆园的庄子，怎么能稳坐在江边垂钓，楚王的使者到了身后也不回头？还有《楚辞》写的那位渔父，怎么能悠然自得地摇着桨唱“沧浪之水清兮”，自由自在地在江上打鱼呢？

【念楼曰】 京戏里有一出《打渔杀家》，萧恩带着女儿桂英打鱼为生，本不想再惹是生非，安分守己地做顺民；偏偏又来人讨渔税，激化了矛盾，于是结果只能“杀家”——重出江湖。王胡之劝庾氏莫夺渔具莫罚款，其实还是为了“稳定”着想，是在退火，不是点火。

其实有时候禁渔也是必要的。《国语》：“水虫孕，水虞于是乎禁置罣罶。”在鱼的繁殖季节，历史上从来提倡禁渔，但保护资源不宜以命令强迫行之，尤其不该一年四季霸着江湖“讨渔税”，断了小民的生路。鱼要活，人也要活。

与庾安西笺

王胡之

此间万顷江湖，挠之不浊，澄之不清。而百姓投一纶，下一筌者，皆夺其鱼器，不输十匹，皆不得放。不知漆园吏何得持竿不顾，渔父鼓枻而歌沧浪也。

【五十七字】

○本文录自《全晋文》卷二十。

○王胡之，字修龄，东晋琅邪临沂（今属山东）人。

○庾安西，名翼，字稚恭，东晋鄢陵（今属河南）人，为安西将军。

难为兄

【念楼读】 你家这位“小和尚”弟弟，其实是颇有思想的。人很潇洒，却少有轻率随便的时候。发言能说透道理，诗文也称得上一流。讲句玩笑话，只怕二位还难得做他的老兄，对于他的“进步”，你们就不必过于操心了。

【念楼曰】 南北朝时，陈寔的儿子元方、季方都很有名，孙辈争论他俩谁更有名，陈寔裁判道：

元方难为兄，季方难为弟。

从此“难兄难弟”便作为成语流传下来了。

王昕、王晖是“扪虱谈兵”的王猛的后人，兄弟九人，俱有才学，世称“王氏九龙”。信中说的“弥郎”即王晞，小名沙弥，意思就是小和尚。王昕、王晖是王晞的哥哥，关心弟弟的进步，多次从洛阳寄信给和王晞在一起的邢臧，传达教训之意。

哥哥关心弟弟当然是很好的事情，但也得先了解弟弟的实际情况，做到有的放矢。如果弟弟已经“丽绝当世”，水平早就超过了哥哥，那就不必以居高临下的态度出之，还是平等相待为好。

这道理也适用于一切传道授业解惑的人，尤其是自以为有这种责任的人。如果硬要以为只有自己高明，随时随地都要来“宣传群众，教育群众”，种种麻烦很可能便由此而起。

与王昕王晖书

邢臧

贤弟弥郎。意识深远。旷达不羁。简于造次。言必诣理。吟咏情性。往往丽绝当世。恐足下方难为兄。不暇虑其不进也。

【四十四字】

○本文录自《全后魏文》卷四十三。

○邢臧，字子良，北朝鄚（今河北任丘）人。

○王昕、王晖，北朝剧（今山东寿光）人。

请宽心

【念楼读】 有幸和令弟同事，因而得知您心境开朗，著作宏富，丝毫没有为小小得失牵累，一心以自己的文章启迪今人传之后世，竹溪先生您真可以说是事业有成，自我实现了。

小人得志暂时风光的人多着呢，真正能够以学问文章留名今后的又能有几人？那些只图眼前风光的人，他们是不会有今后的，一定的。

【念楼曰】 只知道林希逸工诗文，善书画，学问也好，研究《易》《礼》《春秋》和老庄、列子，都有著作刊行；却不知道他因何"戚戚得丧"，大约总是在朝为官犯错误受了处分吧。

文天祥和林希逸的弟弟"为寅恭"，便是同僚好友，还有"年谊"（同科考试及第）。他关心同僚的兄长，体贴入微，令人感动。我从小学三年级起就知道文天祥是著名将领，是为国捐躯的烈士，"孔曰成仁，孟曰取义"直到如今还背得出来，却不太知道他也是一个充满了人情味的人。

不知从什么时候起，英雄烈士都成了"特殊材料制成的"，既能克制世俗的欲望，也能拒绝正常的情感，完全"脱离了低级趣味"。如果告诉他，文天祥不仅曾经如此同情"犯错误"的人，还十分喜欢声色女乐，只怕他还会不相信呢。

勉林学士希逸

文天祥

某夙有幸，获与介弟为寅恭，因之有以询居处著作之万一，不戚戚得丧，而言语文章，足以诏今传后，竹溪先生何憾哉！一日之赫赫者多矣，千载而赫赫者几人？为一日计者，无千载也，决矣。

【七十三字】

○ 本文录自叶楚伧《历代名人短笺》。
○ 文天祥，号文山，南宋庐陵（今江西吉安）人。
○ 希逸，指林希逸，号竹溪，南宋福清（今属福建）人。

不可与同游

【念楼读】 灵谷寺的松林的确幽美，寺前那条溪涧给人的印象也不差。要去游玩，最好是约唐存忆一同前往。

像吕豫石那样一副人事处长相，脚还没提起肚子已经往前挺；李玄素则一身长袍大褂，走起路来大摇大摆，差不多要甩断挂起来给人看的玉鱼。在热闹大街上拦着骑马坐轿的打招呼，故意大声讲话，引起路人注意，才是他们的本色。好山好水之间，是容不得这号角色的。

【念楼曰】 别人要去游灵谷寺（在南京紫金山之阳，原名蒋山寺），约谁同去，本是别人的事。王君却偏要苦苦地劝他，只能约某人去，不能约某某等人去；而不能去的理由，则在其“足未行而肚先走”“两摆摇断玉鱼”，总之是官架子太足，太俗了。于此可见王君的性情直率可爱，其刻画人物的手段入木三分，妙不可言。

王君笔下的吕豫石、李玄素之流，现在的“精英阶层”中仍然大大的有，不过长袍大褂变成了名牌西服，拦住大声打招呼的也该是进口名牌敞篷车了。

名胜风景处，俗人不可与同游，这一点尤其深得我心。每年两次可与离休局、处长同游，我总是宁愿放弃。

答李伯襄　　王思任

灵谷松妙．寺前涧亦可．约唐存忆同往则妙．若吕豫石一脸旧选君气．足未行而肚先走．李玄素两襬摇断玉鱼．往来三山街．邀喝人下马．是其本等．山水之间．着不得也．

【六十五字】

○本文录自王思任《文饭小品》。
○王思任，见页三九三注。
○李伯襄，未详。

交好人

【念楼读】 野梨子又酸又涩，简直跟枳实一样，不能入口。将它的枝段和优良果树嫁接以后，结出来的梨就勉强可以吃得了。再嫁接几次，口味居然赛过了又甜又脆的哀家梨。

由此可见，人之相交，一定要交品质好、学问好的好人。

【念楼曰】 以果木嫁接作譬喻，说明应该“相与好人”，算得上会写信的高手了。但也有人质疑，说“相与好人”便可以转化人的气质，事实上恐怕没有这样简单。

第一，好人不是那么现成好找的。“行要好伴，住要好邻”，这话谁都会同意，却只能是一厢情愿。中苏两党论战时，苏方来信所引俄罗斯的谚语不是说“人们可以选择老婆，却无法选择自己的邻居”吗？

第二，“嫁接”的办法也容易发生偏向。且不说桃根是不是最好的嫁接材料，即使都嫁接成功，清一色地“改造”成了“哀梨”，世界上的梨子全是一种口味，岂不又会使人觉得过于单调了吗，到那时，酸涩的野梨只怕倒成了如今的“土鸡蛋”，想吃也难得吃到了。

孔夫子赞成交“益友”，段一洁说“不可不相与好人”，出发点都没错。但“益”的标准是于我有益，“相与好人”是为了自己好，则过于从功利考虑了。

人生在世，恐怕不能事事全为功利，还应该有自己的理想和自己的兴趣追求。

与吴介兹　　段一洁

野梨酸涩类枳．断桃根接之．稍可啖．再接之．三接之．甘脆远过哀梨．可见人不可不相与好人也．

【三十七字】

〇本文录自叶楚伧《历代名人短笺》。
〇段一洁，未详。
〇吴介兹，未详。

敬恕二字

【念楼读】 吾兄连年作战有功，已经当上总兵官，独当一面。国家论功行赏，给的待遇很是优厚。很快你又要升任提督军门，位置更高，荣名更大，责任也更大了。

我愿奉赠吾兄两个字：律己要“敬”，做大事小事都要小心谨慎，不敢疏忽；待人要“恕”，功不全归自己，过不推诿别人，事事都要留有馀地。能时时记住这两个字，自会胜任愉快，永远成功，谨此祝贺。

【念楼曰】 以上十封信，都是文人写给文人的，文人规劝文人的。写信的如范蠡曾是越国上将军，接信的如李斯正做秦朝丞相，但他们本质上仍然是文人。只有这封信，写信的曾国藩时为总督，节制江南四省军政，也仍是文人行事；接信的鲍超却是一介武夫，接到信得请营中的“老夫子”念把他听，给他讲解。

鲍超虽然不识字，却是曾国藩手下一员得力的战将。此时他已“开府作镇”，当上镇台（相当师级），马上就要升提督军门（军级）了。曾国藩要使用他，就得教育他，使他少犯错，不坍台。都说曾氏能用人，会用人，这封信便是范例之一。“乱世英雄起四方”，出身草莽，因为不怕死，打仗打成了大官的，历朝历代都有。不听教训，结果身败名裂的，曾手下有李世忠、陈国瑞，后来也不乏其人。

与鲍春霆

曾国藩

足下数年以来．水陆数百战．开府作镇．国家酬奖之典．亦可谓至优极渥．指日荣晋提军．勋位并隆．务宜敬以持躬．恕以待人．敬则小心翼翼．事无巨细．皆不敢忽．恕则凡事留馀地以处人．功不独居．过不推诿．常常记此二字．则长履大任．福祚无量矣．

【九十六字】

○ 本文录自《曾文正公全集》。

○ 曾国藩，号涤生，清湖南湘乡白杨坪（今属双峰）人。

○ 鲍春霆，名超，清四川奉节（今属重庆）人。

家人的短信十一篇

陌上花开

实至名归

【念楼读】 见到徐伯章的来信，那草字真是写得妙极了。懂得书法的人看了，无不极口称赞。

可见才艺只能靠努力养成，有了才艺自然会得到赏识，名声一定会起来，实至则名归啊。

【念楼曰】 班固、班超兄弟和他们的姊妹班昭，真可谓一门三杰，历史上很少见。除了受父亲班彪的影响，同胞间互相砥砺，也应该是他们学问事业有成的重要原因。

徐伯章是班超的朋友，后来又是班超立功西域的重要助手。班固见徐伯章的草字写得好，众人“莫不叹息”，立即抓住这件事情给弟弟班超写信，给他讲“艺由己立，名自人成”的道理，进行教育和鼓励。这在平常朋友通信中是不大常见的。

班超大约也曾用功练习过书法，后来却决心建功万里外，投笔从戎了。班固自己亦不以书法成名，这里谈的只是个人成功得靠自己努力的普遍真理，伯章书“稿势殊工”，不过是写信的一个由头。

“艺由己立”，关键在己，自己不能练出真本事，是立不起来的。“名自人成”，关键好像在别人，别人不认可，不赞赏，确实也成不了名；但仔细一想，关键仍在自己，如果自己不能凭本事立起来，别人又怎么会认可，会赞赏呢？

与弟超书

班固

得伯章书．稿势殊工．知识读之．莫不叹息．实亦艺由己立．名自人成．

【二十六字】

○本文录自《全后汉文》卷二十五。

○班固，字孟坚，后汉安陵（今陕西咸阳东北）人。

○弟超，班固之弟班超，字仲升。

○伯章，姓徐名干，后汉平陵（今咸阳西北）人，班超的同事。

注重人格

【念楼读】 听说你要外出当差，家中四壁空空，如何筹措一切？

论名望我家最低，论家境我家最穷。但不能因为地位低就抬不起头，不能因为家里穷不自尊自重，人格是最要紧的。

【念楼曰】 司马徽在《三国演义》第三十七回中以高士面貌出现过，那是小说家言。他确实有品德，时人称之为“水镜先生”，可见其行事相当透明，见解比较透彻。儿子走向社会，司马徽交代他的不是如何处世应酬，争取机会，而是只怕他“志不壮”“行不高”，不能够自尊自重，丧失品格。

俗话说，“人穷志短，马瘦毛长”；司马徽教子，却教他越穷越要有志气。这和《颜氏家训》所云，齐朝一士大夫教子鲜卑语及弹琵琶，“以此伏事公卿，无不宠爱”，正是极端相反的两种态度。

读书人从来便可以分成两类。一类的生活目标是“伏事公卿”，只要能升官发财，无论干什么都可以。一类的生活目标却是要养成并保持高尚的品格，即使“室如悬磬”，也不能“摧眉折腰事权贵，使我不得开心颜”。水镜先生当然属于后一类。

此处以“人格”为题，古时当然无此词语，但教子“勿以薄而志不壮，贫而行不高”，亦可以“注重人格”形容之，至少我是这样看的。卢梭首倡“天赋人权”，人权既属天赋，则人人生而有之，并不是卢梭喊出来的。人格也应该是人人生而有之，往来古今一样的吧。

诫子书

司马徽

闻汝充役．室如悬磬．何以自辨．论德则吾薄．说居则吾贫．勿以薄而志不壮．贫而行不高也．

【三十五字】

〇 本文录自《全后汉文》卷八十六。

〇 司马徽，字德操，后汉阳翟（今河南禹州）人。

为子求妇

【念楼读】 容儿是长子，也成年了。作为他的父亲，我只有这样，上等人家谁会嫁女给他？就从平民小户中给他找对象吧，我还真想早一点抱孙子呢。

找亲家本无须门当户对，好子女亦未必出自高门。扬子云写得出仿《论语》的《法言》，却并不姓孔。我家舜帝爷是圣人，他父母和弟弟的名声却不好。说什么木有根水有源，反正虞家世世代代都出痴子，无非下一代再出一个就是了。

【念楼曰】 举出虞舜“父顽母嚚”（语出《史记》）的例子来对抗“龙生龙，凤生凤”的观点，可谓高明。（嚚，音寅，愚顽、奸诈的意思。）

三国时无“阶级出身”之说，但看重世家旧族，本质上和这也差不多。

只是，找亲家看阶级出身、家庭成分，在二十世纪五六十年代似乎尤其被人重视，简直害苦了整整一代人。但虞翻生于一千七百多年前，能够破除门户之见，说出“芝草无根，醴泉无源”这样的话来，毕竟非常难得。

家书尤其是父兄写给子弟的，往往都一本正经，板着面孔说话，这也是讲究尊卑长幼秩序的传统文化的一种特色。虞翻此信能打破常规，以“虞家世法出痴子”一语结束，看似自嘲，实系幽默，使人耳目一新。

与弟书　　虞翻

长子容当为求妇．其父如此．谁肯嫁之者．造求小姓．足使生子．天其福人．不在旧族．扬雄之才．非出孔氏．芝草无根．醴泉无源．家圣受禅．父顽母嚚．虞家世法出痴子．

【六十三字】

○本文录自《全三国文》卷六十八。

○虞翻，字仲翔，三国时吴馀姚（今属浙江）人。

勿求长生

【念楼读】 有理想的人，只怕活得没价值，不怕活得不久长。敬神仙，求长生，像水中捞月，无论如何也捞不上，只能是一种妄想罢了。

【念楼曰】 成汉是晋室衰败时出现的“十六国”中最早建立的小国之一，以成都为中心，从西晋太安到东晋永和间，存在了四十多年。因为远离中原战乱，成汉前三十年中“事少役稀，百姓富实”。天师道教于是在那里盛行，教主范长生竟做了丞相，社会上信神仙求长生的人越来越多。陈惠谦的侄儿沉溺得可能过深，才引出这样一封信。

“君子疾没世而名不称焉”是孔子的话，他追求的不是长生，而是自我实现。陈惠谦用这句话来教育侄儿：人不能把活下去当成人生唯一的目的，不该痴心妄想追求长生久视，因为这“如系风捕影”，事实上做不到。

系风捕影，就是想捆住天风、捉住人影，乃是水中捞月一样根本不可能的事情。

能够认识到妄求长生“如系风捕影”，又能够写出这样的信来，陈惠谦当然是读通了书的人。她侄儿想必也是个读书人，如果不是，陈惠谦也不会对牛弹琴，浪费笔墨。有的人不读书，没思想，不能也不敢怀疑神仙和准神仙的存在和万能，于是迷信它，崇拜它……一直干着系风捕影的蠢事。

戒兄子伯思　陈惠谦

君子疾没世而名不称．不患年不长也．

且夫神仙愚惑．如系风捕影．非可得也．

【三十字】

〇本文录自《全后汉文》卷九十六。

〇陈惠谦，东汉成固（今陕西城固）人，度辽将军张亮则之妻。

将人当作人

【念楼读】 你们年纪尚小，早晚生活安排，定有不少困难。现派去一名劳役，帮助你们做点打柴挑水之类的事情。他虽系奴仆，同样是人生父母养的，对待他务必要和善一些。

【念楼曰】 陶渊明在《责子诗》中嗟叹过，自己“白发被两鬓”了，“虽有五男儿”，长子“阿舒已二八”还只有十六岁，最幼的“通子重九龄，但觅梨与栗”，更不懂事。所以他去彭泽当县令，便派一名“力”（干力气活的奴仆）回家来助“薪水之劳”，照顾自己的儿子，这是出于父子之情。但在顾惜自己儿子的同时，他还能顾惜到这名“力”也是人家的儿子，说出“此亦人子也，可善遇之”这句话来，可谓充满了博爱的精神，“幼吾幼以及人之幼”了。就凭这一句话，陶渊明便当之无愧可称为人道主义者。

“此亦人子也”，就是将人当作人；但是还有一种与此相反的态度，则是不将人当作人。秦始皇之对儒生，希特勒之对犹太人，斯大林之对富农和“人民公敌”，便是不将人当作人。“死掉几个亿，还有几个亿”，也是不将人当作人。

在人类历史上，如陶公这样的智者哲人，他们的仁爱之心、人道主义的思想，永远是最灿烂的明星，指示着进化和提升的方向。屠戮、虐杀、迫害人之子的独裁者和暴君，则一个个都已经或必然会被钉在耻辱柱上，永远被人唾骂。

遣力给子书

陶潜

汝旦夕之费.自给为难.今遣此力.助汝薪水之劳.此亦人子也.可善遇之.

【二十八字】

〇本文录自叶楚伧《历代名人短笺》。

〇陶潜，又名渊明，字元亮，东晋浔阳（今江西九江）人。

人与文

【念楼读】 你年纪还轻，最要紧的是学习。事业要做大，成就要久长，也先要好好学习。孔夫子说，他思考问题思考到不吃不睡的程度，思考来思考去还是空对空，总不如埋头学习，才能实实在在得益。

不学习犹如脸贴着墙，会一无所知；外表再好看也是猴子穿新衣，成不了人。

学习首先要学会做人，同时也要学会做文章。做人要讲规矩，要稳重，要认真；做文章却要放得开，可以自由潇洒一点。

【念楼曰】 宋徽宗、李后主和这位梁简文帝，都是天生的文化人胚子。他们如果不生在帝王家，便不会亡国，被俘，被害，便可以多写好多年诗词，多画好多年的画，这对于诗，对于画，对于他们自己，实在都是最大最大的好事。

简文帝七岁能诗，是南朝宫体诗的主要作者，写过不少清丽可诵的好诗，如《金闺思》二首：

> 游子久不返，妾身当何依。日移孤影动，羞睹燕双飞。（其一）
>
> 自君之别矣，不复染膏脂。南风送归雁，聊以寄相思。（其二）

他以“立身先须谨重，文章且须放荡”教子，我以为也不错。如果错了，那岂不是“文章先须谨重，立身必须放荡”吗？何况他的诗文也并不怎么放荡。

诫当阳公大心书

萧纲

汝年时尚幼，所阙者学，可久可大，其唯学欤。所以孔丘言，吾尝终日不食，终夜不寝，以思，无益，不如学也。若使墙面而立，沐猴而冠，吾所不取。立身之道，与文章异，立身先须谨重，文章且须放荡。

【七十四字】

〇 本文录自《全梁文》卷十一。

〇 萧纲，梁简文帝，字世缵。

〇 当阳公，名大心，字仁恕，萧纲子。

不可不守

【念楼读】 每个人都应该尽自己的责任，不应该放弃自己的责任。去年我受处分，就是因为坚持原则，不肯随风使舵跟着去当历史的罪人。虽被贬谪外地，但我并不以此为耻辱。绪儿和汝儿你们也应该理解我，要知道人是不应该放弃责任的啊。

【念楼曰】 颜真卿多次以“言事得罪”，第一次在四十一岁为侍御史时，反对宰相吉温以私怨构陷属官，被派去洛阳做采访判官；第二次在四十四岁任武（兵）部员外郎时，不附和宰相杨国忠，被外放为平原郡太守；第三次是四十九岁以功除宪（刑）部尚书才八个月，又以“于军国之事知无不言”为宰相忌，出为冯翊（同州）太守；第四次在五十二岁内调刑部侍郎后，唐肃宗将玄宗迁入西宫，他“首率百官”去问候玄宗，被贬为蓬州长史；第五次在五十八岁复任刑部尚书后，上疏切谏不得阻遏百官论政，接着又言太庙祭器不修，宰相元载遂以“诽谤”之罪，贬他作硖州别驾，旋移贬吉州别驾。这封信就是他在吉州时写的。

这次被贬，颜真卿在外州外郡待了十一年，直到六十九岁时，忌恨他的元载垮了台，才回朝复任刑部尚书，而后又以直言为宰相卢杞所憎，终于被卢借刀杀人——在七十五岁时因奉派劝谕叛军，被扣押，七十七岁时送掉了老命，实践了“不可不守”的宣言。

与绪汝书

颜真卿

政可守．不可不守．吾去岁中言事得罪．又不能逆道徇时．为千古罪人也．虽贬居远方．终身不耻．绪汝等当须会吾之志．不可不守也．

【五十一字】

○本文录自《全唐文》卷三百三十七。

○颜真卿，见页三八五注。

○绪、汝，很可能是颜氏二子頵、硕的小名。

贺侄及第

【念楼读】 我被贬到海南，流落在广州时，在颠沛的旅途中得知侄儿考取，倦苦的心情不禁为之一喜。

三哥一生孝义，律己严明；嫂子治家能干，教子有方，你们如今终于得到了回报。

明天就要渡海，匆匆写此数行，让嫂嫂知道我的心意就行了。

【念楼曰】 科举制度肇自隋唐，至宋代已臻完备。子弟读书应试，成为士人家庭中的头等大事。苏轼只有一个同胞的弟弟，这位三哥肯定是排行的，而且已经去世，故堂侄考试及第，便只能向嫂氏祝贺；称之曰太君，则其年纪至少已逾六旬，早过了防闲的警戒线。不然的话，古时叔嫂不通音问，“嫂溺援之以手”也不允许，苏东坡又怎么能给嫂嫂写信？

苏轼谪海南时在绍圣四年（一〇九七），四月在惠州接到命令，独身携幼子苏过启程，六月十一日由雷州渡海，七月二日抵达安置地儋州。那么这封信应该是从惠州到雷州途经广州时写的，其时他也是六十二岁的老人了。

人愈老，愈处于狼狈流离之中，愈会觉得亲情的可贵，当然这也只有在承认亲情、尊重亲情的社会中才能如此。

与史氏太君嫂　　　　苏轼

某谪海南．狼狈广州．知时侄及第．流落中尤以为庆．乃知三哥平生孝义．廉静自守．嫂贤明教诲有方．天不虚报也．明日当渡大海．聊致此书．嫂知意而已．

【五十九字】

○本文录自中华书局《苏轼全集》第六十卷。

○苏轼，见页一二九注。

缓缓归

【念楼读】 路畔田头，野花已经开遍，你也可以慢慢收拾回家来了吧！

【念楼曰】 “乱世英雄出四方，有枪就是草头王。”写这封信的钱镠，就是这样一位乱世英雄。他原是个私盐贩子，恰逢残唐乱世，便拿起刀枪，凭自己本事，居然成了称霸一方的吴越国王。

这封信是他写给回娘家的夫人，催她回来的，却写得旖旎有致，充满了温情，全不像赳赳武夫的手笔。

看得出钱大王很爱夫人，希望她快点归来。信只有两句，第一句“陌上花开”，点明此际春光大好，提醒夫人不要辜负大好芳时。明明心情迫切，第二句“可缓缓归矣”却欲擒故纵，含蓄委婉，完全以商量的口气，显出了一片好男人的温柔。

在家庭和夫妻生活中，女人所希冀的，莫过于男人能注意并尊重她们的身心，“以所爱妇女的快乐为快乐而不耽于她们的供奉”(Symons 氏论凯沙诺伐语)。而在古代东方，女人普遍只是工具和器物，实在太不可能有这样的享受，似此者可谓难得。

后来苏东坡以《陌上花》为题作诗，有句云：

> 遗民几度垂垂老，游女长歌缓缓归。

钱大王这封信居然化为歌诗，传播开来，流传后世，这就是比唐昭宗赐给他的丹书铁券更可贵的奖赏了。

与夫人书

钱镠

陌上花开．可缓缓归矣．

【九字】

○本文录自叶楚伧《历代名人短笺》。

○钱镠，五代时吴越国王，临安（今杭州）人。

维君自爱

【念楼读】 住城内不如住郊区，住郊区又不如住山中。你愿意搬到西林寺中小住，当然很好。但山居不免寂寞，务请善自珍摄，多多保重。

【念楼曰】 周亮工《尺牍新钞》全书作者二百三十七人中，女子只占二人，又只有周庚（明瑛）一人给丈夫写了信。

从此信可以看出，这是一对互相体贴的夫妻，又是两个彼此理解，能够平等地进行文字交流的朋友。在中国古代历史上，此最难得。

古时妻子与丈夫以文字交流，最早的当然是徐淑，可惜知名度不高。卓文君和司马相如开头浪漫，最后却只留下一首悲悲切切求男人"白头不相离"的哀歌。王献之《别郗氏妻》动了真情，郗氏却不见答复，也不知她能不能文。李清照和赵明诚，如《金石录后序》所叙，实可谓空前佳偶，他们夫妇之间除了诗词，也一定会有书信往来，却未能传之后世。周庚这封信，真要算是吉光片羽。

我想，女人若无特别原因，总是不会乐意"夫子"住到别处的。周庚与陈承纩既是夫妻，又是文友，才会有所不同，但"惟君自爱"四字轻轻落墨，意思却也深长。

与夫子

周庚

城不如郊．郊不如山．徙之西林诚善也．山静日长．惟君自爱．

【二十三字】

○ 本文录自周亮工《尺牍新钞》卷之十。

○ 周庚，字明瑛，明末清初莆田（今属福建）人。

○ 夫子，此指周庚之夫陈承纩（号挟公）。

怎样习字

【念楼读】 怎样习字呢？首先总要力求写得好看。学颜真卿、柳公权，如果学得好，字写出来既好看，又有骨力；学赵孟頫、董其昌，字写出来看是好看，就怕气魄不够，失之于纤弱。

你的天分并不低，问题是从前初学之时，没有善于讲解指导的老师；近来稍有进步，自己又好高骛远，急于求成。如今想要提高，既不可脱离原有的基础，又不可见异思迁、随意模仿，才不会走弯路。

【念楼曰】 此信写于同治五年（一八六六）二月十八日，此时曾国藩以钦差大臣、两江总督的身份，主持直隶、山东、河南三省的“剿捻”，正在山东。以位高任重、百事纷集之身，尚能对儿子应该怎样习字进行教导，实在难得。

曾国藩是教子成功的典型。他教子成功，一是时时不忘教，二是事事会得教。比如此信教导怎样习字，便讲得十分切实中肯，完全出于自己的切身体会。在这件事上，还有一个最好的例子，便是咸丰九年（一八五九）八月十二日谈“作字换笔之法”一信，对横、直、捺、撇四种笔画都做了图解，“凡换笔（处）皆以小圈识之”。这封信在所有曾集包括全集中都完全印错了，读者将其和拙编《曾国藩往来家书全编》上卷一六〇至一六三页对照一看，便可明白。

字谕纪鸿　　曾国藩

凡作字．总要写得秀．学颜柳．学其秀而能雄．学赵董．恐秀而失之弱耳．尔并非下等姿质．特从前无善讲善诱之师．近来又颇有好高好速之弊．若求长进．须勿忘而兼以勿助．乃不致走入荆棘耳．

【七十五字】

○本文录自《曾文正公全集》。

○曾国藩，见页五四五注。

○纪鸿，曾国藩之次子。

临终的短信八篇

不要造大墓

【念楼读】 我一生带兵作战，知道带兵作战是不会有好结果的。在战争中，我不止一次派人挖过大墓，因为大墓中用的木料多，可以取出来制作攻城或守城的器材，所以又知道，修造大墓大棺大椁，对死者是不会有好处的。我死之后，你们收敛做坟，千万不要多花人力物力，只用平时穿的衣服葬我就行。

人生到处为家，便到处可死可葬。如今离开先人坟墓已远，死在哪里便埋在哪里吧，什么地形、朝向都不必讲究，由你们决定便是了。

【念楼曰】 郝昭在曹家父子手下当将军，以战功封侯。长沙马王堆的大墓里埋葬的也是一位侯爵，那木椁现陈列在湖南省博物馆，足足占了一间大厅，如果当时挖出来"以为攻战具"，确实能顶用。

郝昭之不可及处在于：他为将而"知将不可为"，他挖过别人的祖坟便知道自己的坟迟早也会被别人挖，要预为之计。于是他留下这篇遗书，告诫儿子千万别造大墓，说明厚葬只会使挖坟的更早动手，这实在是十分明智的。

如今有的人连骨灰也不留，省得以后像斯大林那样，得麻烦后人从水晶棺里拖出来烧，亦不失为现代的郝昭乎。

遗令戒子

郝昭

吾为将，知将不可为也。吾数发冢，取其木以为攻战具，又知厚葬无益于死者也。汝必敛以时服。且人生有处所耳，死复何在耶。今去本墓远，东西南北，在汝而已。

【六十二字】

〇本文录自《全三国文》卷三十六。

〇郝昭，字伯道，三国时魏太原人。

记恨街亭

【念楼读】 这些年来，您爱护我就像父辈爱护子侄，我尊重您也像子侄尊重父辈，现在一切都不必说了。

从前鲧被处死，他的儿子禹仍然得到重用。今日我犯法当斩，请求您也能好好看待我的儿子。希望我们之间这些年的情义，不要因为街亭这件事就完了。

只要家人能够得到丞相您的照顾，我虽伏法，在九泉之下，也就不会记恨了。

【念楼曰】 “马氏五常，白眉最良”。马谡（幼常）和他的哥哥马良（季常），都是从襄阳跟着刘备、诸葛亮打天下的，是蜀汉地地道道的老干部。结果“白眉”的季常死于对吴作战，小弟幼常又以“失街亭”被诸葛亮挥泪斩掉了。

说是说“犹子犹父”，但若是真父子，还会斩吗？即使真的大义灭亲要斩，还用得着做这样的临终请托吗？

用马谡守街亭，是诸葛亮的责任。失街亭斩马谡，诸葛亮不能不负疚于心。在戏台上，他不是对马谡做了承诺吗？那么这封遗书，是收到效果的了，诸葛亮终究还是诸葛亮。

马谡引“殛鲧兴禹之义”，却似乎不很恰当。即使他自己的重要性比得上鲧，难道他的儿子能够比得上大禹？所以马谡也终究是马谡。

临终与诸葛亮

马谡

明公视谡犹子，谡视明公犹父。愿深惟殛鲧兴禹之义，使平生之交，不亏于此。谡虽死，无恨于黄壤也。

【三十九字】

〇本文录自《全三国文》卷六十一。

〇马谡，字幼常，三国时宜城（今属湖北）人。

生离

【念楼读】 我们在一起的时候，每天从早到晚都很快乐，苦恼的只是不能在一切方面极尽满足。本以为可以白头偕老，谁知竟被迫永久分离。这一直是我心上无法愈合的伤口，它永远在流着血。

早晚再见上一面已经不可能了。死去时我只能带着这颗流血的心和永远无法弥补的遗憾。真是没有一点办法，没有一点办法啊！还是早点死了吧！

【念楼曰】 都说人生最大的悲哀是生离死别，这封信便真真写出了生离死别的悲哀。

献之为王羲之幼子，初婚郗氏。后来简文帝的三女儿新安公主的丈夫死了，她选中王献之去“替补”，献之遂被迫与郗氏离婚。

献之只活了四十二岁，他是道家信徒，临死时按道教规矩，家人要为他上章忏悔一生过错，问他要忏悔些什么，他只说了一句：

> 不觉有馀事，惟忆与郗家离婚……

并且给郗氏写了这封诀别的信。

信中“常苦不尽触类之畅”，“类”字据《全晋文》作“颇”，余嘉锡《世说新语笺疏》作“额”；“方欲与姊极当年之疋”，“疋”《名家集》作“足”。

别郗氏妻

王献之

虽奉对积年．可以为尽日之欢．常苦不尽触类之畅．方欲与姊极当年之足．以之偕老．岂谓乖别至此．诸怀怅塞实深．当复何由日夕见姊耶．俯仰悲咽．实无已已．唯当绝气耳．

【六十七字】

○本文录自《全晋文》卷二十七。

○王献之，字子敬，东晋临沂（今属山东）人，王羲之之子。

○郗氏妻，名道茂，高平（今山东微山）人。

死别

【念楼读】 流放在万里外的蛮荒之地那么多年，本该死在那边的，却死不了。好不容易回到自己熟悉的地方，还未定居下来，便得病快要死了，难道不是命该如此吗？

但我知道，个人生死，不过天地间一小事，所以并没有什么需要诉说的。

大师深明佛学，精通佛法，发愿普度众生，永别之时，盼能为此珍重。

【念楼曰】 说人贪生怕死，好像很难听，其实这不过是一切动物包括人的本能。当然动物也有不怕死的时候，如蜂之卫王，兽之护幼；假如要对自然法则做道德的判断，也可说是无私无畏。不过动物没有人脑子，不会讲成仁取义一类的话。

但死终是每个人必然的归宿，再贪生也贪不到永生，再怕死也不可能不死，能够不夭死、不横死、不枉死就不错了。若后代已经长成，本身机体已坏，还要苦苦挣扎，求上帝或马克思缓发通知，既属徒劳，亦觉无谓。

苏轼说是活了六十六岁，其实满六十四还差半年，挨了那么久的整，刚刚回来就要病死，自然不会毫无留恋。但是他明白，人在“命”也就是自然法则面前是“不足道”的，所以也就能平静对待，不失常态。

他不能逃过死，却能死得不失风度。

与径山维琳

苏轼

某岭海万里不死．而归宿田里．遂有不起之忧．岂非命也夫．然死生亦细故尔．无足道者．惟为佛为法为众生自重．

【四十四字】

○本文录自《文集》卷六十一，作者时在常州，已病重，半月后去世。

○苏轼，见页一二九注。

○径山，杭州佛寺。

○维琳，僧人，俗姓沈，好学能诗。苏轼为杭州通判时，请其到径山住持。三十年后，苏轼北归，途中发病，维琳得信即来常州照料至苏轼去世。

义无反顾

【念楼读】 临死之前，我的心中充满了自豪。凭着一身浩然正气，相信我绝不会下地狱，儿子你尽可放心。

生当乱世，时局艰危，你不可自暴自弃。虽然幽明异路，我还是会时时照看着你的。

【念楼曰】 韩玉是金朝屈死的忠臣。他曾率兵大败西夏，上官忌其功，反诬他通夏人，致其下狱论死。这是他在狱中所写的遗书。

只在荧屏和银幕上看过岳飞和兀术的人，可能会认为“金邦”的臣民不是敌寇便是汉奸。其实《金史》和《清史稿》一样早已成为中国的正史，金人、满族人早已成为中国人，元好问、关汉卿一直被认为是中国的诗人、剧作家。如果说南宋有忠臣，金朝又何尝不能有忠臣。

忠臣的绝笔包括遗书传世者相当多，韩玉此篇文句简洁，可称佳作。他是相信死而有知的，故能“此去冥路，吾心浩然”。我们读了这封信，也不禁要想，冥路恐怕还是应该会有的吧，虽然它的名字可以叫作极乐世界，叫作天国，或者叫作乌托邦，叫作什么主义。

有了这个地方，像韩玉这样的忠臣烈士，会死得更加义无反顾。不能写信的人喊起“二十年后又是一条好汉”来，嗓音也会更亮了罢。

临终遗子书

韩　玉

此去冥路.吾心浩然.刚直之气.必不下沉.儿可无虑.世乱时艰.努力自护.幽明虽异.宁不见尔.

【三十六字】

〇 本文录自叶楚伧《历代名人短笺》。

〇 韩玉，字温甫，金渔阳（今北京密云）人。

朝闻夕死

【念楼读】 弟弟和孩子们读书，一定要读经世致用的书，背诵八股文章是没有用处的。吕坤的《呻吟语》一书，内容切实，尤其不能不读。

我身为大臣，不能救亡拯艰，只能一死报国，虽然抱歉，却无遗恨。“朝闻道，夕死可矣”的古训，总算“一是一，二是二”地照做了，你们不必难过。

【念楼曰】 明朝先亡于李闯，后才亡于清朝。李闯进京，一路上迎降者多，抵抗者少。武臣坚决抵抗，力战至死的有周遇吉，京剧《宁武关》将他演得有声有色，可惜却因为“反对农民起义”被禁演。文臣坚守危城而死国的，则有写这篇遗书的朱之冯。

关于“臣死国”，李卓吾讲过一番很精彩的话，大意是说，读圣贤书，是教你如何为国做事，不是如何以死报国。朱公是天启进士，靠“呫哔之学”也就是八股文章做官的，遗言说“呫哔之学无用”，正是他以死换来的教训。

朱之冯为崇祯守宣府，闯军大举来攻，他的办法只有“于城楼设太祖位歃血誓死守”，再就是“尽出所有犒士”，但“人心已散，莫为效力”，于是他只能于城破日悬梁自尽了。但他留下的“读书须读经世书”，却是深切著名的道理。临死仍不忘向子弟介绍必读的好书，其从容就义，实在比慷慨赴死更难。

甲申绝笔

朱之冯

吾弟吾儿读书须读经世书．呫哔之学无用也．吕新吾先生呻吟语不可不读．我以死报国．此心慊然．朝闻夕死．原无二也．勿以为念．

【五十一字】

〇 本文录自叶楚伧《历代名人短笺》。

〇 朱之冯，字乐三，明末大兴（今属北京）人。

切勿失信

【念楼读】 扬州早晚就要失守了。辛苦了好几个月，仍然得此结果，也是意料中事。

城破之际，便是我死之时。尽忠朝廷，乃是臣子的本分，只是先帝的大仇未报，未免有遗恨。

后事已托副将史德威办理。我已答应将他收入本支，列为侄辈，请叔父、长兄、诸弟、诸侄千万勿使我失信。

【念楼曰】 初识字时国难当头，小学校里高挂着岳飞、文天祥、于谦和史可法的画像，还唱《满江红》，读《正气歌》，《答多尔衮书》和《咏石灰》随后也读到了。对这几位，我心中当然是十分敬佩的，但总不禁要想，为什么我们的英雄都是失败者，不成为烈士便成了冤魂呢？

梅花岭的悲剧过去三百七十多年了。“扬州十日”的惨史，百年前孙中山号召“驱除鞑虏”时又重提过一回。但随着辛亥的走进历史和满汉畛域的消失，老疮疤揭起的痛楚早已淡化。多尔衮已经成了中华民族大一统的功臣，他的《致史阁部书》也可与《敦促杜聿明投降书》先后辉映了。

这封遗书认真交代的只有一点，就是要将“为我了后事”的人“收入吾支”，请叔父长兄等“切勿负此言”。此看似细事，然重诺不苟且的精神，却和其克尽臣节同样是人格的表现，从小亦能见大。

遗书　史可法

可法遗书于叔父大人长兄三贤弟及诸弟诸侄．扬城日夕不守．劳苦数月．落此结果．一死以报朝廷．亦复何恨．独先帝之仇未复．是为恨事耳．得副将史德威为我了后事．收入吾支．为诸侄一辈也．切勿负此言．四月十九日．可法书于扬城西门楼．

【九十五字】

○本文录自叶楚伧《历代名人短笺》。

○史可法，号道邻，明末祥符（今开封）人。

嬉笑赴死

【念楼读】 大儿记着：菜菔子、盐水豆合在一起，细细咀嚼，居然可以嚼出核桃肉的滋味，这是我独有的经验。只要这一点不失传，要砍头便砍头，我也没什么遗憾了。

【念楼曰】 金圣叹的文章，向来别具一格，绝不一般。他因“哭庙之狱”，和其他十七个秀才一同被斩，做了专制政权屠刀下的惨死鬼。《字付大儿》是他最后的遗墨，也写得别具一格，绝不一般。这和他的绝命诗：

> 鼙鼓三声响，西山日正斜。黄泉无客店，今夜宿谁家。

还有他的临刑时说的一句话：

> 断头至痛也，籍没至惨也，而圣叹以无意得之，大奇。

风格都是一致的。据当时人记录，金氏说了这句话后，“于是一笑受刑”，可见他是嬉笑赴死的。这种嬉笑实在是对于专制威权的一种蔑视，因为是嬉笑而非怒骂，故得以流传开来，也就等于公开宣告，“民不畏死，奈何以死惧之”，比得上嵇康的一曲《广陵散》。

有人指责金圣叹的嬉笑，以为这是“在鼻梁上涂白粉装小丑”，“将屠夫的凶残化为一笑”。这就不仅对金圣叹不公平，而且和刑场上的看客嫌死刑犯没大喊“二十年后又是一条好汉”觉得不过瘾一样，实在太没人性了。

图书在版编目（CIP）数据

念楼学短 / 锺叔河著. --长沙：岳麓书社, 2020.4（2023.12重印）

ISBN 978-7-5538-1300-4

Ⅰ. ①念… Ⅱ. ①锺… Ⅲ. ①古典散文—散文集—中国 ②古典散文—古典文学研究—中国 Ⅳ. ①I262 ②I207.62

中国版本图书馆CIP数据核字(2020)第052684号

NIANLOU XUE DUAN

念楼学短（上、下）

作　　者：锺叔河

选题策划：后浪出版公司

出版统筹：吴兴元

编辑统筹：梅天明

责任编辑：李缅燕

特约编辑：刘　早　张　妍

责任校对：舒　舍

装帧制作：墨白空间 · 张　萌

营销推广：ONEBOOK

出版：岳麓书社

地址：湖南省长沙市爱民路 47 号

邮编：410006

版次：2020 年 4 月第 1 版

印次：2023 年 12 月第 13 次印刷

开本：889mm × 1194mm　1/32

印张：38

字数：508 千字

书号：ISBN 978-7-5538-1300-4

定价：238.00 元（上、下）

承印：河北中科印刷科技发展有限公司

后浪出版咨询(北京)有限责任公司

投诉信箱：editor@hinabook.com　fawu@hinabook.com

字付大儿 金人瑞

字付大儿看，盐菜与黄豆同吃，大有胡桃滋味，此法一传，我无遗憾矣。

【二十七字】

〇此文录自徐珂《清稗类钞·讥讽类》。

〇金人瑞，字圣叹，明末清初吴县（今苏州）人。

念楼学短

锺叔河·著

下册

后浪　CNS｜岳麓書社